Royal Highness Princess
seems to be angry
저자
야츠하시 코우
일러스트
나기시로 미토
왕녀저하는
화가 나셨나 봅니다
1. 전생 왕녀와 고대의 힘

로시포드 벨아크 아레스타
플라티나
크리스타 아마리리스
피리아레기스

"이걸로 끝입니다……!"
살을 도려내고
뼈를 부수며
빛의 검은 문자 그대로
괴물을 두 동강 냈다—

CHARACTER
니콜 라벤델
지크 비올리스
도로셀 노아
피리아레기스
레티시엘
리제네로제
미란다레트 루루 월드

왕녀 전하는 화가 나셨나 봅니다

1.

전생 왕녀와 고대의 힘

Royal Highness Princess
seems to be angry

저자
야츠하시 코우

일러스트
나기시로 미토

옮긴이
이진주

Royal Highness Princess
seems to be angry

1.

전생 왕녀와 고대의 힘

CONTENTS

서장 끝의 시작

레티시엘은 왕녀였다.

그녀는 수많은 국가들이 서로 대륙의 패권을 둘러싸고 싸우며, 피로 피를 씻는 동란의 시대에 살았다. 거듭되는 전쟁 속에서 셀 수 없을 정도로 많은 왕국이 건국되고, 같은 수만큼 멸망했다. 감당할 수 없을 만큼 많은 전쟁을 치른 대지는 피로 붉게 물들고 풀 한 포기 자라지 않는 황무지가 되어, 그곳에서 일어난 일들의 장렬함을 전해주었다.

어린아이이든 노인이든, 모든 인간이 무기를 손에 들고 싸우지 않으면 살아갈 수 없는 거칠고 격렬한 세상.

레티시엘은 변경의 나라의 왕녀였다.

이 시대에 진정한 평화 같은 것은 존재하지 않았다. 그러나 전쟁이 가열되던 대륙 중앙에서 그런대로 떨어진 곳에 위치한 이 나라는 상대적으로 평화롭다고 말할 수 있었다.

주변국과의 분쟁이 끊이지 않았고 꽤 빈번하게 전쟁도 치르고 있었지만, 전 국민이 전쟁에 동원될 정도로 절망적인 정세는 아니었다. 따뜻한 가족들에게 둘러싸여, 사랑하는 반려와 정을 나누고, 서로를 위하는 국민들을 지키면서 레티시엘은 평온하게 살아가고 있었다.

평온을 바라기 어려운 너무나도 비정한 세계에서, 그녀가 손에 넣었던 일상은 사소했으나 충분한 행복이었다.

하지만 그것도 오늘로서 끝이었다.

왕국은 이웃하고 있던 대국의 침략을 받았다. 국민은 학살당하고 거리는 불에 탔다. 셀 수 없을 정도의 사람들이 목숨을 잃었다.

힘이 있는 자들은 열심히 저항했다. 그러나 강대한 힘을 가진 이웃나라의 침공에는 당해낼 수 없었다. 왕국은 점점 이웃나라에 삼켜져 지옥으로 변해갔다.

마지막까지 함락되지 않았던 이 왕성도 비밀리에 침입해 있던 내통자에 의해 적에게 넘어가 점령당한 참이었다.

왕좌의 방에는 엄청난 혈흔이 흩뿌려져 있었다. 칼싸움의 흔적이 벽에 깊숙이 새겨졌고 살점이 묻어난 곳도 있었다. 이곳에서 처참한 싸움이 있었다는 사실은 일목요연했다.

창밖으로 시선을 보내자, 모락모락 피어오르는 아지랑이와 시커먼 연기가 창문 유리를 거칠게 매만지며 올라가 구름 낀 하늘을 뒤덮는 것을 볼 수 있었다. 왕성에 불을 질렀다는 걸 알아차리기까지 그렇게 긴 시간은 필요로 하지 않았다.

레티시엘은 피를 뒤집어 쓴 남자가 피에 젖은 칼을 들고 다가오는 것을 어딘가 남의 일처럼 지켜보았다.

그녀의 눈에 무수한 시체가 나뒹굴고 있는 것이 보였다.

국왕, 왕비 그리고 사랑하던 반려. 모두 쳐들어온 적병에게 살해당했다.

이제 이 나라에서 살아남은 왕족은 레티시엘밖에 없었다. 저 남자가 레티시엘 앞에 도착하는 그때가, 바로 왕국이 멸망하는 순간이었다.

저항하려면 할 수 있었다. 레티시엘은 왕국의 지보라 불릴 정도의 마술사였다.

그러나 그녀는 그러지 않았다. 아무리 레티시엘이 강하다 해도, 적에게는 머릿수라는 무기가 있었다. 레티시엘의 가족들도 그 탓에 살해당했다.

왕도가 점령되고 왕성이 함락되어 이미 나라 전체가 적들로 가득한 이 상황에서 그녀가 혼자 저항한다고 해서 무엇이 바뀔까.

레티시엘은 이제 모든 것이 아무래도 좋았다.

이 나라는 이미 그녀가 아는 왕국이 아니었다. 녹음이 풍부했던 토지는 불에 타 황폐해졌고, 아름다운 거리는 무참하게 파괴되었다.

소중히 여기던 백성들은 말없는 시체가 되었고, 그녀가 사랑하고 그녀를 사랑해 주었던 가족과 영원을 맹세했던 사람은 그녀를 두고 먼저 떠나버렸다.

이곳에는 이미 레티시엘이 지키고자 했던 것이 무엇 하나 남아있지 않았다. 남은 것은 끝없는 절망과, 자신조차 모조리 불태워버릴 것 같은 증오뿐이었다.

더 이상 이런 썩어빠진 세상에서 살아 있어 봐야 허무할 따름이었다.

레티시엘은 자신의 앞에 선 남자에게 조용히 미소를 지어 보였다. 남자는 숨을 삼켰다. 아마도 레티시엘의 반응이 예상 밖이었던 것이다.

레티시엘은 남자가 손에 들고 있던 검을 붙잡고 그것을 천천히 자신의 심장에 가져갔다. 누군가에게 살해당하는 것이 아닌, 자신의 손으로 목숨을 끊고 싶었다.

남자가 무언가 말을 했다. 초조한 얼굴로 뭔가를 외쳤다. 당황해서 검을 잡아 빼려고 했지만, 레티시엘은 마술로 그 움직임을 막았다.

모처럼 각오를 다졌는데 찬물을 뿌리지 말아줬으면 했다.

적은 분명 레티시엘을 생포하고 싶은 것이리라. 왕국 제일의 마술사. 그들은 분명 그것을 매우 원했을 터였다.

때문에 그들은 최후의 최후까지 레티시엘에게만은 손을 대지 않았다. 본보기로 교활한 수를 써서 그녀의 가족을 차례로 죽일 따름이었다.

왕좌의 방 입구에서 복수의 남자들이 이쪽을 향해 달려왔다. 아마도 레티시엘의 자해를 막기 위해서. 레티시엘은 작게 웃었다.

그녀는 일국의 왕녀. 그 가슴 속에는 왕족으로서의 긍지가 있었다.

자신이 사랑하는 왕국을 파괴한 적국에게 이용당할 바에는, 끝까지 왕녀로서의 긍지를 관철할 것이다. 그들의 뜻대로 되게 놔두지는, 않는다.

왕좌의 방이 세로로 길어서 다행이었다. 남자들은 서둘러 이쪽을 향하고 있었으나, 이미 시간에 댈 수 없었다.

레티시엘은 고개를 살짝 숙였다. 멀리서 달려오는 남자들에게 그녀의 표정은 보이지 않을 터였다. 왕국의 지보의 마지막 얼굴을 볼 수 있는 것은 그녀가 움직임을 억누르고 있던 그 남자뿐이었다. 그자는 여전히 뭔가를 말하고 있었다. 그러나 레티시엘의 귀에는 이제 어떤 소리도 닿지 않았다.

레티시엘은 조용히 웃었다. 마치 굴레에서 해방된 것처럼 아름답고 고귀하고, 그리고 상쾌하고 즐거운 듯이.

양손으로 움켜쥔 칼날이 손을 파고들며 그녀의 매끄러운 하얀 손에서 붉은 핏방울이 흘러내렸다. 아픔은 느껴지지 않았다. 두려움도 없었다.

이제부터 죽으려 하고 있었건만, 기분은 이상하게도 들떴다. 이제 곧 사랑하는 사람들 곁으로 여행을 떠날 수 있기 때문일까. 그렇지 않으면, 증오스러운 적국에게 앙갚음을 해줄 수 있기 때문일까.

내가 다다를 곳은 과연 천국과 지옥 중 어느 쪽일까. 레티시엘은 천천히 눈을 감고 손에 쥔 칼날을 자신 쪽으로 끌어당겼다.

푹 하는 기분 나쁜 소리가 나며 피에 젖은 칼날이 레티시엘의 심장을 꿰뚫었다. 아픔은 느껴지지 않았기에 검을 한층 더 깊숙한 곳까지 이끌었다.

이윽고 검이 몸을 관통하는 것이 느껴졌다. 그 무렵에는 이미 레티시엘은 죽음으로 이어지는 언덕에서 굴러 떨어지고 있었다.

칼날을 쥐고 있던 피투성이의 손이 바닥으로 떨어지고, 레티시엘의 몸이 한쪽으로 기울어졌다. 입 안에 쇠 맛이 번지고, 입에서 흘러넘쳐 턱을 타고 내려가 바닥의 융단에 얼룩을 만들었다.

이것으로 모두 끝난다. 레티시엘의 가슴에는 죽음에 대한 공포는 존재하지 않았다. 그저 안도만이 가득할 뿐이었다.

뒤이어 달려온 남자들이 레티시엘을 꿰뚫은 검을 쥐고 있던 남자를 베어 죽였다. 레티시엘의 죽음에 대한 책임을 물은 것이리라.

엉뚱한 짓이었다. 레티시엘의 행위는 스스로의 의지에 따른 것이고, 그 남자가 막으려 해도 막을 수 있던 것이 아니었건만.

몸에서 생명력이 빠져나가며 전신이 마치 얼음처럼 차갑게 식어갔다. 피를 너무 흘린 탓인가 눈앞이 몽롱했다. 더는 손가락 하나 움직일 수 없었다.

열심히 그녀를 치료하려는 병사들을 바라보며 레티시엘은 의식이 급격히 멀어지는 것을 느낄 수 있었다.

'……다음에는 좀 더 유유자적한 인생을 보내고 싶네…….'

의식이 어둠 속에 떨어지기 직전, 레티시엘은 몽롱한 의식 속에서 상황에 맞지 않는 그런 엉뚱한 생각을 했다.

1장 낯선 세계

눈을 떴을 때 가장 먼저 눈에 들어온 것은 낯선 천장이었다.

주위를 둘러보니 자신이 낯선 방, 그리고 천장이 달린 낯선 침대에 누워있다는 사실을 알 수 있었다. 이곳은 대체 어디인가. 자신은 조국을 침공해 온 적군에게 모든 것을 빼앗기고 스스로 목숨을 끊지 않았던가. 레티시엘은 혼란에 빠졌다.

레티시엘은 느릿느릿 몸을 일으켜 자신의 가슴을 내려다보았다. 그곳에는 그녀가 기억하는 검도, 검에 꿰뚫린 상처도 없이, 하얀 프릴이 달린 잠옷과 도자기처럼 매끄럽고 얼룩 하나 없는 하얀 피부만이 있을 뿐이었다.

레티시엘의 기억에 착오는 없었다. 자신의 몸에서 생명의 모래가 빠져나간 그 감각이 지금도 또렷했다. 그녀는 틀림없이 죽었다. 죽었을, 터였다.

레티시엘의 뇌리에 불현듯 최악의 상황이 스쳐지나갔다. 적들은 그 상태의 레티시엘을 치료할 수 있을 정도의 술자를 데리고 있던 것일까. 설마 자신은 적의 손에 의해 살아남게 된 것일까.

레티시엘은 온몸의 피가 빠져나가는 것 같았다. 만약 이 예상이 옳다면, 레티시엘은 자신의 모든 것을 부숴버린 증오하는 적의 힘으로 연명하게 된 것이었다.

이웃나라의 뜻대로 되고 싶지 않아서, 사랑하는 사람들의 뒤를 따르고 싶어서, 레티시엘은 목숨을 내려놓았다. 그랬건만, 이래서는 결국 그들이 의도한 대로가 아닌가.

지금의 레티시엘을 지배하고 있는 것은 슬픔도, 절망도, 증오도 아니었다. 미처 죽지 못했던 자신과 적국에 대한 격렬한 분노였다.

레티시엘은 덮고 있던 이불을 걷어내고 침대에서 내려왔다. 이대로라면 자신은 적의 도구로 이용되고 만다.

그런 일은 레티시엘의 긍지가 용납지 않았다. 복수를 하기로 하는 것은 간단했다. 그러나 그래 봐야, 한 번 잃어버린 것들은 영원히 돌아오지 않았다. 그저 허무할 뿐이었다.

레티시엘은 흉기가 될 만한 것이 없는지 방안을 찾아다녔다. 그러나 역시 이곳은 적국인 것인지, 자살에 쓸 수 있을 것 같은 도구는 놓여있지 않았다.

레티시엘은 서서히 초조해지기 시작했다. 그러던 중, 문득 레티시엘의 눈에 책상 위에 놓인 작은 유리병이 들어왔다. 레티시엘은 망설이지 않고 유리병을 집어 바닥에 내팽개쳤다.

유리병은 지면에 부딪친 충격으로 산산조각 났다. 레티시엘은 유리 파편에 상처 입는 것에도 개의치 않고 한층 커다란 조각을 주워들어 뾰족한 끝을 자신의 목으로 향했다.

“무슨 일이십니까. 아가…….”

레티시엘이 손에 쥔 유리 파편을 자신의 목을 향해 찌르려던 것과 검은 연미복을 걸친 청년이 방에 들어온 것은 동시였다. 아마도 유리가 깨지는 소리를 듣고 무슨 일인가 해서 달려온 것이리라.

“……아가?! 뭘 하시는 겁니까?!”

레티시엘의 모습을 포착하자마자, 남성은 낯빛이 변해선 큰 목소리로 외치며 달려왔다.

왕좌의 방과 달리, 이 방은 좁았다. 유리 파편이 레티시엘의 목에 박히기도 전에 남성이 레티시엘의 곁에 도착해 뒤에서부터 겨드랑이 밑으로 손을 넣어 그녀의 팔을 구속했다.

“그만두십시오! 지금 당장 손에 든 그것을 버리세요!”

“이거 놔요……! 당신들 뜻대로 되게 놔두지는 않겠어요! 말린다면 혀를 깨물어서라도…….”

“경솔한 행동은 삼가주십시오! 아가씨! 도로셀 아가씨!”

절박한 남성의 외침에 레티시엘은 움직임을 딱 멈추었다. 남성의 제지가 마음을 울렸기 때문이 아니었다. 지금, 낯선 단어가 들렸기 때문이었다.

“……도로셀…… 아가씨……?”

그것은 대체 누구를 말하는 것일까. 자신은 레티시엘, 변경의 나라의 왕녀이지 않았던가.

멍하니 있는 사이 들고 있던 유리 파편을 빼앗겼지만, 레티시엘에겐 더이상 그것이 중요하지 않았다.

얼굴을 밑으로 향한 순간에 시야 끄트머리에 사락, 하고 긴 머리카락이 흘러내리는 것이 들어왔다. 투명감이 있는 아름다운 은백색이었다. 이런 머리색은 알지 못했다. 레티시엘의 머리카락은 이런 색이 아니었다.

시선을 들어 올리자 거울이 있는 것을 발견할 수 있었다. 유리병 옆에 기대 세워져 있었지만, 방금 전에는 전혀 알아차리지 못했다.

거울에 지금까지 전혀 본 적이 없는 소녀의 얼굴이 비쳤다. 속이 비칠 것 같은 광택이 흐르는 은발에 도자기처럼 매끄러운 하얀 피부, 긴 속눈썹이 달린 눈은 눈꼬리가 길게 찢어져 있었고, 좌우가 다른 색을 띠고 있었다.

전체적으로 늠름한 용모의 아름다운 소녀였다. 나이가 몇 살인지는 알 수 없었다. 젊어 보이지만 한편으론 쿨하고 어른스럽기도 했다. 무표정한 얼굴에서 약간 차가운 인상도 받았다.

'지금의 나는, 어디의 누구인 거죠……?'

붉은 왼쪽 눈도, 푸른 오른쪽 눈도 레티시엘이 눈을 깜빡이자 눈꺼풀 속으로 감춰졌다. 거울에 비치는 낯선 소녀는 틀림없이 레티시엘 자신인 모양이다.

레티시엘은 경악했다. 레티시엘은 분명 흑금색 머리였다. 눈동자는 좌우 모두 라벤더 색이었으며, 용모도 이렇게 어

른스럽지 않고 좀 더 귀여운 느낌이었다.

검에 찔려 죽었을 터인데 정신을 차렸을 때에는 상처는 어디에도 없었고, 이웃나라에 사로잡혔다고 생각했는데 이제 보니 어딘가의 알지 못하는 누군가가 되어 있었다.

'영문을 알 수가 없어. 나는 꿈이라도 꾸고 있는 건가……?'

레티시엘이 멍하니 있으려니, 시녀들이 방으로 들어와 그녀를 침대로 데려갔다. 그리고 어디선가 꺼내온 구급상자로 치료를 시작했다.

유리 파편을 쥐고 있던 레티시엘의 손은 온통 상처투성이였다. 부지런히 소독을 하고 응급 처치를 하는 시녀들을 레티시엘은 의아하다는 시선으로 바라보았다.

"……마술로 치료하면 되지 않나요?"

"마술……? 그건, 마법을 말씀하시는 건가요?"

질문에 질문으로 대답이 돌아왔지만, 그것보다 또다시 모르는 단어가 들려왔다. 이 나라에서는 마술을 마법이라고 부르는 것일까.

"게다가, 아가씨. 빛속성의 치유마법을 쓸 수 있는 것은 극히 일부의 선택받은 사람뿐입니다."

"그런가요……."

"그러니 마법으로 상처를 치료한다는 일은, 그렇게 쉽게 할 수 있는 일이 아닙니다."

그런 이야기는 들은 적이 없었다. 적어도 레티시엘이 왕녀였을 무렵, 마술을 사용할 수 있는 자라면 거의 대부분이 치유마술을 구사할 수 있었다. 자신의 몸은 스스로 지킨다. 그것이 불가능하다면 쉽게 죽어버리는 시대였으니까.

응급 처치를 끝낸 시녀들은 구급상자를 정리하고 그대로 방에 있는 또 하나의 문 저편으로 사라졌다.

레티시엘은 붕대가 감긴 자신의 손을 바라보았다. 시녀는 치유마법은 희귀하다고 말했다. 그러나 레티시엘 자신이 사용할 수 있던 것은 분명했다. 정말로 쓸 수 없는지 어떤지를 확인하기 위해 레티시엘은 마술을 발동시켰다.

레티시엘이 부르자, 공기 중에 흩어져 있던 마소들이 충실하게 그녀의 의지에 따라 레티시엘의 양손에 모여들었다. 마소의 움직임에 따라 일어나는 마술현상 특유의 바람이 레티시엘의 은백색 머리카락을 살짝 흔들었다.

'……뭐야. 아무렇지도 않게 쓸 수 있잖아.'

괜히 긴장했다가 손해 봤다. 레티시엘은 그렇게 생각했다.

손을 쥐거나 펴거나 해도 방금 전까지의 통증은 이미 사라져서 느껴지지 않았다. 역시 치유마술이 희귀하다니, 이상한 소리였다.

그런 생각을 하고 있으려니, 방금 전의 시녀가 아까의 그 문으로 다시 나와 공손하게 인사를 했다.

"아가씨. 준비를 시작하겠사오니 이쪽으로 오시지요."

레티시엘이 시녀에게 이끌려 옆 방— 드레스 룸으로 향하자, 그곳에서 대기하고 있던 시녀들이 그녀를 몸치장했다.

왕녀였던 무렵, 레티시엘은 자기 신변의 일은 스스로 했다. 그 격동의 시대에서는 왕족이라도 사치를 부리고 있을 수 없었다.

사용인을 고용할 돈이 있다면 군비를 증강시켰다. 드레스를 살 돈이 있으면 군비에 쏟아 넣었다. 만사 젖혀놓고 군비 최우선으로 여겼다. 옆에서 보자면 전쟁광처럼 느껴질 듯이 국정을 운영했지만, 그렇게라도 하지 않으면 눈 깜짝할 사이에 주변국에 잡아먹히는 상황이었다.

때문에 레티시엘은 고용인의 시중을 받는 일에도, 드레스 룸에 있는 대량의 드레스도 익숙지 않아서 저도 모르게 얼굴을 실룩이고 말았다.

이렇게나 대대적으로 사치를 부리다니, 과연 이 나라는 괜찮을 것일까. 전란의 시대의 왕녀였던 레티시엘로서는 전혀 믿을 수 없는 광경이었다.

“잘 어울리십니다, 아가씨.”

“……고마워요.”

레티시엘은 귀여운 크림색 원피스와 청초한 액세서리로 장식을 하고 드레스 룸을 나섰다. 복잡한 마음이었다.

“잠깐만요, 거기 당신.”

“……예? 저 말씀이십니까?”

“그래, 그래요. 달리 아무도 없잖아요. 당신은 누구죠? 나의 무엇이죠?"

레티시엘은 문 옆에 대기하고 있던, 방금 전 자신의 자해를 막은 남성에게 물었다.

그녀는 현재 자신의 상황을 전혀 파악하지 못하고 있었다. 때문에 그가 어디의 누구이며, 어떤 내력을 갖고 있는지 알지 못했다. 물론 그의 이름도 마찬가지였다.

"어…… 대체 어떻게 되신 겁니까? 아가씨……?"

"어머. 때로는 이런 이상한 질문을 하고 싶어질 때도 있잖아요?"

"아, 예……. 저는 아가씨의 전속집사를 맡고 있는 루빅이라고 합니다……."

영문을 알 수가 없다. 남성은 그렇게 말하고 싶기라도 한 표정을 지었지만. 그래도 성실하게 자기소개를 했다.

"루빅…… 그래, 그랬죠. 미안해요. 그만 깜빡 잊고 말았네요."

상황은 여전히 다 파악하지 못했지만, 여기에서는 『도로셀』이 되는 편이 좋으리라.

레티시엘의 대답에 루빅은 뭔가 놀란 것 같았다. 그렇지만 딱히 이상한 소리를 하지는 않았을 터였기 때문에, 레티시엘은 루빅의 반응을 무시하고 문손잡이를 잡으려고 했다. 지금 자신이 놓인 상황에 몹시 당황했지만, 몸은 공복을 호소하고 있었다. 그러니 식당에서 아침 식사라도 하자.

그러자 옆에서 루빅이 그것을 제지했다. 「뭐지?」 라는 생각에 레티시엘은 그를 올려다보았다.

"아가씨께서는 손에 상처를 입으셨습니다. 제게 맡기시지요."

이미 다 나았기 때문에 딱히 상관은 없었지만, 쓸데없는 소리는 하지 않는 편이 좋을 것 같은 생각이 들어 레티시엘은 순순히 손을 거두었다.

레티시엘은 루빅이 열어준 문을 지나 방밖으로 나왔다. 그곳도 예외 없이 화려하고 아름다웠다. 그녀는 그 눈부심에 저도 모르게 비틀거리고 말았다.

"아가씨……? 왜 그러십니까?"

"……이 나라는 이렇게 쓸데없이 사치를 부리면서도 용케 망하지 않았네요……."

"예……? 무슨 말씀을 하시는 건가요? 우리 플라티나 왕국은 오랫동안 평화로웠습니다만……."

루빅의 말에 레티시엘은 눈을 부릅떴다. 그 피로 피를 씻는 것 같은 처참한 시대의 어디에 평화가 있었다는 것인가.

그건 그렇고, 아까부터 계속 낯선 단어들만 튀어나왔다. 플라티나 왕국이란 대체 뭘까. 레티시엘은 자신이 아는 나라의 이름을 머릿속에 나열해봤지만, 해당하는 국가는 찾을 수 없었다.

'……뭐, 그 세상에서는 모르는 나라가 툭 튀어나왔다 어느새 멸망했다는 일은 일상다반사였으니까.'

이 나라도 그렇게 태어난 나라일 것이다. 레티시엘은 크게 신경 쓰지 않기로 했다.

루빅과 긴 복도를 걷고 있으려니, 맞은편에서 세탁물이 든 바구니를 끌어안은 나이든 시녀가 걸어왔다. 노 시녀는 이쪽을 보고 고개를 꾸벅 숙였지만, 명백히 눈썹을 찌푸리고 있었다.

그것은 아마도 레티시엘 ― 지금은 도로셀인 것 같지만 ― 을 싫어하는 눈이었다. 그 사실은 이해했지만, 레티시엘은 크게 개의치 않고 무시했다.

세상이 끝난 것 같은 절망감을 맛보고 스스로 목숨까지 버렸던 레티시엘의 마음은, 이미 어떤 부정적인 감정을 부딪쳐 와도 아무래도 좋다고만 생각하게 된 모양이었다.

좋게 말해 달관, 나쁘게 말하자면 주변의 시선에 요만큼도 흥미가 없었다. 예전의 레티시엘의 쾌활했던 성격은 모습을 감추고 지금의 그녀는 매우 담담하고 냉정한 성격이 되어 있었다. 그만큼의 극한 상태를 체험하면 인간은 그 뿌리에서부터 변모하는 것일까. 자신의 일임에도 레티시엘은 남의 일처럼 생각했다.

기품 넘치는 걸음으로 복도를 걷던 레티시엘은 주위에 다른 사람이 없어진 참에 발걸음을 멈추었다. 갑자기 멈춰선 주인의 행동에 그 대각선 뒤쪽에서 따라 걷던 루빅은 의아하다는 표정을 지었다.

"……있죠, 루빅."

"예. 무슨 일이신가요. 아가씨."

"……식당은, 어디에 있죠……?"

"설마 알지도 못하시면서 걷고 계셨던 겁니까?!"

이른 아침의 저택에 루빅의 얼빠진 목소리가 울려 퍼졌다.

***

루빅의 안내를 받아 레티시엘은 겨우 식당에 도착했다. 이 저택은 2층 구조로 되어 있었고, 식당은 1층에 있었다. 레티시엘의 방은 2층 가장 안쪽에 있었다.

식당에 들어서자 이미 자리에 앉아있던 사람들의 시선이 날아와 박혔다. 식당에는 네 사람이 있었다. 그들이 아마도 도로셀의 가족들일 것이다.

식당의 가장 안쪽에 앉은 은발에 푸른 눈의 남성이 부친, 그 왼쪽 대각선에 앉은 빨간 머리에 보라색 눈동자의 여성이 모친인 듯했다. 모친의 맞은편에는 은발에 연보랏빛의 눈을 가진 오빠로 보이는 청년이 자리하고 있었고, 그 옆에는 레티시엘과 비슷한 또래의 소녀가 앉아 있었다.

물론, 그 관계성은 외견과 연령으로 대충 판단한 것이므로 틀릴 수도 있었다. 그래도 그 점은 조만간 어떻게든 되리라.

레티시엘의 자리는 입구에서 가장 가까운 쪽에 있었다.

식탁의 자리는 여섯 자리였으나, 레티시엘의 맞은편에는 아무도 없어서 실질적인 1인석이었다.

그 자리는 위치적으로는 가장 말석에 해당되어, 본래라면 굉장한 굴욕일 터였다. 그러나 지금의 레티시엘에게는…….

'어머. 식당 입구가 가까워서 편리하네.'

근처에 가게가 있어서 좋네, 라는 정도의 느낌으로 한없이 가볍게 인식되었다. 자신의 자리가 상석이든 말석이든, 레티시엘에게는 관계가 없는 것이다.

"……음? 디안느. 세리냐는 어떻게 된 건가?"

상석에 앉은 부친으로 생각되는 남성이 모친처럼 보이는 여성…… 디안느에게 물었다.

"그 아이가 아직까지 오지 않다니 별일이네요. 프리드. 당신, 뭔가 알고 있나요?"

"아니요, 모습니다."

디안느의 질문에 프리드라 불린 은발의 청년은 그렇게 짧게 대답하고는, 한숨을 내쉬며 눈을 감았다.

"저, 어머니. 세리 언니라면 출발 준비로 바쁘다면서 아침 식사는 방에서 하겠다고 하셨어요."

거기에, 식탁에 앉아 있던 또 한 명의 소녀가 손을 들고 머뭇머뭇 입을 열었다.

붉은색이 감도는 금발의 소녀의 크고 동글동글한 연보라색 눈에서 보호 욕구를 불러일으키는 귀여움이 배어나왔다.

"어머, 그러고 보니 그랬네요. 세리는 오늘 약혼자 가문의 영지로 향하는 날이었지요. 알려줘서 고마워요. 매우 도움이 되었어요."

"아뇨…… 감사합니다, 어머니."

모친에게 칭찬을 받고 소녀는 기뻐하며 수줍게 웃었다. 아침 햇살이 쏟아지는 식당의 그 풍경은 실로 아름다운 가족의 모습을 그려내고 있었다.

'……아직도 밥을 먹으면 안 되는 걸까? 배가 고픈데.'

평화롭고 가족 단란한 이 광경을 역시 흥미 없다는 듯이 바라보면서 레티시엘은 전혀 관계없는 일을 생각하고 있었다.

그녀에게는 가족 전원이 모이지 않으면 식사를 해서는 안 된다, 라는 상식은 없었다. 왕녀였던 무렵, 식사는 식당에 온 사람부터 하는 것이 일반적이었고 굳이 기다리고 싶으면 기다려도 좋다, 라는 정도로 인식했다.

전원이 다 모인 것은 아닌 것 같았지만, 부친의 인사가 신호가 되어 드디어 아침 식사가 시작되었다. 상석에 앉은 가족 네 명은 식사를 하며 즐겁고 단란하게 대화를 나누기 시작했다. 그들의 뒤에 대기하고 있는 집사들도 때때로 그 대화에 참여했다.

그런 가운데, 레티시엘만은 혼자 묵묵히 음식을 입에 옮겼다.

레티시엘은 눈앞에 놓인 아침 식사 메뉴를 찬찬히 바라보았다. 초승달 형태의 수수께끼의 빵과 두껍게 자른 베이컨……은 뭔지 알 수 있었지만, 그 옆에 곁들여진 노르스름한 물체는 정체를 알 수가 없었다.

레티시엘에게 빵이라 함은 둥글고 안은 부드러우면서도 겉은 살짝 버석거리는 것밖에 떠오르지 않았다. 그것도 예전 국가에서는 사치품이었다.

"루빅. 이 신기한 빵은 대체 뭐죠?"

"신기한…… 그건 일반적인 크로와상입니다만……."

"그래요. 그럼, 이 약간 액체 비슷한 노르스름한 물체는?"

"노, 노름스름한 물체…… 그것도 일반적인 스크램블 에그입니다만……."

"그렇군요. 아아. 신경 쓰지 말아요. 왠지 물어보고 싶은 기분이었을 뿐이에요."

천연덕스러운 얼굴로 일반 상식을 물어보는 통에 내심 엄청나게 동요한 루빅을 놔두고, 레티시엘은 멋대로 납득하고 대화를 중단했다.

루빅의 주인인 도로셀은 사실 엄청난 기분파였다. 의미도 없이 화를 내다가 고용인을 때리고, 우는가 싶으면 또 어리광을 부렸다. 그 점은 오랜 시간 그녀의 전속집사로 일해 온 루빅이 가장 잘 알았다.

그러나 오늘의 그녀는 이상해도 너무 이상하지 않은가. 갑자기 자해를 하려고 하는가 싶더니, 도를 깨우친 것 같은 얼굴로 예전과는 전혀 다른 언동을 취했다. 차가워졌다고 해야 할까, 마이페이스가 됐다고 해야 할까.

왜 그녀가 갑자기 이상한 언동을 취하게 됐는지 루빅으로서는 알 수가 없었다. 주위의 냉대를 받다 못해 머리가 이상해진 것일까.

"루빅. 이 베이컨은 어디서 가져오는 거죠?"

"주인어른께서 좋아하시는 맛이라서 자주 거래하는 남부의 상인에게서 사들이고 있습니다."

"흐음…… 투명감이 부족해요. 덕분에 평범한 맛이라고 생각했어요."

"……예? 펴…… 평, 범……?"

"그래요. 베이컨이란 것은 투명감이 있을수록 지방이 올라서 맛있다……는 것 같더군요."

"그렇다는 것 같다…… 인가요……."

"그게, 나는 먹어본 적이 없는 걸요."

그 시대에서는 고기를 먹을 수 있는 것만으로도 다행이었다. 왕족조차도 사흘에 한 번이라도 고기를 먹을 수 있으면 좋은 편으로, 양질의 베이컨이란 일은 그야말로 꿈속의 음식이었다.

그런 일을 떠올리면서 레티시엘은 두껍게 썬 베이컨을 썰어 덥석 물었다.

아침 식사를 깨끗하게 먹어치우고 레티시엘은 일찌감치

식당에서 물러났다. 왔던 길을 더듬어 자기 방을 돌아와서는 침대에 똑바로 누워 천장을 올려다보았다.

오늘은 여러모로 예상 밖의 일이 너무 많이 일어났다. 눈치와 기세로 그럭저럭 그것을 넘겼지만, 한번 차분하게 정보를 정리해야 할 필요가 있을 것이리라.

우선, 레티시엘은 왕녀였다. 전란의 시대의 변경 왕국의 왕녀. 그리고 이웃나라의 침공으로 모든 것을 잃고, 세상을 비관해 자해를 했다.

그런데 어떻게 된 영문인지, 레티시엘은 도로셀이라는 전혀 알지도 못하는 소녀…… 그것도 아마도 상당히 지위가 높은 가문의 영애로서 새로운 인생을 부여받았다.

레티시엘은 현실주의자였다. 때문에 근거가 없는 꿈같은 이야기를 하거나 믿거나 하지 않았다. 그러나 이번만큼은 그럴 수는 없는 모양이었다.

'……이래서는 마치 전생한 것 같잖아.'

윤회전생. 죽은 혼이 새로운 그릇을 얻어 다시 태어난다는 사고방식이다.

거친 세상 속에서 이런 희망 어린 생각은 열광적으로 받아들여졌고, 덕분에 그것을 표어로 삼은 신흥종교도 난립했다든가 어쨌다고 한다. 물론 레티시엘은 믿지 않았지만, 이 상황은 이미 그것으로밖에 설명할 수가 없었다.

도로셀의 가족 구성원으로는 양친과 형제로 생각되는 남

녀 외에 또 한 명 언니인지 동생인지 알 수 없는 자매가 있었다. 다만, 그들은 아무래도 도로셀만을 싫어하는 듯 했다.

그중에 이름이 판명되지 않은 것은 부친과 관계가 불분명한 자매뿐. 그 외에 이름을 아는 자는 전속집사인 루빅 정도일까.

레티시엘이 지금 있는 이 플라티나 왕국이라는 나라는 매우 평화로운 모양이었다. 난세의 왕녀가 보기엔 그게 무슨 농담이냐고 눈을 크게 뜰 일이었지만, 이 저택의 모습을 보건대 아무래도 정말로 평화로운 것 같았다.

레티시엘의 상식으로는 식사 중에는 적어도 세 건 이상의 분쟁에 관한 보고가 올라왔어야 했고, 식사에 독이 들어있는 일이 너무도 많았기 때문에 독의 유무는 반드시 확인했다.

무엇보다 사치를 할 여유가 있다는 것은 돈이 남는다는 뜻이다. 즉, 사치는 군비에 힘을 쏟지 않아도 된다는 상황의 증거다. 따라서 이 나라는 군비에 모든 신경을 쏟아야만 하는 상태가 아니었다.

(……내가 살던 시대에서 얼마나 세월이 흐른 걸까.)

이쯤 되면, 이 시대는 레티시엘이 살던 때와는 전혀 다른 시대라는 말이다. 구체적으로 그 시대가 언제 끝났고, 지금에 이를 때까지 얼마만큼의 세월이 경과했는지는 역사책을 읽고 공부를 하지 않으면 알 수 없었다.

서고에라도 가서 조사를 해 볼까. 그렇게 생각한 레티시엘은 몸을 일으켰다. 그때, 방 밖에서 노크 소리가 들려왔다. 레티시엘이 대답을 하자, 루빅이 방으로 들어왔다.

"뭔가요?"

"도로셀 아가씨. 슬슬 학원에 가실 시간입니다."

루빅이 고한 말에, 레티시엘은 고개를 갸우뚱했다. 학원…… 직역하자면, 배우는 곳. 뭔가를 공부하는 장소인 것일까.

"학원……?"

"예? 예에…… 학원입니다."

"……."

"……아가씨…… 정말로 괜찮으신 겁니까?"

"왜 날 걱정하는 거죠?"

그야 아가씨께서 아침부터 태도가 이상하셨기 때문입니다. 목구멍까지 올라온 말을 루빅은 경이로운 정신력으로 다시 삼켰다.

플라티나 왕국에서는 왕후 귀족의 적남 및 영애는 16세가 되면 학원에 다니는 것이 의무였다. 올해 16세가 된 도로셀도 예외는 아니어서, 한 달 정도 전에 루크레치아 학원의 입학식을 마친 참이었다.

국민이라면 누구나 아는 상식을 왜 그녀는 새삼스럽게 의아하다는 얼굴을 하고 묻는 것일까. 아침부터 계속 도로셀에게 휘둘리기만 하던 루빅은 슬슬 위가 찌릿찌릿 아프기 시작하는 것 같은 느낌이 들었다.

그런 루빅의 속내는 전혀 알아차리지 못하고, 레티시엘은 「학원」이라는 것에 대해 생각하고 있었다.

그녀가 살던 시대에는 학원이라는 것은 존재하지 않았다. 지식이라는 것은 선조대대로 구전으로 전해지는 것으로, 딱히 타인에게 청해서 배워야 하는 지식 같은 것은 없었다.

역사라면 조부모에게 물으면 얼마든지 가르쳐 주었고, 마술의 사용법도 자신보다 경험이 많은 어른들에게 닥치는 대로 물어보면 눈 깜짝할 사이에 능숙하게 다룰 수 있었다. 예의범절도, 읽고 쓰기도, 덧셈 뺄셈 등의 계산도, 그 외의 모든 것들도 모두 마찬가지였다.

오히려 학교를 만들어 미래를 짊어질 아이들을 한 자리에 모아놓는 행위는 각국이 기회만 있으면 서로의 힘을 갉아내던 당시로서는 적국에게 「죽여주세요」 라고 말하는 것과 같았다.

그런데 이 나라에는 학원이 있다. 혹시 이 나라에서는 지식을 구전으로 전승하지 않는 것일까. 가족에게 물으면 다 알 수 있는 일을 일부러 타인을 통해 배우다니, 비효율적이지 않을까……? 생각은 그렇게 했지만, 아무래도 레티시엘은 학원에 가야만 하는 상황 같았다.

"뭐, 좋아요. 학원이란 말이죠. 알았어요."

"……예…… 기다려 주십시오! 아가씨!"

침대에서 내려와 그대로 방을 나가려는 레티시엘을 루빅

이 또다시 불러 세웠다.

"또 뭔가 있나요?"

"아, 아뇨…… 아가씨. 학원에서는 교복 착용이 의무화되어 있으므로, 옷을 갈아입으시지요……."

"어머…… 그래요……."

"그리고 가방은 안 가져가십니까……? 교과서 같은 것이 없으면 곤란하실 것 같습니다만……."

"……가방……."

레티시엘은 뭔가 엄청나게 실례되는 표정을 짓고 있는 루빅을 올려다보았다.

잠시 동안 두 사람 사이에 미묘한 침묵이 내려앉았다. 이윽고 레티시엘은 휙 하고 루빅에게서 시선을 돌려서는 방안을 둘러보았다.

책상 옆의 선반 위에 품질이 좋은 어깨에 메는 형태의 가죽주머니가 놓여 있었다. 또 이런 곳에 쓸데없이 사치를……이 아니라, 가방이라면 저것을 말하는 것일까…….

"……교복?"

"아가씨…… 어제까지 입지 않으셨습니까……."

루빅의 시선을 더듬어 따라가자, 드레스 룸 입구 옆에 있는 바구니에 곱게 접힌 옷이 들어 있었다.

허리까지 오는 검은 색의 짧은 재킷에 옷자락 끝부분에 트임이 들어간 디자인의 하얀 셔츠. 거기에 체크무늬 스커

트가 함께 놓여 있었다. 바구니 옆에는 노란색의 목이 긴 부츠가 놓여 있는 것이, 아마도 한 세트인 것 같았다.

'……이 검은 바지 같은 것은 뭘까?'

재킷이나 셔츠와 함께 리본과 배지 같은 것도 놓여 있었는데, 그 안에 섞여 있던 검은 의복이 신경이 쓰였다. 형태는 바지와 비슷한 것 같았지만, 바지라기에는 옷감이 얇고 크기도 작은 것 같았다.

"흐응…… 교복이라는 건 저걸 말하는 거군요."

"예. 그렇습니다……."

루빅이 왜 이렇게 당황한 얼굴을 하는지 레티시엘로서는 전혀 알 수가 없었지만, 어쨌든 일단 옷을 갈아입기 위해 드레스 룸으로 들어갔다.

우선 용도를 잘 알 수 없는 바지와도 같은 것은 놔두고, 레티시엘은 루빅이 알려준 교복이라는 것에 팔을 꿰었다. 그 뒤 바로 방으로 돌아와, 낯선 「가방」이라는 물체를 물끄러미 바라보다가 집어 들어서는 아무 일도 없었다는 것처럼 방을 나섰다.

"그래서…… 루빅."

"……예……."

"현관까지는 어떻게 가야 하나요?"

"아가씨! 정말 왜 그러시는 겁니까?!"

루빅이 머리를 감싸 쥐었다. 그 모습을 레티시엘은 고개를 갸우뚱하면서 바라보았다. 아침부터 그는 자주 큰 소리를 내는 것 같은 느낌이 들었다. 혹시 그는 고함을 지르는 것을 좋아하는 것일까.

레티시엘은 루빅의 안내를 받아 저택의 현관홀까지 왔다. 상쾌한 아침이건만 루빅은 마치 일주일 연속으로 밤샘을 하고 난 것처럼 홀쭉한 얼굴을 하고 있었다.

문을 통해 밖으로 나오니, 현관 앞에는 세 대의 마차가 서 있었다. 그 앞에는 방금 전 식당에 있던 소녀와 또 한 명, 은발의 여성이 담소를 나누고 있었다.

"……아, 도로셀 언니. 안녕하세요."

레티시엘의 모습을 알아차린 빨간 머리의 소녀가 꽃이 피는 것 같은 가련한 미소를 지으며 인사를 건네 왔다. 레티시엘을 언니라고 부른다는 것은, 그녀는 이번 생에서의 레티시엘의 동생인 것이리라.

"……벌써 시간이 이렇게 됐구나. 크리스타. 난 그만 가 볼게. 너도 빨리 마차에 타지 않으면 학원에 지각할 거야."

"예. 다녀오세요, 세리 언니."

크리스타가 여성을 언니라고 부르는 것을 보아, 이 사람은 「도로셀」에게도 언니이리라.

동생 크리스타와 반대로 언니 세리냐는 레티시엘을 무표정하게 한 번 힐끗 쳐다보았을 뿐, 곧바로 시선을 떼고 마차에 올라탔다. 저 사람도 나를 싫어하는 부류구나. 달려 나가는 언니의 마차를 바라보면서 레티시엘은 그렇게 생각했다. 하지만 그녀에게는 아무래도 좋은 일이었기 때문에 무시했다.

"조심해서 다녀오십시오."

레티시엘도 자신의 마차…… 크리스타가 사용하지 않은 쪽의 마차……에 올라타자, 루빅이 그렇게 말하며 두 사람을 배웅했다.

레티시엘은 잠시 자신과 크리스타를 배웅하는 루빅을 지켜보았다. 그러나 마차가 저택을 벗어나자 창가에 턱을 괴고 시선을 창문 밖으로 던졌다.

창밖에는 활기찬 아침의 마을이 펼쳐져 있었다. 거리에는 아침 장을 보기 위해 외출한 부인들이 오갔고, 도로를 따라 세워진 가게들도 차례로 문을 열고 있었으며, 인도의 옆에는 노점을 열 준비하는 남성의 모습도 있는 등, 마을은 아침 햇살을 받으며 조용히 깨어나고 있었다.

전쟁 같은 것은 모르는 것 같은 아름다운 마을. 전쟁과는 연이 없는 것 같은 평온한 사람들의 얼굴. 역시 이 나라는 정말로 평화로운 것 같았다.

'……그러고 보니, 나는 죽기 전에 「유유자적하게 살고 싶다」라고 빌었지?'

자신이 왜 전생했는지는 알 수 없었지만, 분명히 신이 자신의 소원을 이루어준 것이라고, 레티시엘은 그렇게 자신에게 유리하게 해석하기로 했다.

갑자기 큰 충격이 마차를 덮치더니 드높은 말 울음소리와 함께 마차가 급정지했다. 무슨 일인가 해서 레티시엘이 서둘러 마차에서 내리자, 마부가 마차 바퀴 옆에 웅크리고 앉아 있었다.

"무슨 일인가요?"

"……아, 아가씨…… 그, 아무래도 마차의 바퀴가 부서진 것 같아서 말입니다……."

마부가 횡설수설 대답했다. 왜 그가 그렇게 겁먹은 눈으로 이쪽을 바라보는지는 알 수 없었다. 혹시 자신에게 화를 낼 것이라고 생각하는 걸까.

"어머. 그렇다면 내가 좀 볼게요."

레티시엘은 그런 말로 마부를 물러나게 하고는 마차 바퀴를 만져보며 파손부위를 확인했다. 아무래도 포석의 진흙도랑에 미끄러지면서 나무로 된 마차 바퀴의 바깥쪽에 금이 간 것 같았다.

"도로셀 언니? 무슨 일이신가요?"

레티시엘의 마차와 나란히 달리던 마차가 멈추고, 창문으로 의아한 표정을 한 크리스타가 얼굴을 내밀었다.

"마차 바퀴에 약간 문제가 생긴 것뿐이에요. 수리가 끝나면 바로 따라갈 테니, 당신은 먼저 가도록 해요."

"그러신가요. 알았습니다. 그럼 학원에서 기다리고 있을게요."

크리스타는 어딘가 걱정스러운 눈으로 레티시엘을 바라보았지만, 이윽고 작게 고개를 끄덕이고는 마부에게 지시를 내렸다. 철썩 하고 채찍을 휘두르는 소리가 나고, 크리스타를 태운 마차가 덜걱덜걱 달리기 시작했다.

"저, 저기! 저는 일단 저택으로 돌아가 연락을……."

"그럴 필요는 없어요."

왔던 길을 돌아가려는 마부를 제지하며 레티시엘은 파손된 마차 바퀴에 오른손을 얹었다.

그 손바닥에 다양한 색깔의 빛이 모여들었다. 녹색, 황금색, 은색. 그것들은 하나로 섞이면서 배어들듯이 마차 바퀴에 녹아들더니 마치 파문처럼 마차 본체, 그리고 그것을 끄는 말에게도 퍼져나갔다.

빛이 사라지자, 그곳에는 상처 하나 없는 마차 바퀴가 나타났다.

"……어? ……아?"

"이걸로 문제없을 거예요. 그럼 학원으로 가 주세요."

레티시엘은 마부에게 그렇게 전하고 얼른 마차에 올라탔다.

"어? 아, 어, 예. 알았습니다."

혼자 남겨진 마부는 당황한 표정으로 마차 바퀴와 레티시엘이 마차에 타고 닫은 문을 번갈아 바라보았다. 그러나 모시는 집안의 영애를 지각하게 만들 수는 없었기 때문에 결국 마부석으로 되돌아갔다.

마부가 채찍을 휘두르고 마차가 움직이기 시작했다. 어쩐지 마차의 속도는 바퀴가 부서지기 전과 비교해 현격하게 빨라져 있었다.

당연했다. 레티시엘은 방금 전 마차 바퀴를 수리할 때, 마차본체에는 구조강화마술, 그리고 말에게는 신체강화마술을 걸었다. 그랬기에 방금 전의 마술에는 다양한 색의 빛이 섞여 있던 것이다.

마술로 강화된 마차는 큰길을 시원하게 달려 나가, 앞서 달리던 크리스타의 마차조차 순식간에 추월해 멀리 떼어놓았다.

"……어?……어?"

일반적인 마차의 약 두 배의 속도로 달리는 마차를 크리스타의 마차를 몰던 마부는 믿을 수 없다는 듯이 눈을 비비면서 멍하니 바라보았다.

***

이윽고 마차는 포석이 깔린 길을 빠져나가 호화롭고 현란한 건물이 서 있는 광대한 대지에 들어섰다. 우아한 정문과 엄숙한 건물, 아름다운 정원이 펼쳐졌다 이곳이 루크렌치아 학원인 것이리라.

'글쎄 또 저런 돈 낭비를…… 아니, 이 말은 이제 그만하자.'

마차는 정면에 있는 건물의 현관 앞에 멈췄다. 레티시엘은 마차에서 내리면서 저도 모르게 내심 태클을 걸고 말았다.

"자…… 학원에 오긴 했는데……."

루크레치아 학원의 현관은 높은 천장에는 샹들리에가 매달려 있었고, 대리석 바닥에는 융단이 깔려 있었으며 벽에는 아름다운 깃발이 걸려 있었다.

그 현관에 혼자 우뚝 선 채로 레티시엘은 무표정하게 중얼거렸다. 옆에서 본다면 다가가기 힘든 차가운 분위기의 영애가 태연자약하게 서 있는 것처럼 보일 터였지만, 이래봬도 레티시엘은 꽤나 어쩔 줄 몰라 하고 있었다.

레티시엘은 도로셀로서 살아온 세월의 기억을 무엇 하나 갖고 있지 않았다. 다시 말해 이 학원에 오는 것은 실질적으로 처음인 셈이었다. 그런 레티시엘이, 자신이 어디에서 수업을 받아야 하는지를 알 리가 만무했다.

'……? 저 사람들은……?'

두리번두리번 주변을 둘러보니, 홀의 한편에 학생들과는 다른 복장을 한 성인 남성 집단이 있는 것을 볼 수 있었다. 호기심에 잠시 그들을 관찰하고 있으려니, 그들의 곁을 지나치는 학생들은 아무래도 전부 그들에게 인사를 하는 것처럼 보였다.

'학생이라고는 해도, 이곳에 있는 것은 모두 귀족의 자녀. 그런 사람들에게 인사를 받다니, 분명히 높은 사람일 거야.'

그들에게 물으면 교실을 알 수 있을지도 모른다. 그렇게 생각한 레티시엘은 재빨리 남성들 곁으로 다가갔다.

"……응? 너는……."

"안녕하신가요. 좀 여쭙겠는데요. 저는 어디로 가면 될까요?"

레티시엘이 가까이까지 다가가자, 집단의 중심에 있던 갈색피부에 금발을 짧게 자른 억세 보이는 남성이 이쪽을 돌아보았다. 하지만 그는 레티시엘의 질문을 듣고 곧 의아하다는 듯이 눈썹을 모았다.

"응? 네 교실은 초등2반이지 않으냐. 그리로 가면 되잖아?"

"……."

어처구니가 없다는 듯이 말하는 남성을 레티시엘은 뭔가를 말하고 싶은 것 같은 무표정한 얼굴로 물끄러미 쳐다보았다.

글쎄, 그 교실로 어떻게 가면 좋을지를 모른다고요. 그렇게 말하고 싶은 마음이 굴뚝같았지만 아무래도 가르쳐줄 것 같은 분위기는 아니었다. 때문에 레티시엘은 주위를 확인하고는 벽에 걸려있는 교내 지도 앞으로 걸어갔다.

아무래도 이 건물은 3층 구조로 되어 있으며, 중앙의 안뜰을 둘러싸듯이 지어진 것 같았다. 그 각각의 층에도 본 적이 없는 교실들이 잔뜩 있어서, 레티시엘은 눈을 깜박였다.

"……너, 설마 자신의 교실이 어딘지 모르겠다, 라는 농담을 할 생각은 아니겠지?"

열심히 지도를 살피기 시작한 레티시엘에게 남성은 결국 인내심에 한계가 온 것일까, 어딘가 짜증이 난 것 같은 어조로 물었다.

"예. 바로 그 설마 입니다만."

"……."

부끄러워하는 기색도 없이, 오히려 그게 뭐 어떠냐고 말하고 싶기라도 한 것 같은 레티시엘의 반응에 남성들은 굉장히 놀란 것처럼 얼빠진 표정을 지었다.

"……넌 여동생과 같은 반이다. 그러니까 그 아이와 함께 가면 되지 않느냐."

"어머. 그런 방법이 있었군요."

어처구니없음이 잔뜩 밴 목소리로 그렇게 제안하는 남성의 말에 레티시엘은 그 속내는 알아차리지 못한 채 대답했다.

"……아, 언니!"

마침 그 타이밍에 정면 현관에서 크리스타가 당황하며 달려왔다. 아까 통학로에서 레티시엘의 마차가 크리스타의 마차를 추월했기 때문에 크리스타는 뒤늦게 학원에 도착한 것이었다.

"방금 전 마차는 대체 뭔가요? 그렇게 빨리 달리는 마차를 저는 본 적이……."

"마침 잘 됐네요, 크리스타. 나, 마침 교실로 가는 방법을 까맣게 까먹었어요. 같이 가주겠나요?"

레티시엘은 조언을 해 준 남자에게 꾸벅 머리를 숙이고는 크리스타의 대답을 기다리지 않고 그대로 성큼성큼 걸어갔다.

말이 도중에 끊긴 크리스타는 당황해서 어찌할 바를 몰랐으나, 마찬가지로 남성에게 인사를 하고는 언니의 뒤를 따라갔다.

왠지 질문을 할 타이밍을 놓치고 뒤따라온 크리스타는 레티시엘보다 조금 앞쪽에서 걸어가면서 힐끗힐끗 이쪽을 돌아보았다. 그렇지만 레티시엘은 전혀 못 알아차리는 척하면서 무시했다.

여기서 크리스타가 아침의 마차 일에 대해 물어 와도 현재 상황의 파악조차 하지 못한 지금으로서는 섣부르게 자신의 정보를 누설할 수는 없었다.

"……아, 음. 이곳이 저희 교실이에요……."

크리스타가 초등2반이라는 팻말이 걸린 문 앞에 서서 겁을 먹은 것 같기도 하고, 어쩔 줄 몰라 하는 것 같기도 한 눈으로 레티시엘을 바라보았다.

교실 앞에 선 두 사람 사이에 미묘한 침묵이 흘렀다. 이 감각…… 저택에서 루빅과 함께 빠졌던 침묵과 닮아 있었다.

"저기, 언니. 대체……?"

"그냥 까맣게 잊어버린 거예요. 신경 쓰지 말아요."

"예, 예……?"

까맣게 잊었다는 설정으로 끝까지 우긴 뒤, 레티시엘은

문에 손을 갖다 대고 망설임 없이 열었다.

교실 안에 있던 수많은 시선이 일제히 입구로 집중되었다. 그 시선들은 그곳에 선 레티시엘을 발견한 즉시 변화하고, 동시에 소곤소곤 하고 속닥거림이 들려오기 시작했다.

"이봐…… 얼음악마가 왔어."

"저 차가운 외모에, 저 얼음장 같은 표정…… 정말 기분이 나빠요."

어떤 사람은 괜히 주목당하지 않겠다는 것처럼 얼른 시선을 돌렸고, 어떤 자는 모욕하는 것 같은 내려다보는 시선을 했으며, 어떤 자는 부모의 원수라도 대하는 것처럼 노려보았다. 아무래도「얼음악마」란 레티시엘을 가리키는 모양이었다.

십인십색의 시선을 레티시엘은 천연덕스러운 얼굴로 받아내며 교실로 들어섰다. 지금의 레티시엘은 슬픔이라는 감정을 어딘가에 두고 와 버렸기 때문인지「왠지 주변 사람들이 엄청 쳐다보는걸」정도로밖에 생각하지 않았다. 꽤나 중증이었다.

"여러분, 안녕하세요."

교실에 도착하면 다음에는 어떻게 할까. 그런 생각을 하고 있던 레티시엘과 달리, 크리스타는 귀엽게 웃으면서 급우들에게 인사를 했다.

그러고 보니, 동생인데 왜 크리스타는 여기 있는 것일까. 혹시 쌍둥이였던 것일까? 혹은 늦게 태어난 언니와 빨리 태어난 동생의 연년생 자매? 뭐, 어느 쪽이든 상관없지만.

"……이봐. 도로셀 노아 피리아레기스."

멍하니 크리스타를 바라보던 레티시엘은 문득 크리스타의 뒤쪽에서 들려온, 매우 심기가 불편한 것 같은 목소리에 시선을 움직였다.

모습을 드러낸 것은 민트색의 머리카락에 불타는 것처럼 붉은 눈동자를 가진 소년이었다. 척 보기에도 성격이 드세 보였는데, 그 날카로운 눈매에는 명확하게 레티시엘에 대한 모멸의 빛이 어려 있었다.

"친절하게도 고맙습니다."

내 풀네임을 알려주어서, 라는 말은 하지 않았다. 앞뒤 없이 갑자기 고맙다는 말만 들은 소년은 얼빠진 표정을 지었다.

"로, 로시포드 전하……."

갑자기 끼어든 소년에게 크리스타가 살짝 놀라면서 그 이름을 불렀다.

전하라는 경칭을 붙여 부른다는 것은, 이 건방져 뵈는 소년 로시포드는 이 나라의 왕자인 것이다. 레티시엘의 안에서 로시포드는 「성가실 것 같은 사람」에서 「성가신 사람」으로 승격했다.

이제 보니 로시포드의 뒤에도 몇 명의 소년이 서 있었다. 그들도 이쪽을 노려보고 있었다. 아마도 왕자의 종자인 모양이다.

아마도 하나같이 나름대로 신분이 높은 분들이겠지. 저들과도 엮이면 성가실 것 같으니, 최대한 엮이지 않는 방향으로…….

"—봐…! 이봐……! 너! 듣고 있는 거냐!"

문득 로시포드의 낮은 목소리가 사고를 방해했다. 레티시엘은 눈썹을 살짝 찌푸리면서 그를 쳐다봤다.

"죄송해요. 안 듣고 있었습니다."

"뭐라…?! 너, 약혼자인 내게 꽤나 태도가 방자하구나!"

제대로 사죄를 했는데도 로시포드는 왜인지 당장에라도 달려들 듯이 화를 냈다. 그런 그의 태도가 레티시엘은 진심으로 의아했지만, 그것보다 지금 그녀의 머릿속에서는 방금 전 로시포드가 한 말이 계속 반복되고 있었다. 약혼자. 그는 분명히 그렇게 말했다.

"전하. 그만두세요!"

"……크리스타. 미안하다. 나도 모르게 그만 울컥하고 말았다. 하지만 네 아름다움과 상냥함을 접하니 그 분노도 다 가라앉는군."

"참…… 그런 말 마세요, 로시포드 전하."

"크리스타……."

레티시엘의 눈앞에서는 로시포드가 황홀한 표정으로 여동생을 쳐다보고, 크리스타 역시 부끄럽다는 듯이 뺨을 붉게 물들이고 있었다. 그는 명백히 도로셀을 혐오하고 있었으며, 그러면서 크리스타에게는 호의를 보내고 있었다. 그리고 크리스타 본인도 그것이 싫지만은 않은 것 같았다.

'약혼자 앞에서 당당하게 바람을 피우는 그가, 현재의 나의 약혼자라고……?'

전생에서의 남편은 상냥했으며, 레티시엘만을 계속 사랑해 주었다. 아무래도 이번 생은 가족 관계가 됐든 연인 관계가 됐든 하여간에 잘 안 풀리는 것 같았다.

'뭐, 아무래도 상관없으니까 그냥 놔두자.'

레티시엘은 여전히 서로를 바라보고 있는 로시포드와 크리스타를 산뜻하게 무시하고 빈자리를 찾았다. 그리고 마침 가장 뒷줄의 자리가 비어있는 것을 발견했다.

"여기. 비었나요?"

"예, 옛!"

빈자리 옆에 앉아있던 갈색머리의 영애에게 그렇게 묻자, 영애는 움찔 하고 어깨를 움츠리며 날카로운 큰 소리를 냈다. 레티시엘은 『도로셀』을 무서워하는 것 같은 그 반응이 의아했으나, 곧바로 흥미를 잃어버렸다.

자리에 앉아 앞쪽을 쳐다보니, 왜인지 로시포드의 종자들이 레티시엘을 지그시 노려보고 있었다.

크리스타와 다른 세계를 만들고 있던 것 같기에 눈치껏 무시해 주었는데 대체 뭔가 불만이란 말인가. 레티시엘은 영 납득이 되지 않았다.

그러나 그것도 금방 아무래도 좋아져서, 레티시엘은 로시포드 일행에게서 시선을 돌렸다.

***

종소리가 울리자, 잠시 뒤 1교시 수업을 진행할 교사가 교실에 들어왔다. 빛나는 두피를 가진 중년의 남성 교사가 출렁출렁 배를 흔들면서 교단 안에 섰다.

"그럼 역사수업을 시작하겠습니다."

1교시는 아무래도 역사수업인 모양이었다. 지금이 어떤 시대인지 알고 싶었던 레티시엘은 교사의 설명은 뒷전으로 돌린 채 묵묵히 교과서를 읽기 시작했다.

지금까지 역사수업에서 한 번도 교과서를 편 일이 없는 「도로셀」이 무슨 생각을 한 것인지 진지한 표정으로 교과서를 읽기 시작했기에 그녀의 옆에 앉아있던 영애가 의아한 표정을 지었다. 그러나 그것을 알아차릴 레티시엘이 아니었다.

"어어—. 그럼 교과서 6쪽을 펴 주세……."

교사의 목소리도, 주위에서 들려오는 펜 소리도 모두 무시하고 레티시엘은 교과서에 집중했다.

플라티나 왕국은 아스트레아 대륙에서는 세 번째로 크고 강대한 나라라고 했다. 레티시엘은 과거 자신이 살았던 것과 같은 대륙에 있다는 사실에 몰래 안도했다.

왕국의 역사는 천 년이 넘었으며 현재 이웃한 국가인 이리스 제국과는 동맹 관계에 있었다. 레티시엘이 살던 시대에서는 국가의 평균 수명은 60~70년 정도. 100년을 넘으면 무조건 강국이었다. 그런데 역사가 천 년이 넘다니, 참 평화로운 세상이 되었다.

플라티나 왕국이 건국되기 이전, 아스트레아 대륙에서는 수많은 나라들이 패권을 둘러싸고 피비린내 나는 전쟁을 계속했었다. 레티시엘이 살던 것은 아마도 이 시대이리라.

이 긴 전쟁은 아스트레아 대륙 전쟁이라고 불린다. 또, 언제 시작되었는지, 얼마나 길게 이어졌는지도 분명치 않았기 때문에 천년전쟁이라고도 불린다…….

문득, 어깨에 뭔가가 닿는 것이 느껴져서 레티시엘은 교과서에서 시선을 들고 옆쪽을 쳐다보았다. 그러자 옆자리에 앉은 영애가 레티시엘의 어깨를 두드리고 있었다.

"도로셀 양. 듣고 계신가요?"

그 목소리에 반응해 이번에는 앞쪽을 쳐다보자, 교사가 교과서를 한 손에 들고 이쪽을 보고 있었다. 이 각도에서는 교실의 조명이 그의 머리에 반사되어 매우 눈이 부셔…… 아니, 이 이상은 그만 하자.

"……죄송합니다. 질문을 다시 한 번 말씀해 주실 수 있나요?"

"흠. 아스트레아 대륙 전쟁 무렵의 주요 열강의 이름을 댈 수 있나요?"

"그렇군요…… 열강이라 하면, 대륙 최대의 국력과 국토를 가졌던 드란잘 제국을 들 수 있습니다. 그 이웃 국가로 대륙의 쌍날개 중 한쪽이기도 했던 세피로스 왕국도 빼놓을 수 없지요. 내정으로 주위를 견제하던 나라로서 신성 발푸르기스 제국도 있네요. 이 나라는 군대를 갖지 않은 유일한 국가로서, 국민들이 모두 음험했다던가요. 반대로 군사에 특화된 나라로는 헬토쿠텔 공화국과 포르난데 왕국을 들 수 있겠네요. 특히, 포르난데 왕국은 일야(一夜)국이라고 해서, 하룻밤 사이에 성이 세워져 건국된 나라입니다."

"어……? 호, 호오…… 이상하군. 교과서에 없는 나라까지……."

교사가 작은 소리로 뭔가를 중얼거렸지만, 그것이 학생들 귀에 들어가진 않았다.

한편, 레티시엘로서는 전생의 자신이 직접 보고 들은 정보를 그대로 늘어놓은 것에 불과했다. 그녀는 그 아스트레아 대륙 전쟁 당시에 살았던 것이다. 당시의 정세에는 이 자리에 있는 누구보다도 정통했다.

지금 이름을 든 나라들은 모두 대륙 중앙에서 실권을 쥐었던 나라들로, 변경의 나라들은 포함되지 않았다. 거기에, 그 대부분은 그럭저럭 오래 이어졌으나, 포르난데 왕국은 건국된 지 십 년도 지나지 않아 열강의 연합에게 멸망당했다. 뭐, 역사에 남지 않은 것도 당연했다.

덧붙여 레시티엘의 고국인 리제네로제 왕국도 변경에서는

그럭저럭 강한 국가였다. 적어도 이웃나라인 젤라이드 왕국과 어깨를 나란히 했을 정도로는.

"……어, 음. 뭔가 설명이 매우 상세한 느낌입니다만, 제대로 예습을 해 온 것 같군요. 그럼 다음 페이지를 펴 주세요. 이번에는……."

교사는 의아하다는 듯이 머리를 긁적이면서도 수업으로 돌아갔다. 레티시엘도 다시 교과서에 시선을 떨어뜨렸다. 이 시대에는 레티시엘이 알지 못하는 역사와 지식이 너무 많았다.

조사해야 하는 일들이 아직도 산더미처럼 쌓여있었다.

***

쉬는 시간을 사이에 끼고 이어진 2교시 수업은 아무래도 마법술식을 배우는 시간인 듯 했다.

교실 앞에서는 교사가 교단에 서서 지난 시간에 배운 내용을 복습하고 교과서를 낭독하고 있었다. 레티시엘은 옆자리에 앉은 영애가 교과서를 꺼내는 것을 확인하고 자신도 같은 교과서를 책상 위에 꺼내놓았다. 공책도 일단 꺼냈지만, 아마도 사용할 일은 없을 것이다.

마법술식…… 레티시엘이 아는 지식으로는 마도술식이라고 불렸지만, 그것은 마술을 익히는 사람들이 입문으로서 배우는 것이었다.

마술이란 인간의 상상력과 연산·정보처리능력에 따라 위력과 규모가 결정된다. 그러나 초보가 갑자기 자기 힘만으로 마술을 발동하려고 해도 잘 되지는 않았다.

그것을 보완하는 것이 마도술식이었다. 술식을 사용해 어느 정도 연습을 거듭해, 마술의 연산처리과정에 익숙해지면 술식은 더 이상 필요가 없어졌다. 오히려 그 수준이 되면, 술식을 의식하지 않고 이미지를 연상하는 것만으로도 마술을 사용할 수 있었다. 때문에 술식을 사용하는 것보다 스스로 연산하는 편이 더 편하고 효율도 좋았다.

그런 연유로, 전생에서는 왕국에서 첫째가는 마술사였던 레티시엘에게 초보자용인 마도술식 같은 것은 필요 없었다. 솔직히 말해 이 수업은 앞으로 지루해질 것이라고밖에 생각되지 않았다.

"……셀 양. 도로셀 양."

과거의 기억을 떠올리던 레티시엘은 자신의 이름을 부르는 목소리에 현실로 되돌아왔다.

"……아까부터 마음이 딴 데 가 있는 것 같습니다만…… 내 질문에 대답할 생각은 있나요……?"

교사가 화가 난 것 같은 표정으로 이쪽을 보고 있었다. 잠시 동안 그 모습을 지그시 바라보던 레티시엘은 그제야 자신이 지명을 받았다는 사실을 알아차렸다.

"죄송합니다, 선생님. 질문을 듣지 못했으니 다시 한 번 말씀해 주시겠어요?”

“……아, 그러죠. 이 칠판에 적힌 불의 기초술식에 바람의 기초술식을 덧그려보세요.”

교사의 질문에 레티시엘은 칠판에 적힌 술식을 살펴보았다. 그리고 경악에 질려 두 눈을 크게 떴다.

칠판에는 불의 기초술식이 적혀 있었다. 정확히는 불의 기초술식과 많이 비슷한 뭔가의 술식이 적혀 있었다.

불 계통의 술식이라는 것은 알 수 있었다. 그러나 그 상세한 내용은 레티시엘이 아는 기초술식과는 하늘과 땅 정도의 차이가 있었다.

일단, 술식의 규모가 너무 컸다. 기초술식은 모든 마술의 기본이 되는 것. 따라서 소모는 최소한으로 억제해야 했다. 그랬는데, 이 규모로는 정보처리회로에 불필요한 부담을 주었다.

거기에 제어대상에 쓸데없는 변수가 너무 많았다. 이만큼의 변수를 기초술식에 집어넣어두면, 나중에 이것을 기반으로 응용식을 만들 때 엄청나게 거대하고 복잡해졌다. 게다가 여기저기에서 변수끼리 서로를 상쇄시켜 생각하는 것만큼의 효과도 얻을 수 없을 것이다.

이렇게까지 낭비가 많고 연비가 나쁘며, 심지어 변환효율도 최악인 술식을 보는 것은 현생에서도 전생에서도 처음이었다. 마도술식의 최악을 철저하게 추구한 듯한 그것에 레티시엘은 경악하는 것을 넘어 걱정이 될 정도였다.

바람의 기초술식을 덧그리는 것 이전에, 이런 효율이 나쁜 술식으로 제대로 된 마술을 사용할 수 있을 리가 없었다. 이 세계의 마술…… 마법의 수준은 대체 어떻게 돼 있는 것일까.

넋을 놓고 칠판을 바라보는 도로셀을 교사와 학생들은 답을 알지 못해 침묵한 것으로 착각한 모양이었다.

교실 여기저기에서 실소가 새어나왔고, 로시포드와 종자들도 웃고 있었다. 교사는 학생들과 도로셀의 모습을 번갈아 바라보고는 한숨을 내쉬었다.

"……역시 모르겠나요. 그럼 여기는……."

교사의 말은 끝까지 이어지지 않았다. 레티시엘이 갑자기 요란한 소리를 내면서 의자를 박차고 일어난 것이다.

교실이 쥐 죽은 듯이 조용해진 가운데, 레티시엘은 그녀를 지켜보는 급우들의 앞을 가로질러 교탁 앞으로 나아갔다. 그리고 교탁 앞에 도착하자, 교사의 손에서 낚아채듯이 분필을 빼앗아 칠판의 술식 옆에 새로운 술식을 적기 시작했다.

교실 안에서 순식간에 소리 죽여 웃던 소리가 사라지고 침묵이 내려앉았다. 급우들은 너나없이 도로셀의 예상 밖의 행동에 놀라서, 이게 대체 무슨 일이냐며 침을 삼키고 지켜보기만 했다.

레티시엘은 지금 맹렬하게 화가 난 상태였다. 만약 이곳에 전생의 그녀와 당시의 마도술식을 아는 자가 있었다면, 분명히 그녀의 상태를 납득했을 것이다.

레티시엘은 괜히 왕국 제일의 마술사라고 불리던 것이 아니었다. 그녀는 엄청난 마술 마니아이기도 했다. 국민과 가족을 제일로 생각하긴 했지만, 전장에 나서지 않을 때는 모든 시간과 노력을 술식 연구에 쏟아부었다.

어떻게 하면 최소한의 능력과 부담으로 최고의 효과를 얻을 수 있는 마술을 발동시킬 것인가. 마도술식을 깎고 조이며 그 극한을 추구하던 그녀는, 이미 그 종착지에 다라라 있었다.

그렇다. 그녀는 죽기 전에 이미 마도술식의 한계를 해명했던 것이다. 가장 아름다우며 효율도 연비도 뛰어난 술식을, 레티시엘은 이미 알고 있었다.

그런 그녀가 보기엔, 눈앞에 쓰여 있는 이 엉터리 술식은 마술에 대한 모독이라고 해도 과언이 아니었다.

자신이 살던 시대로부터 얼마만큼 시간이 지났는지는 알 수 없지만, 대체 어디서 어떻게 잘못하면 이런 쓰레기 같은 술식과 이론이 나돌 수 있단 말인가. 이것을 널리 퍼뜨린 인간의 뒷덜미를 낚아채 적어도 한 시간은 추궁하고 싶었다.

후후후후…… 라는 불길한 웃음소리가 교실에 울려 퍼졌다.

손에는 분필을 든 채 등 뒤로는 뭔가 시커먼 오라를 뿜어내고 있는 여학생은 그야말로 「얼음악마」라는 호칭에 잘 어울리는 모습을 하고 있었다. 그 모습을 본 학생 중 몇 명은 히익 하고 비명을 지르고, 교사조차도 파랗게 질린 얼굴로 뒷걸음질을 쳤다. 교실에는 어느새 눈에 보이지 않는 눈보라가 휘몰아치고 있었다. 어마어마한 공포에 그만 실신하는 사람조차 있었다.

이윽고 칠판에 적어가던 술식이 모두 완성되었다. 레티시엘은 자신이 적은 완벽한 술식에 만면의 미소를 지었다. 그 옆얼굴은 황홀함에 가득 차 있었다.

탁. 레티시엘이 분필을 내려놓는 것과 동시에, 교실을 습격했던 눈보라가 화악 하고 안개가 걷히듯이 흩어졌다.

칠판에는 교사가 적었던 수식보다 한결 작아진 술식이 적혀 있었다.

덜어낼 수 있는 부분은 철저하게 덜어내고, 쓸데없이 많은 변수는 쳐내거나 다른 변수로 바꿔 넣었으며, 빈 공간에는 함수를 집어넣은, 레티시엘의 마도술식이 그곳에 있었다.

그것을 레티시엘은 황홀한 눈빛으로 바라보았다. 비록 다른 사람에 대한 흥미는 없어졌어도 그녀 안에 있는 마술에 대한 열정과 집념은 사라지는커녕 점점 더 강해졌다.

"선생님. 이것이 진정한 불의 기초술식입니다. 말씀하신대로 바람의 기초술식을 덧그렸으니, 부디 수업에 유용하게 쓰시길 바랍니다."

레티시엘은 교사 쪽으로 돌아서며 그 이상 없을 정도로 아름다운 미소를 지었다. 방금 전까지 공포로 뒤덮여있던 교실이 술렁거렸다.

저 얼음악마가 저런 표정으로 웃다니. 평소의 사람을 바보 취급 하는 것 같은 미소도 아니고, 방금 전까지의 기분 나쁜 냉소도 아닌 진심으로 우러나오는 미소를 짓고 있었다.

학생들이 눈을 깜박거리는 사이, 레티시엘은 이미 평소의 무표정한 얼굴로 돌아와 있었다. 그녀는 여전히 넋을 잃고 있는 것 같은 교사에게 인사를 하고 자신의 자리로 돌아왔다.

"……저, 저저저저기! 지금, 저 술식, 은……."

레티시엘이 자리에 앉자 옆자리의 영애가 쭈뼛거리면서 그녀에게 말을 걸어왔다.

왠지 그녀의 얼굴빛이 아침에 만났을 때보다 훨씬 안 좋아진 것 같은 느낌이 들었다. 창백한 것을 넘어 이제는 완전히 사색이 되어 있었다.

"왜 그러죠? 몸이 안 좋다면 쉬는 편이……."

"당신이 그런 말을 하는 건가요……?!"

몸 상태를 걱정해줬더니, 옆자리의 영애는 엉뚱하게도 쉰 소리를 냈다.

게다가 그녀의 한 마디에 주위의 급우들까지 레티시엘을 쳐다보며 책망하는 것 같기도 하고 두려워하는 것 같기도 한, 그다지 좋은 기분이 들지 않는 시선을 보내왔다.

“어, 음…… 내가 뭔가를 했나요?”

“예? 설마 무자각??!”

“하아…… 무자각……이라니, 대체 뭐가 말이죠?”

“진짜?! 그런 어마어마한 눈보라를 휘몰아치게 해 놓고는?!”

“눈보라……?”

그 뒤, 레티시엘은 그 영애가 자신이 칠판을 향하고 있는 사이 교실에 일어났던 일을 세찬 기세로 늘어놓는 것을 들어야만 했다.

옆자리의 영애가 말하길, 레티시엘은 등 뒤에서 시커먼 오라를 피워 올리며, 기분 나쁜 웃음소리를 냈다고 한다. 동시에 왜인지 모르겠지만 갑자기 눈보라 같은 것이 교실을 엄습해 사람들이 기절했다던가.

옆자리의 영애가 말한 것이 사실이라면, 분명히 여러모로 민폐를 끼친 모양이다. 그 점은 면목이 없었다. 그러나 그 전에, 한 가지 말하고 싶은 것이 있었다.

“고마워요. 좋은 얘기를 들었어요.”

“좋지 않아요! 지금 얘기의 어디에 「좋은 것」이 있었나요?! 악몽밖에 없었어요, 악몽밖에!”

“폐를 끼친 점은 면목이 없다고 생각해요. 정말로 미안해요.”

“……왜 그렇게 순순히 사과를 하는 건가요……!”

그러면 불평도 못하게 되잖아요. 그렇게 웅얼웅얼 중얼거리는 영애는 눈물을 글썽이고 있었다. 혹시 뭔가 거슬리는 말을 해 버린 것일까.

레티시엘이 말한 「좋은 얘기」란 교실을 덮쳤다는 눈에 보이지 않는 눈보라의 얘기였다.

마술이란 공기 중의 마소를 모아, 술사를 모체로 하여 사상으로 전환시키는 기술이었다. 일으키는 현상과 규모는 술자가 임의대로 조절할 수 있지만, 고난이도 혹은 대규모의 마술일수록 술자에게 가해지는 부담도 늘어났다.

급우들에게는 악몽이었을 그 눈보라는, 아마도 레티시엘의 분노에 동조한 교실의 마소가 그녀의 미친 듯이 날뛰는 격정을 그대로 투영해 폭주한 것이다. 마술은 술자가 의도해서 조종해야만 사용할 수 있을 터인데, 무의식적으로 그것을 해내다니. 엄청나게 강한 사상간섭력이었다.

게다가 교실 전체를 말려들게 해놓고도 레티시엘은 호흡 하나 흐트러지지 않았다. 그것은 방금 전의 눈보라가 그녀의 몸에 전혀 부담이 되지 않았다는 뜻이었다.

'이 몸은 어쩌면 말도 안 되게 마술과 궁합이 잘 맞는지도 몰라.'

그 가능성을 알아차리고 레티시엘은 쿡 하고 웃었다.

전생의 몸으로도 무의식적으로 마술현상을 일으키는 일은 할 수 없었다. 하지만 이 몸은 가능했다. 연습만 한다면 과거 레티시엘 이상의 마술사가 될 수도 있다.

그녀를 의아한 눈으로 쳐다보는 학생들은 알아차리지 못

했다. 레티시엘의 안에서 한층 더 높은 단계로의 문이 열렸다는 사실을.

불현듯 교실 앞쪽에 앉은 크리스타와 시선이 마주쳤다. 그녀는 약간 파랗게 질린 얼굴로, 하지만 마치 부모의 원수라도 보는 것 같은 날카로운 눈으로 레티시엘을 노려보고 있었다.

아침에 봤던 귀여운 얼굴은 온데간데없고, 악마와도 같이 무시무시한 표정을 짓고 있었다. 누구도 그녀를 보고 있지 않았기 때문에 알아차리지 못했지만 그 표정과 시선은 질투에 미친 여자와도 비슷한 것 같은 느낌이 들었다.

여동생은 겉모습대로 청초하기만 한 영애는 아닌 모양이었다. 하지만 그 사실을 알아차렸다고 해도 레티시엘이 크리스타에게 관심이 없는 데는 변함이 없었다.

크리스타는 여전히 이쪽을 노려보고 있었으나, 레티시엘은 그것을 무시하기로 했다.

'……그건 그렇다 쳐도, 전생한 지 아직 몇 시간밖에 안 지났는데 벌써 여러모로 피곤하네.'

술렁거리는 교실에는 전혀 개의치 않고 레티시엘은 책상위에 철푸덕 엎드렸다.

새로운 환경, 새로운 사회, 새로운 상식, 새로운 세계. 자신이 알지 못하는 지식과 정보가 폭포처럼 흘러들어와, 레티시엘은 피로를 느끼고 있었다.

이거, 앞으로도 스스로 필요한 정보를 알아내고 정리하지 않으면 혼란에 빠지겠는걸. 멍하니 그런 생각을 하면서 레티시엘은 천천히 눈을 감았다.

***

마력을 전혀 갖고 있지 않을 도로셀이 어떻게 그런 일을 할 수 있었을까.

학생들의 시선이나 교실 안에 가득한 당혹스러움에는 개의치 않고 책상에 엎드려 자는 도로셀을 옆자리의 영애…… 미란다레트 루루 월드는 당황하는 시선으로 힐끗힐끗 쳐다보았다.

솔직히 말해, 미란다레트는 도로셀이 거북하고 무서웠다. 도로셀은 마력을 일체 갖고 있지 않은 것만이 아니라, 쉽게 화를 내고 짜증을 부려서 다가가기 쉽지 않은 사람이었다.

입학식 날, 여동생에게 짜증을 퍼부은 것을 계기로 그녀에 대한 안 좋은 소문은 눈 깜짝할 사이에 전교로 퍼졌고, 도로셀은 입학하자마자 전교생의 기피대상이 되었다. 때문에 미란다레트에게도 도로셀은 얽히고 싶지 않은 사람이었다.

'……하지만, 도로셀 님은…… 이런 사람이었던가……?'

역사수업에 이어 술식수업에서도 지금까지와는 전혀 다른 언동을 취하는 도로셀에게 학생들은 동요하고 있었다.

소문을 두려워해서 늘 멀리서만 지켜보았던 미란다레트는, 눈앞에서 느긋하게 잠을 자는 도로셀의 평온한 얼굴을 혼란스러운 눈으로 바라보았다. 소문으로 들었던 도로셀의 성격이나 인물상과 자신의 옆에 있는 도로셀은 너무나도 달랐다.

미란다레트가 당황해서 어쩔 줄 몰라 하는 사이에도 교실의 동요는 가라앉지 않았다.

술식학의 교사는 굳어버린 채 잠시 동안 칠판에 쓰인 술식을 물끄러미 바라보았다. 그러나 곧 헉 하고 제정신을 차리고는 서둘러 주머니에서 수첩을 꺼내 뭔가를 맹렬히 적기 시작했다.

"여러분. 오늘 수업은 급히 자습으로 변경하겠습니다."

메모를 마친 교사는 수첩을 집어넣고, 한 마디 그렇게만 남기고는 빠른 걸음으로 교실을 나가버렸다.

2장 마법과 마술

술렁거림이 채 가라앉지 않은 교실에 종소리가 울려 퍼졌다. 그 소리에 레티시엘은 눈을 비비면서 고개를 들었다. 아침부터 전생이니 뭐니 해서 피곤했던 것일까. 푹 잠이 들고 말았다.

"저, 저기…… 도로셀 님. 안녕하세요."

크게 기지개를 켜는 레티시엘에게 옆자리에 앉아있던 영애가 말을 걸었다.

갈색의 머리카락을 느슨하게 땋아 내린, 오렌지색 눈동자를 가진 귀여운 영애였다. 수업 중에도 몇 번인가 레티시엘에게 말을 걸었었다. 그러고 보면 그녀의 이름도 듣지 못했군. 레티시엘은 멍하니 그렇게 생각했다.

"……당신의 이름을 물어도 될까요?"

"예, 예! 미란다레트 루루 월드입니다!"

레티시엘이 묻자, 그 영애……미란다레트는 어깨를 크게 움츠렸다. 딱히 잡아먹을 것도 아닌데. 그렇게 생각하면서 레티시엘은 벽에 걸린 시계에 시선을 보냈다.

"다음 수업은 뭐죠?"

"그러니까…… 마법훈련장에서의 실천마법학 수업이었던

것, 같아요."

"……그래요."

실천마법학이라는 말을 듣고, 레티시엘은 먼저 직전의 수업에서 교사가 내보였던 그 질 낮은 마법술식을 떠올렸다.

실제로 마법을 사용하는 학문이라면, 아마도 그 마법술식을 사용해 연습하는 것일 테지. 레티시엘에게는 차마 눈 뜨고 볼 수 없는 실패작이었지만, 그것을 가르치고 있다는 것은 그 마술술식이 이 학원의 상식인 것이다.

그렇게까지 예술적인 실패작이 어떤 효과를 불러올 것인가. 오히려 순수하게 흥미가 생겼다.

"훈련장에서 수업이라는 건, 교실이동인 거죠?"

"예……? 저, 저기…… 도로셀 님…… 실천마법학 수업을 들을 생각인가요……?"

"어머. 들을 거예요. 그게, 수업이잖아요?"

레티시엘은 교과서 등을 가방에 챙기고 자리에서 일어났다. 그 모습에 미란다레트가 동그란 눈을 한층 더 동그랗게 떴다. 하지만 학생이 수업을 듣는 사람을 일컫는 말이라면, 이 학원의 학생인 레티시엘이 수업에 참가하는 것은 당연하지 않은가.

"왜 그러죠? 같이 가요."

"예……? 아, 예!"

교실을 나서는 레티시엘을 미란다레트가 쫓아왔다.

일단 복도에 나왔지만 마법훈련장의 장소를 알지 못하는 레티시엘은 훈련장까지 어떻게 가야 할지 알 수 없었다. 어떻게 할까. 레티시엘은 그런 생각을 하면서 일단 복도를 걸으려 했다. 그때 그런 레티시엘의 옷자락을 잡아당기는 사람이 있었다.

뒤를 돌아보니, 뭐라 형용하기 힘든 미묘한 표정을 지은 미란다레트가 서 있었다. 왜 그런 얼굴을 하는 걸까.

"미란다레트 님. 이 손은 뭐죠?"

"……마법훈련장은 그쪽이 아니에요, 라는 손입니다……."

"…………까맣게 까먹어서 그런 거예요."

"그, 그렇군요……."

그런 살짝 영양가 없는 대화를 나누면서, 레티시엘은 미란다레트와 함께 복도를 걸어갔다.

미란다레트는 아침만큼 레티시엘을 무서워하지 않는 것 같았다. 레티시엘이 말을 걸면 쭈뼛쭈뼛하면서도 대답을 해 주었고 웃어주기도 했다. 레티시엘 쪽은 여전히 애교를 전생에 놓고 온 채였지만.

이윽고 두 사람은 본관을 나서 그 옆에 있는 두 개의 건물 중 하나에 도착했다. 바라보는 쪽 기준으로 왼쪽에 있는 건물이 다음 수업 때 사용할 마법훈련장이었고, 그 맞은편에 있는 건물은 검술연습장이라고 했다.

훈련장 안으로 들어가자 그곳에는 이미 초등2반의 얼굴들

이 모여 있었다. 당연히 그 안에는 크리스타도, 로시포드도 있었다.

레티시엘의 모습을 발견한 크리스타는 여느 때와 다름없는 가련한 미소를 지었다. 그 얼굴밖에 모르는 사람이 본다면, 2교시 때의 악마와도 같은 표정을 봐도 같은 인물이라고는 생각하지 못할 것이다.

한편, 로시포드는 레티시엘을 보자 날카로운 시선으로 한 번 노려본 뒤 흥 하고 시선을 돌려버렸다. 그는 크리스타와 달리 겉과 속이 다르지 않은 것 같았다. 그런 아무래도 좋은 인간들을 관찰하면서 레티시엘은 훈련장의 흙을 밟았다.

잠시 후, 수업 개시를 알리는 종이 울리고 담당교사가 훈련장에 모습을 드러냈다. 그 손에는 뭔가 커다란 포대를 들고 있었다.

"어음—. 그럼 수업을 시작하겠습니—다."

여차 하고 포대를 지면에 내려놓고, 교사는 어딘가 좀 맹한 모습으로 수업 시작을 알렸다. 그러고는 학생들 사이에 섞여 있는 레티시엘을 보고 눈을 동그랗게 떴다.

"……도로셀 양. 이 수업에 출석하는 건가요?"

"어머. 제가 이 수업에 출석하는 것이 그렇게 이상한가요?"

"……아뇨. 당신이 괜찮다면 상관없습니다."

평소와 다른 대응을 하는 도로셀에게 교사는 뭐라 형용할 수 없는 기분이 되어, 그대로 그녀에게서 시선을 떼고 학생들에게로 돌아섰다.

"어음—. 오늘은 여러분의 마력속성을 측정하도록 하겠습니—다. ……도로셀 양은 마력을 갖고 있지 않으니, 저쪽에 앉아서 견학해 주세요."

그렇게 말하는 교사의 말에 레티시엘은 미란다레트와 교사가 한 말의 의미를 이해했다.

이 두 사람은 도로셀이 마력을 갖고 있지 않다는 사실을 알고 있었기 때문에, 그녀가 이 수업에 출석하는 것을 의아하게 생각했던 것이다. 그리고 다른 급우들은 누구 하나 견학하는 사람이 없는 것을 볼 때, 마력이 없는 것은 레티시엘뿐인 모양이었다.

교사의 말을 듣고 레티시엘은 고개를 숙인 채 훈련장의 가장자리에 있는 벤치로 향했다.

벤치에 앉은 레티시엘은 두 손으로 자신의 몸을 감싸듯이 끌어안고 그대로 와들와들 떨기 시작했다.

학생들과 교사는 도로셀이 자신만 무능하다는 사실에 낙담해 굴욕을 참고 있는 것이라고 생각했다. 교사는 도로셀에게 동정이 담긴 시선을 향했고, 학생들은 여전히 그녀에게 경멸과 조소를 보냈다.

아까의 수업은 역시 뭔가의 우연이었던 거다. 학생들은 그렇게 믿었다. 그러나 진실은 또다시 그들이 생각하는 것과 아주 크게 동떨어져 있었다.

"……후후, 후후후……후후후후후……."

레티시엘은 자신의 몸을 끌어안은 채 흘러나오려는 웃음을 필사적으로 억누르며 몸을 떨었다.

그녀의 안에서 세차게 치밀어 오른 것은 굴욕도 슬픔도 아닌, 지금 당장 소리 높여 웃으며 춤을 추고 싶을 정도의 흥분과 기쁨이었다.

"아하하…… 그래서 이 몸의 사상간섭력도, 매개체로서의 기능도 무서울 정도로 높았던 거군요. 우후후후……."

이 벤치는 수업을 하는 교사와 학생들에게서 꽤 멀리 떨어져 있었다. 때문에 레티시엘이 작은 목소리로 뭔가 중얼거려도 그들의 귀에는 닿지 않았다.

방금 전 들은 마력이 없다는 말에, 레티시엘은 감동했다.

마술은 주위에 마소가 존재하는 한 반영구적으로 힘을 발휘할 수 있었으나, 다만 한 가지, 약점이 있었다. 그것은 바로 마력이었다.

마력은 거의 대부분의 인간이 태어나면서부터 갖고 있는 힘이었다. 그러나 신기한 힘을 쓸 수 있게 해준다거나 그런 특별한 영향력은 전혀 없이, 그저 혈액과 마찬가지로 체내를 순환할 뿐이었다. 독도 약도 되지 않는 그런 힘이었다.

마술은 마소를 모체가 되는 술자의 체내로 끌어들여 현상으로 변환시키는 기술이었는데, 마력은 그 마술의 원천인 마소의 흡수를 방해했다. 그리고 마력의 수치가 높을수록 방해율도 높아졌다. 때문에 레티시엘이 살던 시대에서는 높은 마력을 가진 자일수록 제대로 마술을 사용하지 못해서 물리공격으로 싸우는 사람이 많았다.

마술을 사용할 수 없다면 다른 전투법을 갈고닦는 수밖에 길이 없었으니 당연한 일이었지만.

반대로 마력을 일절 갖지 않은, 이른바 마력이 없는 자라고 불리는 존재는 레티시엘이 살던 시대에서는 매우 드물어서 무척 귀하게 여겨졌다.

얼마나 드물었느냐면, 10만 명에 한 사람 꼴이었다. 마력이 전혀 없는 것은 아니지만 마력수치가 극단적으로 낮은 사람 역시 보기 힘들어서, 수 만 명에 한 사람의 확률이었다.

이들은 한 나라에 적어도 한 명은 있어주길 바라는 인재로서, 강국들에게는 그들을 빼앗는 일 역시 타국을 견제하고 보다 더 우위에 서기 위한 수단이기도 했다.

그것도 당연한 일이었다. 마력이 없다는 것은 마술의 발동에 방해되는 것을 무엇 하나 갖고 있지 않다…… 즉, 마력을 가진 자보다 자유롭고 편하게 마술을 사용할 수 있다는 뜻이었다.

왕녀였던 무렵의 레티시엘도 마력을 거의 갖고 있지 않았다. 때문에 그녀는 왕국의 지보라고 불릴 정도의 마술사로 올라갈 수 있었던 것이다.

그랬는데, 전생하고 보니 어떠한가. 새로 얻은 육체는 마술을 쓰기 위해 존재한다고 해도 과언이 아닌 마력이 없는 자. 도로셀의 육체가 이상할 정도로까지 높은 사상간섭력을 가진 것도, 방대한 양의 마소를 흡수해도 몸에 아무 부담이 걸리지 않을 정도로 마술사로서의 그릇으로서 뛰어난 것도 그녀가 마력이 없는 자였다면 모두 설명이 가능했다.

마소의 유입을 방해하는 마력이 0이기 때문에 얼마든지 마소를 흡수할 수 있다. 그건 즉, 언제라도 마소를 자기 좋을 대로 사용할 수 있는 상태에 있다는 뜻. 그 상태에서 정신이 불안정해지거나 하면, 늘 전투 대기상태인 몸은 바로 술자의 이미지에 따라 마술을 구축해 버릴 것이다.

때문에 마력이 없는 자가 마술을 폭주시키면 그 마술은 불완전할 뿐 아니라, 본인이 마술을 폭주시켰다는 사실을 자각하든가 아니면 저절로 진정이 될 때까지 손을 댈 수가 없는데, 지금 그 점은 일단 제쳐놓자.

"……하아. 정말이지 유쾌한 일이군요."

레티시엘은 벤치의 등받이에 몸을 기대고는 미소를 지으며 하늘을 올려다보았다. 앞으로 자유자재로 마술을 사용할 수 있을 것이라고 생각하니, 너무나도 즐거워서 참을 수가 없었다. 하지만 레티시엘은 시선을 원래 위치로 되돌리고는 마음을 다잡고 수업을 견학하기로 했다.

저 교사는 이번 수업에서는 학생의 마력속성을 측정한다고 했다. 그렇다면 대체 속성을 측정해서 무엇에 쓰려는 것일까. 마술의 적성을 알아보기 위해서일까? 그렇지 않으면, 특기인 분야와 서툰 분야를 확인하기 위해서일까.

"어음—, 그럼 이제부터 마력속성측정에 들어가겠습니—다."

레티시엘이 혼자 이런 저런 생각을 하는 사이, 수업은 꽤나 진행된 모양이었다. 교사가 한 명씩 학생들의 이름을 부르기 시작했다.

교사가 가져온 자루에는 손바닥 크기의 수정이 잔뜩 들어 있었다. 그 양으로 봐서 아마도 소모품인 듯했다.

레티시엘이 물끄러미 수업이 진행되는 모습을 관찰하고 있으려니, 한 소년이 교사에게서 수정을 받아들고 그것을 양손으로 감싸 쥐었다.

그러자 수정이 붉은 색으로 빛나더니 몇 초 만에 소리도 없이 사라졌다. 레티시엘이 있는 위치에서는 멀어서 아무것도 알 수 없었지만, 소년의 기뻐하는 표정을 보건대 아무래도 수정에 결과가 표시된 모양이었다.

레티시엘이 지켜보는 가운데, 학생들은 계속 호명되었고 드디어 마지막 한 사람이 측정을 끝냈다. 크리스타와 로시포드도 측정했지만 그들의 결과는 아무래도 좋았기 때문에 전혀 듣고 있지 않았다.

"이야— 마력치의 평균은 5, 60인데, 올해는 학생 중에 100을 넘는 사람이 5명이나 있다니—. 다들 장래가 아주 유망합니다."

학생들 앞에는 크리스타와 로시포드를 포함해 네 명의 남녀 — 여자는 크리스타 한 명뿐이었지만 — 가 나란히 서 있었다.

교사는 그들을 천재라 부르며 절찬했고, 급우들도 어딘가 분해하는 것 같기도 하고 부러워하는 것 같기도 한 눈으로 그들에게 축복의 박수를 보냈다.

"……뭐?"

교사의 기뻐하는 태도와 급우들의 선망의 눈빛에 레시티엘은 혼자 벤치에서 입을 떡 벌렸다.

딱히 다른 학생들처럼 그들의 마력을 부러워하는 것이 아니었다. 오히려 레티시엘은 급우들이 왜 그들 고마력의 인간을 그렇게 부러워하는지 수수께끼였다.

마력에는 속성이라는 것이 존재했다. 속성은 전부 8종류가 존재하는데, 각각 불·물·바람·대지·번개·빛·어둠·무로 나누어졌다.

앞의 일곱 가지는 엘리먼트계 속성이라고도 불렸으며, 거기에 포함되지 않는…… 예를 들어 신체강화계나 공간계 등의 속성은 모두 무로 분류되었다. 때문에 전 속성 중에서 무속성의 정의가 가장 넓었다. 학교에 오던 길에 마차를 수리했을 때 사용한 마술도 무속성이었다.

또한 마력은 속성별로 마력치라는 것이 존재했는데, 그 이름 그대로 속성마다의 마력치의 높고 낮음을 나타냈다.

예를 들어 불 속성의 마력치가 높으면 불 속성의 마술을 구사하기 어려웠다.

마술사로서는 이 수치가 낮으면 낮을수록 좋았는데, 마력치가 100이 넘는 저들을 왜 저렇게 부러워하는 것일까.

어느 속성이든 100을 넘으면 해당 속성의 마술은 전혀 사용할 수 없다고 해도 과언이 아니었다. 그렇게까지 마력이 높으면 저항력이 너무 강해서 마소를 모조리 튕겨내기 때문이다.

보기 드물다는 교사의 말에는 레티시엘도 동의했다. 분명히 보기 드물기는 했다. 마력이 극단적으로 낮은 인간도 마력이 극단적으로 높은 인간도, 어느 쪽도 소수라서 결과적으로 천재도 무능아도 매우 적었으니까.

"정말로 놀라운 일이네요. 여기 두 사람은 불과 물, 바람 속성이 100을 넘었고……."

뭔가 정체를 알 수 없는 존재를 보는 것 같은, 뭐라 형용할 수 없는 기분이 들어 레티시엘은 저도 모르게 얼굴을 실룩거렸다.

놀라다 못해 이제는 넋이 나간 레티시엘을 놔두고 교사는 말을 이어갔다.

"크리스타 님은 세계적으로도 보기 드물게 빛속성의 마력이 300 가까이 되십니다. 그리고 로시포드 전하도 전 속성이 100을 넘으시고요. 모두도 알다시피, 100 이하의 마력으로는 상급마법의 행사는 어렵습니다. 하물며 극급마법은 혼자서 사용하려면 300 이상의 마력이 필요하지요. 이렇게까지 재능 넘치는 학생은 처음 봤습니다……!”

분명히 크리스타의 케이스도, 로시포드의 경우도 매우 희귀했다. 다만, 안 좋은 의미로.

전 속성의 마력이 100을 넘는다는 것은 어느 속성의 마술도 쓸 수 없다는 뜻이었다. 재능은커녕, 마술의 신에게 미움을 받고 있다고 할 수 있었다. 레티시엘도 전 속성 운운하는 사람은 지금까지 한 명밖에 본 적이 없었다.

그리고 레티시엘이 살던 시대는 누구나 치유마술…… 빛속성의 마술을 사용할 수 있던 시대였다. 때문에 빛속성의 마력이 높은……자기방어를 할 수 없는 사람은 분명히 보기 드물었다.

‘……혹시 『마법』과 『마술』은 별개의 것인가……?’

레티시엘은 그런 결론에 다다랐다. 그렇게 생각하지 않으면 저들의 반응은 납득할 수 없었다.

혹시 이 나라에 보급된 것이 『마술』이었다면, 그들은 이렇게까지 기뻐하거나 하지 않을 터였다. 오히려 마술사로서의 인생이 끝났다는 사실에 절망조차 했을지 몰랐다.

그렇다고 하면, 이 나라에서 가르치는 『마법』이란 대체 어떤 기술인 것일까. 마력이 낮은 자는 경멸당하고, 높은 자는 치켜세워졌다. 『마술』과 정반대의 구조의 가진 『마법』이란 대체…….

"어, 그리고— 다음에는 말입니다, 시간이 남았으므로, 여러분 모두 시험 삼아 마법을 써 보도록 하겠습니다."

변함없이 야무지지 못한 교사의 목소리에 레티시엘은 현실로 돌아와 허둥지둥 수업 광경을 응시했다. 잘 알지 못하는 일을 혼자 끌어안고 끙끙 고민하는 것은 자신의 나쁜 버릇 중 하나였다. 모르겠으면 직접 보면 된다. 학생들이 마법이니 하는 것을 실제로 해 보일 모양이니까.

마법을 쓸 수 있다고 들어서 들뜬 것일까, 급우들 사이에는 즐거운 분위기가 감돌았다.

교사는 손에 들고 있던 종이 다발을 급우들에게 나눠주었다. 그 모습을 물끄러미 지켜보던 레티시엘은 갑자기 벤치에서 일어났다.

"선생님."

"……도로셀 양? 왜 그러죠?"

"그 종이, 제게도 한 장 주시겠어요?"

"……예? 아니, 마력이 없는 당신이 술식을 받아서 어쩌려는 겁니까?"

역시 레티시엘이 생각했던 대로, 종이에는 초심자용의 마도…… 아니, 이 나라에서는 마법술식이라고 불렀지만, 그 술식이 적혀있는 모양이었다.

"어머. 선생님은 학생의 호기심까지 억압하실 생각이신가요? 받아서 어떻게 하든 제 자유이잖아요."

"……그것도 그렇군요. 자, 여기 있습니다."

교사에게서 종이를 받아든 레티시엘은 얼른 다시 벤치로 돌아왔다. 그리고 받아든 종이를 펼쳐 그곳에 적힌 문자와 도형을 눈으로 훑었다.

"……아아. 아까 본 그 형태네."

종이에는 불의 기초술식이 적혀 있었다. 물론 지난 수업에서 레티시엘이 수정하기 전의, 그 거지같은 술식이었다.

그것도 그것이지만, 술식의 밑에 적힌 글귀가 신경 쓰였다. 『내 몸에 가득 찬 불의 마력이여. 모든 것을 불태울 업화가 되어, 이 손에 모여 적을 꿰뚫어라』라고 쓰여 있는 것 같은데…… 이 창피한 문장은 대체 뭘까……?

"어음— 여러분, 이 기초술식을 외운 뒤 그 밑에 적힌 문장을 영창해 마법을 써 주세—요."

훈련장 안쪽에서 교사가 학생들에게 그렇게 설명을 했다. 그러니까 이 창피한 문장은 마법을 사용하기 위한 영창이라는 건가.

마술에도 일단 영창이라는 개념은 있었다. 마술은 술자의 이미지에 따라 효과가 좌우되기 때문에, 이미지를 떠올리는 것이 서툰 사람들은 영창을 하는 것으로 상상력을 보강했다.

물론 이렇게 장황하고 창피한 문장은 아니었다. 사람에 따라 조금씩 달랐지만 『불이여, 모여라』정도의 짧고 간결한 문장이 일반적이었다.

"그럼 바로 마법을 써 보죠. 가장 처음에는 누가 하겠습니까?"

"예! 선생님! 제가 하겠습니다!"

손을 든 것은 로시포드였다. 교사가 허가를 내린 다음 크리스타를 돌아본 것을 보건대, 아마도 좋아하는 여자에게 멋진 모습을 보이고 싶은 모양이었다.

로시포드가 종이를 들고 정위치에 섰다. 그리고 오른손을 앞으로 내밀고 왼손에 든 종이를 힐끔힐끔 보면서 소리 높여 외쳤다.

"내 몸에 가득 찬 불의 마력이여! 모든 것을 불태울 업화가 되어, 이 손에 모여 적을 꿰뚫어라!"

"……."

영창을 마친 로시포드의 손에 불덩어리가 출현했다. 그것은 그의 정면에 서있는 표적을 향해 똑바로 날아가 그 한가운데에 직격했다.

퐁!

그 자리에 고꾸라지지 않은 자신을 칭찬해주고 싶다고 레티시엘은 생각했다. 도저히 거센소리로는 들릴 수 없는 너무나도 얼빠진 소리였다.

표적을 봐도 표적의 중앙이 살짝 검게 그을렸을 뿐이었다. 그 약해빠진 위력에 레티시엘은 너무 어이가 없어서 입을 다물 수가 없었다. 마술이었다면 기초술식으로도 지금의 2

배 정도의 폭발은 일어나는데.

"후우……."

"근사합니다! 전하. 시작하자마자 표적의 중앙을 맞추시다니요. 게다가 위력도 발군이 아닙니까!"

"아니, 그 정도는 아닙니다!"

거기에 교사는 무슨 생각을 하는 것인지 그 정도의 마법을 위력이 강하다고 절찬을 하고, 로시포드는 왜인지 득의양양한 표정을 짓고 있었다.

발사할 때까지의 과정이 화려했던 것에 비하면 효과는 평범했고, 위력도 레티시엘이 보기에는 하중하였다. 그랬는데 대체 어디에 칭찬할 만한 요소가 있는 것일까. 아니, 마법을 표적의 정중앙에 맞힐 수 있었던 제어능력은 칭찬할 만할지도 모르겠지만.

그리고 마법의 영창이니 하는 것은 생각했던 것 이상으로 창피했다. 문자로 읽는 것은 별로 문제가 없었으나, 실제로 듣고 보니 오히려 듣고 있던 레티시엘 쪽이 창피해져서 기절할 것만 같았다.

'이런 걸, 전생의 남편은 뭐라고 했더라…… 그래, 중2병이야.'

그렇게 괴로움에 몸부림치면서도 레티시엘은 『마법』에 대한 분석을 계속했다.

아무래도 『마법』은 마소를 외부에서 흡수하는 『마술』과 달리, 체내에 존재하는 마력을 연료로 현상을 일으키는 기술인 것 같았다.

마소를 사용하지 않는다면, 마력이 높은 것은 딱히 나쁜 일이 아니었다. 오히려 마력이 높을수록 사용할 수 있는 연료가 늘어나기에 그들은 기뻐했던 것이리라.

그래도 레티시엘이 보기엔 기가 막힐 정도로 효율이 안 좋았다. 태어나면서부터 양이 정해진 마력을 사용하는 마법과 공기 중에 무한히 존재하는 마소를 사용하는 마술. 어느 쪽이 더 손쉽고 간단한지는 일목요연했다.

게다가 그 술식으로 마력을 소비하는 것은 다소 연비가 나쁘지 않을까. 내부의 한정된 능력을 사용한다면, 한층 더 간략화한 술식을 이용해 소모를 억눌러야 했다. 그런데 왜 이 나라의 마법술식은 그렇게까지 복잡하게 돼 있는 것인가.

이래서는 높은 위력의 마법을 구사하는 것은 꿈과 같은 일일 것 같았다. 그들은 그 약해빠진 마법으로 대체 어떻게 싸울 생각인 것일까.

"됐습니—다. 그럼, 다음 사람."

"예! 제가 하겠습니다!"

"아니! 내가 먼저다!"

"잠깐만 기다리세요! 저한테 양보하세요!"

그런 중에도 학생들의 차례는 계속 돌아갔다. 당연히 다들 그 창피한 대사를 소리 높여 외쳤고, 그때마다 레티시엘의 정신적인 뭔가가 계속 깎여나갔다.

전생에 레티시엘은 남편과 함께 몇 번인가 중2병 놀이를 하면서 논 적이 있었다. 그 흑역사를 억지로 떠올리는 느낌에 레티시엘은 괴로워져서 몸부림쳤다.

표면상으로는 여전히 무표정한 얼굴을 하고 있었지만, 레티시엘의 머릿속에는 빨리 이 시간이 끝나줬으면 싶은 생각밖에 없었다.

얼마나 시간이 흘렀을까. 드디어 실천마법학의 수업이 끝나고 급우들은 마법을 쏘는 것을 멈추었다.

그런 급우들보다도 훨씬 홀쭉한 얼굴로 레티시엘은 메마른 미소를 짓고 있었다.

불의 기초술식을 이용한 마법을 사용한 뒤, 여전히 시간이 남았다는 이유로 다른 속성의 마법도 시험해보자는 전개가 됐던 것이었다. 그러나 속성이 달라졌다고 해도 예의 창피한 영창은 여전히 존재해서, 레티시엘은 도중부터 생각하는 것을 포기했다.

훈련장 구석에서 혼자 해탈한 것 같은 상쾌한 미소를 짓고 있는 얼음악마의 모습에, 급우들은 끝내 머리가 이상해진 것 아니냐고 목소리를 낮추어 속삭였다.

뭐, 그 말은 어떤 의미로는 틀리지 않았지만.

"저, 저기이…… 도로셀 님……? 괜찮으세요?"

급우들이 무리지어 마법훈련장을 떠나는 가운데, 미란다 레트만이 레티시엘을 걱정해 주었다.

전생하고부터는 다른 사람에게 흥미를 가질 수가 없었지만 이 영애와는 친구가 될 수 있을지도 모르겠군. 그렇게 레티시엘은 논점을 벗어난 생각을 했다.

“예에…… 괜찮아요. 하지만 이상하네요. 나는 마력을 갖고 있지 않을 텐데 왜 이렇게 피곤한 걸까요……?”

“그건…… 왜일까요…….”

“있죠, 미란다레트 님. 당신은 그런 대사를 읊으면서 마법을 사용하는 게 창피하지 않은가요?”

“영창 말인가요? 뭐, 창피하긴 하지만요…… 아뇨, 많이 창피하긴 하지만요……! 영창이 없으면 마법을 사용할 수 없으니까, 노력해서 참는 수밖에 없답니다…….”

“그래요…… 잘은 모르겠지만, 정말로 애통하네요.”

“왜 멋대로 사람을 죽은 사람처럼 보시는 건가요.”

미란다레트가 눈을 반쯤 내리뜨며 비난하는 것처럼 쳐다보는 바람에 레티시엘은 저도 모르게 시선을 이리저리 돌렸다. 표정이 없는 탓인지, 아무래도 레티시엘의 감정은 눈을 보면 잘 드러나는 모양이었다.

“……다음 수업은 뭐죠?”

“다음은…….”

“아아, 당신! 거기 은발의 아가씨!”

미란다레트가 입을 열려는 타이밍에 어디에서인가 목소리가 들려왔다. 대체 누구를 부르는 것인지 알 수는 없었지만,

적어도 레티시엘은 관계가 없으리라.

"당신입니다, 당신! 무시하지 말아 주세요! 도로셀 님!"

이름을 불리는 바람에 레티시엘은 자리에 멈춰 섰다. 목소리의 주인이 부른 것은 레티시엘이었던 모양이었다.

목소리가 들린 쪽으로 시선을 주니, 두 남성이 이쪽을 향해 달려오는 참이었다. 한 사람은 작고 보동보동한 체구에 머리가 번쩍거리는 중년교사…… 1교시 때 역사를 가르친 교사였고, 다른 한 명은 2교시 때 보았던 마법술식 교사였다.

"안녕하세요, 선생님들. 저한테 뭔가……."

"당신! 도로셀 노아 피리아레기스 공작 영애이시죠?! 잠깐 같이 와주세요!"

보동보동한 교사는 콧김을 거칠게 뿜으며 레티시엘의 팔을 잡더니 그대로 기세 좋게 달리기 시작했다. 막무가내란 바로 이런 것을 말하는 것이리라. 혼자 남겨진 미란다레트가 멍하니 입을 떡 벌렸다.

복도에 있던 학생들은 두 명의 교사에게 이끌려 지나가는 얼음악마를 어안이 벙벙한 얼굴로 지켜보면서, 드디어 징계를 받는 건가, 라고 또다시 멋대로 그녀의 미래를 상상하고는 비웃었다.

한편, 교사들에게 강제 연행된 레티시엘은 교사 안을 빙글빙글 바쁘게 뛰어 다닌 끝에 어느 문 앞에까지 오게 되었다.

문 위에 걸린 팻말을 올려다보자, 『대회의실』이라고 쓰여 있었다. 대회의실이 있다면 소회의실도 있는 것일까. 레티시엘은 저도 모르게 그런 생각을 했다.

"허억…… 허억…… 도, 도착, 했습니다……!"

"그러네요. 그렇게 서두를 필요는 없었다고 생각합니다만."

"그건…… 저도, 지금…… 생각했습…… 그것보다……! 당신은 왜 그렇게 태연한 얼굴을 하고 있는 겁니까?!"

"……경험의 차라고 해두죠."

"온실 속의 화초로 자란 겨우 열여섯 살의 귀족 아가씨가 30대 남자를 상대로 경험의 차라고요?!"

보동보동한 교사는 그렇게 외치고는 머리를 쥐어뜯었다. 마법술식의 교사도 복잡한 얼굴로 레티시엘을 쳐다보았다.

레티시엘은 달리던 도중 이래서는 체력이 못 버틸 것 같다고 생각해 몰래 신체강화마술을 발동했다. 때문에 그녀는 전력으로 달리는 교사들을 따라가면서도 피로를 전혀 느끼지 않았고 호흡도 흐트러지지 않았다.

전란의 시대에는 10세의 여자아이가 40세의 아저씨보다 강한 일도 흔했는데, 지금 이 어디에 그렇게 놀랄만한 요소가 있는 것일까.

"그런데, 안 들어가시나요? 어, 음…… 빛나리 선생님."

"누가 빛나리 선생입니까! 발트라나입니다! 발트라나!"

보동보동한 중년교사는 코를 실룩거리면서 시끄럽게 고함을 쳤다. 교사의 이름을 알지 못했기 때문에 머릿속에 떠오른 단어를 그대로 입에 올린 것인데, 그것이 신경을 거스른 모양이었다.

레티시엘은 한 순간 어떤 표정을 지어야 좋을지 망설였다. 그 사이, 상대는 분노가 진정된 듯, 어깨를 축 늘어뜨린 채 대회의실의 문을 열고 안으로 들어갔다.

"……선생님의 성함도 여쭤 봐도 될까요?"

레티시엘은 또 다른 교사인 술식학 선생님에게 그렇게 질문을 했다.

"……도로셀 님. 기억하지 못하는 겁니까?"

"기억에 없네요."

"그런가요…… 저는 레이븐이라고 합니다."

"알았습니다, 레이븐 선생님."

빛나리……가 아니라, 발트라나가 열고 들어간 문을 지나 레티시엘은 대회의실에 들어섰다.

회의실 안에는 많은 사람들이 모여 있었다. 남자가 있거니와 여자도 있었고, 젊은 사람도 있으면 연로한 사람도 있었다. 이들은 혹시 전원 이 학원의 교사인 것이 아닐까.

"……왔나."

방의 가장 안쪽 의자에 앉아있던 남성이 조용히 입을 열었다. 빛바랜 짧은 금발에 생명력이 넘치는 짙은 남색의 눈동자, 우락부락한 얼굴과 탄탄한 근육이 어떻게 봐도 체육계의 남성이었다.

"……아, 음. 아침에 뵙고 다시 뵙네요."

그 남성은 분명 오늘 아침 현관에서 자신이 길을 물어봤던 사람이었다. 레티시엘은 저도 모르게 솔직하게 그렇게 말을 하고 말았다.

"호오…… 너, 루크레치아 학원의 수장인 내게 할 말이 그것뿐이냐."

"어머나. 그건 몰랐네요. 죄송합니다."

"입학식에서도 만났을 터인데? 잊어버리기라도 했다는 건가?"

"그러네요. 흥미가 없는 일이라 금방 잊어버렸는지도 모르겠습니다."

표표하게 말하는 도로셀의 태도에 회의실에 실소가 피어올랐다. 그것에는 학생들이 그녀에게 보내던 것 같은 비웃음의 기색은 전혀 담겨 있지 않았다. 오히려 안도했다고 할까, 안심감과 비슷한 평온한 기색이 섞여 있었다.

얼음악마 도로셀 노아 피리아레기스의 상태가 아침부터 이상하다는 것은 이미 풍문으로 들었다. 실제로 본 그녀는 분명히 이전과는 달라져 있었다. 그러나 고고하게 자신만의 길을 걷는 그 성격의 본질은 변하지 않은 것 같았다.

"큭큭큭…… 평소와 행동거지는 다르지만, 그 마이웨이 스타일의 성격은 변함이 없는 것 같군."

"그런가요. 감사합니다."

"칭찬하는 것이 아니다만…… 뭐, 됐다. 나는 루카스 드 오라시오다. 이번에는 제대로 기억해 두도록."

"선처하겠습니다."

왜인지 교사 일동이 따뜻하게 지켜보는 가운데, 레티시엘은 학원장…… 루카스의 말에 적당히 대꾸했다. 그녀는 딱히 학원장이나 교사들에게는 관심이 없었다. 그녀는 자신이 이곳에 불려온 이유에 관심이 있었다.

"그래서 말이다만, 널 이곳에 부른 이유는……."

"예."

"너, 수업에서 마법술식을 새로 고쳐 썼다고 하더군. 그럼 이 술식도 고쳐 쓸 수 있겠나?"

루카스가 그렇게 말하며 내보인 것은 규모가 약간 크고, 수식이 복잡한 술식이었다.

그러나 아무리 규모가 커도 그것에 쓰인 수식의 연산방법 등 근본적인 부분은 그 복합마법술식과 다르지 않았다. 레티시엘은 다른 교사가 건네준 펜을 손에 들고 아무 망설임 없이 술식에 칼을 댔다.

술식을 간략화하고 문자식을 삭감하고 통합해 나갔다. 교사들은 눈앞의 광경을 이해하지 못하는 것 같았지만, 그에 아랑곳하지 않고 레티시엘은 눈 깜짝할 사이에 술식을 고쳐 썼다.

"……이것은……."

레티시엘이 한 순간에 고쳐 쓴 술식에 루카스는 감탄을 금치 못했다. 그는 한 차례 술식을 열심히 읽더니, 시선을 들어 다시 레티시엘을 바라보았다.

"지금 보여준 술식이 이 나라의 표준적인 마법술식이다만, 넌 이 나라의 마법술식에 대해 어떻게 생각하지?"

"……예?"

무슨 말을 들을지 살짝 긴장하고 있던 레티시엘은 루카스의 입에서 나온 말에 얼빠진 대꾸를 하고 말았다.

"솔직히 말해도 상관없다. 쓸데없는 사람들은 이미 물렸어."

"아, 예……."

레티시엘은 눈을 몇 번 깜박였다. 학원의 수장과 교사들이 왜 그런 얘기를 듣고 싶어 하는지는 잘 알 수 없었지만, 어쩌면 이것은 좋은 기회인지도 몰랐다.

마술도 마법도 근본적인 이론은 달랐지만 사용하는 술식은 동일했다. 그들이 말해도 된다고 하니, 말해버리자. 그 뒤의 책임은 모두 학원에 떠넘기면 되겠지. 이 기회에 그들의 잘못된 인식을 교정해 줄까요.

레티시엘의 입가에 씨익, 미소가 떠올랐다.

루카스를 비롯한 교사들은 도로셀의 대답을 계속 기다렸다.

도로셀이 고쳐 쓴 예의 술식은 예전의 기초술식보다 마력소모나 변환효율이 향상되었으며 처리회로에의 부담도 줄어 있었다.

플라티나 왕국이 건국된 뒤, 최고의 형태로서 지금까지 한 번도 개변되지 않았던 마법술식을, 열등생이었을 터인 도로셀은 간단히 고쳐 썼다.

가족도 못 본 체 하고, 주위 사람들에게도 버림받은, 모두가 싫어하고 꺼려하던 그녀가 대체 어떻게 그런 미지의 지식을 얻은 것인가. 학문을 가르치는 자로서 그들은 그 점이 매우 신경 쓰였다.

그러나 그들은 머지않아 자신들의 질문을 후회하게 되었다.

"하고 싶은 말, 인가요……? 후후후후…… 그런 건, 산더미처럼 많습니다."

휘이잉. 대회의실 안에 차가운 바람이 조용히 일었다. 등줄기를 타고 오르는 불길한 한기에 실내에 있던 전원의 얼굴이 파랗게 질렸다. 그러나 마술의 존재를 아는 자는 아무도 없었기에, 그 원인이 레티시엘이라는 사실은 누구 하나 알아차리지 못했다.

레티시엘은 화를 내고 있었다. 2교시 때와 마찬가지로 그 비효율적인 마법술식에 화를 내고 있었지만, 지금의 그녀는 분별없이 분노를 폭발시키거나 하지는 않았다.

제대로 자신의 감정을 제어하고 적절하게 분노를 억누르면서도, 어느 정도의 이미지는 마술로 변환해 주위의 견제에 이용하고 있었다. 레티시엘은 이 대회의실의 누구 한 명도 놓칠 생각이 없었다.

"잘 들으세요. 우선 이 나라…… 뭐, 세계 규모일지도 모르겠습니다만 일단 나라 단위로 이야기하지요. 이 나라의 마법술식은 전혀 제대로 된 형태를 갖추고 있질 못합니다. 우선은 모양이 아름답지 않습니다. 뭔가요, 그 난잡하게 쓰인 쓸데없는 단어와 숫자는. 겉보기에 복잡하게 만든다고 그럴싸하게 되는 게 아닙니다. 중요한 것은 술식의 내용이고, 어떻게 스마트하게 필요최소한으로 최고의 요소들을 집어넣을 것인지가 중요합니다. 그리고 마력……? 의 변환효율도 최악이네요. 왜 그렇게 연비가 나쁜 술식을 아무도 지적하지 않는지 저로서는 정말로, 참으로 의아하기 그지없답니다. 애초에……

(중략)

……다시 말해 이 나라의 마도…… 아니, 마법술식이라고 했던가요? 어쨌든 그것은 술식에 대한 모독입니다. 이해하셨나요? 그럼…… 제가 하고 싶은 말은 전부 다 말했습니다만…… 어머? 여러분. 왜 그러시나요?"

도중부터 회의실의 칠판을 사용한 실연도 해 보이며 하고 싶은 말을 다 한 레티시엘은 상쾌한 표정으로 주변을 돌아보았다.

그녀의 눈에는 실내의 냉기 때문에 실신한 사람부터 눈의 초점을 잃은 사람, 혼이 반쯤 나가서 책상 위에 엎어진 사람

등이 가득 들어왔다. 혹시, 중간부터 또다시 사상간섭력을 폭주시킨 것일까.

'역시 마력이 없는 자의 몸은 제어하기가 힘드네…….'

아비규환……까지는 아니었으나 상당히 비참한 상태의 대회의실 안에서 레티시엘은 상황에 어울리지 않게 그런 생각을 했다.

대부분의 교사들이 격침당한 가운데, 루카스만이 제정신을 유지하고 있었다. 그는 턱에 손을 대고 생각에 잠기는가 싶더니, 뭔가를 결심한 것처럼 그리고 흥미롭다는 듯 레티시엘을 바라보며 입을 열었다.

"……자네. 연구실에 들어와 술식 연구를 해 볼 생각은 없나? 서클이라도 별로 상관은 없다만."

입을 열기 무섭게 그렇게 말하는 루카스에게 레티시엘은 눈을 크게 떴다. 지금 이야기 흐름에서 왜 그런 말이 나오는 것인가.

그녀는 지금까지 그렇게 『마법(마도) 술식이란 무엇인가』에 대해 열변을 토했는데, 혹시 레티시엘의 의견이 그에게는 닿지 않았던 것일까. 그래서 억지로 화제를 전환하려고 하고 있는 것일까.

덧붙여 마술에 대해서는 이야기하지 않았다. 정확하게는 이야기할 여유가 없었다. 레티시엘은 평소 술식연구에 몰두해 이미 그 극한에 다다라 있었다. 술식에 대해서라면 하루

종일 떠들 수 있는 연구 바보가 술식에 대해 썰을 풀면서 다른 화제를 그 사이에 끼워 넣다니, 그런 요령이 있을 리 만무했다.

"……저, 제 이야기를 들으셨나요? 뭣하면 다시 한 번 말씀 드리겠습니다만."

"잠깐. 기다려, 기다려라. 다시 얘기하지 않아도 돼. 충분히 들었다! 다 듣고서 하는 말이야!"

또다시 연설모드로 들어가려는 레티시엘을 루카스가 초조함을 드러내면서 말렸다. 이야기하게 해 주지 않는 것에 레티시엘은 유감스럽다는 표정을 지으면서도 일단 물러났다.

"네가 말하는 바는 잘 알았으나, 그건 우리는 갖지 못한 사고와 이론이다. 듣고 이해했느냐고 한다면 대답은 NO지. 그러니 그에 대해서는 연구와 검증을 해야만 해."

"그렇, 군요……."

"하나, 몇 번이고 말하지만 나로서는 네 생각을 이해하지 못했다. 혼자서 연구를 하려고 해도 무리겠지. 그렇지만 나는 네 이야기에 흥미가 있다. 그래서 네게 협력을 부탁하려는 거다."

"협력……."

다시 말해 루카스는 레티시엘의 이야기에 흥미를 갖고 레티시엘에게 보다 상세한 연구를 해 주었으면 한다고 말하는 것이다.

생각해 보면, 도로셀로 각성한 뒤로 아직 마술의 연구라는 전생의 취미에 몰두하지 못하고 있었다. 만약 학원 측에서 설비와 비용을 전부 제공해준다면, 이건 꽤 괜찮은 거래이지 않을까.

그러나 대답을 하기 전에 몇 가지 물어봐야만 하는 사항이 있었다.

"한 가지, 여쭤도 괜찮을까요?"

"뭔가?"

"연구실……? 이라든가, 서, 클……? 이라는 게 대체 뭐죠?"

물론, 레티시엘도 연구실과 서클이라는 단어의 의미는 이해하고 있었다. 하지만 그것들이 이 루크레치아 학원에서 어떤 의미를 갖는지는 알지 못했다.

멍하니 입을 다물지 못하는 루카스와 레티시엘의 시선이 조용히 마주쳤다. 첫날 하루 동안에 이 거북한 침묵을 세 번이나 경험하게 되리라고는 레티시엘도 생각하지 못했다.

"……좀 묻겠다만, 넌 정말로 루크레치아 학원의 학생이지?"

"예. 그렇다는 것 같더군요."

"……연구실에 대해서도 서클에 대해서도 오리엔테이션 때 설명했을 텐데, 그때 듣지 않았나?"

"아마도 듣지 않았을까요."

"……설명한 지 이제 겨우 일주일 남짓 지났다. 오히려, 왜 기억을 못하는 거냐고 묻겠다만."

"으—음. 흥미가 없었기 때문이 아닐까요."

"아까부터 넌 왜 그렇게 모호한 말만 하는 거냐."

그야, 그건 레티시엘이 경험한 일이 아니니까.

물론 그런 말은 하지 않고 레티시엘은 그저 의아하다는 듯이 고개를 갸우뚱했다. 「뭔가 불만이라도 있으신가요?」라고 말하기라도 하는 것처럼.

루카스는 관자놀이를 지그시 눌렀다. 밀어서 안 되면 당기라고 말하는 것 같은 소녀의 태도에 그는 이미 추궁하는 것이 귀찮아진 상태였다.

그 뒤, 레티시엘은 루카스에게 이 학원에서의 연구실과 서클에 대한 설명을 들었다.

연구실이란 학원에 속하는 교사가 하나씩 갖고 있는 연구 시설로, 교사의 개인적인 공간이기도 했다. 교사들은 각각 전문의 연구 목표를 내걸고 있으며, 수업을 하지 않는 시간에는 대개 이 연구실에 머물렀다.

자신의 흥미와 맞는 연구실에서는 교과서에서 배울 수 있는 이상의 것을 얻을 수 있기 때문에, 학생들이 보다 고도의 지식을 얻고자 교사의 연구실에 들어가는 일은 드물지 않았다.

덧붙여, 루카스의 연구실 테마는 『자유연구』였다. 그 건성건성한 테마는 대체 뭐냐, 라고 생각할 수도 있지만 학생들이 늘 호기심을 갖고 모든 것을 스스로 학습하는 것을 촉구하기 위함이라든가.

그리고 서클이라는 것은 같은 목적을 가진 학생들이 그룹을 만들어 서로 절차탁마하면서 그 목적을 향해 나아가는 조직이라고 했다.

또한 연구실과 다르게 서클은 동호회와 같은 것인데, 귀족들이 다니는 이 루크레치아 학원에서는 많은 학생들이 방과 후에는 다과회나 연회 등에 참석하기 때문에 현재 그 수는 거의 없다고 했다.

"……그렇다고 해도 오늘의 넌 여러모로 이상하다. 뭔가 이상한 것이라고 먹은 거냐? 혹은 어디 머리라도 부딪친 거냐?"

"그냥 까맣게 잊어버린 겁니다."

"뭐라? 너, 아무래도 그건……."

"까맣게 잊어버린 겁니다."

"아니, 그러니까……"

"까맣게 잊어버린 겁니다."

"무리가 있……."

"까 맣 게 잊 어 버 린 겁 니 다. 아셨나요?"

"아아, 그래. 이건 그냥 까맣게 잊어버린 거다."

마지막에는 살짝 대회의실의 마소에 간섭해 루카스의 주위에만 눈보라를 일으켰다. 그리고 만면의 미소를 지으며 못을 박자, 루카스는 즉시 고개를 세로로 흔들었다. 까맣게 잊었다고 하고 있는데, 괜히 깊이 파고들어 묻지 않았으면 했다.

'차라리 앞으로 뭔가를 물을 때에는 「까맣게 잊어버렸다」

로 밀고 나갈까……?'

사실 지금까지도 그걸로 밀고 나가고 있었으나 자각이 없는 레티시엘은 새삼 그렇게 결의했다. 그런 뒤 루카스의 권유에 답하기 위해 말을 이어나갔다.

"학원장님. 연구실에 들어가는 건입니다만, 연구 비용과 연구 설비는 모두 그쪽에서 부담해주실 수 있는 건가요."

"그래. 그건 당연하지. 그 정도라면 문제없다. 예산과 설비는 내가 책임을 지마."

"알았습니다. 그런 조건이라면 제게도 나쁜 이야기는 아닌 것 같습니다."

"그러냐. 그럼 연구실 쪽은 내가 준비할 테니 조금 기다리도록."

"감사합니다."

레티시엘의 대답에 루카스는 고개를 끄덕이며 그렇게 말했다.

"서클 쪽은 일단 보류해 주십시오. 지금은 아직 권유할 친구도 없으니까요."

"알았다. 서클은 네 의사에 맡기마. 만들고 싶다면 좋을 대로 만들어도 되고, 그러고 싶지 않다면 그래도 상관없어."

"예. 그렇게 하도록 하겠습니다."

그때, 방 밖에서 종소리가 들려왔다. 레티시엘은 무슨 일인가 해서 입구를 돌아보았다가, 대회의실의 시계를 올려다보았다.

"……어?"

벽에 걸린 시계는 13시 정각을 가리키고 있었다. 레티시엘은 눈을 몇 번인가 깜박거리면서 기억을 더듬었다.

루크레치아 학원의 1교시는 오전 9시에 시작한다. 수업시간은 50분으로, 각 수업 사이에 10분의 쉬는 시간이 들어간다. 오전 수업은 3교시까지이며, 끝나는 것은 정오 10분 전. 그리고 12시부터 13시까지는 점심시간이고, 13시에는 4교시가 시작되었다.

레티시엘이 마지막으로 들은 수업은 3교시 수업이고, 끝난 것은 정오 10분 전이었다. 그곳에서 이곳 대회의실로 연행되기까지의 시간 및 그 외 여러 가지 사항을 제외하더라도 레티시엘은 이곳에서 1시간은 쉬지 않고 계속 떠들고 있었다는 말이었다.

'어머…… 나도 참 어지간히 즐거웠나보네.'

그 얼어붙을 것 같은 공기가 흘러넘치던 상황의 어디가 「즐거웠던 것」이 되는지 알 수 없었지만, 그녀의 마음의 목소리에까지 태클을 걸 수 있는 사람은 없었다.

"……4교시가 시작되었네요."

"그렇군. 어차피 지금 가도 이미 여러모로 늦었을 테니, 식당으로 가지. 배가 고프군."

루카스는 그렇게 말하고는 자리에서 일어나 성큼성큼 대

회의실을 나갔다. 레티시엘은 총총히 그 뒤를 쫓아갔다.

그러고 보니 자신도 점심을 아직 먹지 않았다. 그것을 자각했기 때문일까, 꾸르륵 하고 레티시엘의 배가 공복을 호소했다. 앞을 걷던 루카스가 한쪽 눈만을 이쪽으로 향하며, 재미있어하듯이 히죽 웃었다.

"호오……? 꽤나 기특한 뱃소리로군. 얼음악마라도 인간다운 부분이 있지 않은가."

"어머. 얼음악마라도 알맹이는 인간인걸요. 배가 고픈 것은 당연한 원리입니다."

"큭큭큭…… 그것도 그렇군."

"그러는 학원장님이야말로, 그렇게 강건한 몸이라면 뱃소리도 자못 크시겠네요."

"넌…… 정말로 귀여운 구석이 없군."

"으음, 귀여움을 원하신다면 다른 사람을 찾아주세요. 전 애교라는 것을 전생에 두고, 갖고 오는 것을 깜빡했으니까요."

"……그걸 자기 입으로 말하는 거냐, 너……."

그런 어련무던한 화제의 대화를 나누면서도 레티시엘은 교사 안에 있는 시설의 장소와 그곳으로 가는 길을 확실하게 머릿속에 주입시키면서 루카스와 함께 식당으로 향했다.

그 무렵 대회의실에서는…….

"……우, 우우…… 머리가, 아파…… 뭐가 어떻게 된 거냐……."

"우와…… 땀으로 흠뻑 젖었다. 그 수수께끼의 폭풍설은 대체 뭐였던 거냐? 어디서 생겨난 거냐?"

"괴기현상인가? 그게, 우리는 누구 하나 마법을 쓰지 않았잖아?"

"도로셀 님이 원인…… 일수도 있을까요?"

"……분명히 도로셀 님은 2교시에도 무슨 일인가를 벌였다고 들었어요."

"……하지만 그녀는 마력이 없다고. 상식적으로 생각해서…… 무리가 아닐까?"

"그렇겠지……."

"그것보다, 아직도 다리가 떨려……."

"……앗, 이봐! 느긋하게 기력을 회복하고 있을 때가 아니야! 벌써 4교시가 시작했어!"

"""""뭐어어어어?!"""""

교사들의 비명이 울려 퍼지고 있었다.

***

전생 첫날의 학원 생활은 일단 무사히 끝났다.

마지막 수업이 끝나자 레티시엘은 얼른 짐을 정리해 학생들 틈에 섞여 교실을 나섰다.

저녁노을로 물든 현관을 나서자 많은 마차들이 늘어서 있었다. 학원에 다니는 귀족 자녀들을 마중 나온 마차들이었다. 그중 피리아레기스 공작가의 마차는 가문의 문장과 아름다운 외장으로 한층 더 눈에 띄었다.

레티시엘은 오늘 아침 타고 온 마차에 올라 저택으로 돌아왔다. 그 뒤, 자신과 함께 귀가한 크리스타에게는 시선도 주지 않고 일직선으로 자신의 방으로 돌아와서는 그대로 침대에 드러누웠다.

전생의 죽음 후에 뭐가 뭔지 전혀 모르는 새로운 세계에 던져지는 일은 엄청난 정신적인 피로를 가져왔다. 레티시엘은 푹신푹신한 침대 위에서 데굴 하고 몸을 뒤척였다.

"어서 오십시오, 아가씨. ……괜찮으십니까?"

같이 방까지 따라와 준 루빅은 그렇게 축 늘어진 주인에게 걱정스러운 듯이 말을 걸었다.

"그래요, 괜찮아요. 조금 피곤한 것뿐이니까."

루빅에게 그렇게 대꾸하면서 레티시엘은 오늘 있던 일을 돌아보았다.

오늘 하루 이 세계에 대해 많은 것을 알게 되었다. 그렇지만 그것은 아직 일부에 지나지 않았다. 왕국 밖의 상황, 현재의 정치 체계, 레티시엘이 아직 모르는 일이 산더미처럼 많았다.

"있죠, 루빅. 책을 읽는 것 외에 왕국의 정세를 손쉽고 빠르게 입수할 수 있는 방법은 없을까요?"

레티시엘은 스리슬쩍 루빅에게 그런 질문을 해보았다.

책을 읽으면 물론 지식을 얻을 수 있었다. 그러나 서적에는 지식은 쓰여 있어도, 실제로 그것들이 사회에서 어떻게 활용되고 있는지는 보여주지 않았다.

"예? 어, 음, 글쎄요…… 그러시다면 신문을 읽어보시는 건 어떠실까요?"

"……신문?"

들어본 적이 없는 단어에 레티시엘은 고개를 갸우뚱했다. 그러나 신문을 모른다고는 생각지 않는지, 루빅은 무심한 표정으로 그대로 말을 이어나갔다.

"예, 예에…… 신문은 그 날의 사건이나 특매 정보 등을 알려주기에 저희 일반 서민들에게는 귀중한 정보원입니다. 다만, 귀족의 신문과 서민의 신문은 많이 다른 것 같으니……."

"어머, 귀족의 신문에는 관심이 없답니다. 루빅도 신문……?을 읽나요?"

"예. 사실은 매일 아침 배포되는 신문으로 하루의 일을 확인하는 것이 제 작은 즐거움입니다……."

그렇게 말하곤 루빅은 쑥스럽다는 듯이 머리를 긁적이면서 웃었다. 아무래도 서민들의 오락이 적은 것은 천 년 전이나 지금이나 변함이 없는 모양이었다.

"그렇군요. 그럼 내일, 그 신문이라는 것을 갖고 와 줄 수 있나요? 무척이나 흥미가 있어요."

"예에…… 알았습니다. 저 개인의 것이라도 괜찮으시다면 갖고 오겠습니다."

그 뒤에도 루빅은 레티시엘의 이야기를 듣고는 친절하게 상담에 응해주었다.

루빅은 레티시아가 전생해서 가장 처음 접촉한 인물이었지만, 도로셀의 기억이 없는 레티시엘은 솔직히 그를 완전히 신용할 수는 없었다.

"그리고 그 밖에는…… 실제로 마을 사람들의 목소리를 듣는 것일까요? 저는 이곳에 살면서 일하고 있기 때문에 그 점에 대해서는 아무 말도 드릴 수 없습니다만……."

하지만 이렇게 그녀의 말을 자신의 일처럼 진지하게 같이 생각해 주는 루빅의 모습에, 그는 신용할 만한 인물일지도 모른다고 레티시엘은 생각했다.

"그렇군요……. 하지만 이런 시간에 마을에 나가는 것도 좋지는 않죠."

레티시엘이 저택에 돌아왔을 때와 비교해, 서쪽 하늘은 한층 더 붉게 물들어 있었다. 이제 곧 밤이 시작되려 하는 이런 시간에 마을에 나간다는 무모한 행동을 할 생각은 없었다.

"있죠, 루빅. 누군가 시정에 정통한 지인이 없나요?"

"시정에 정통한 인물 말인가요…… 마을에 살면서 저택에 다니러다니는 친구가 있습니다. 이 시간이라면 그도 아직 돌아가지 않았을 거라고 생각합니다만……."

"어머. 그거 좋은 소식을 들었네요. 그 친구는 어디에 있나요?"

"어…… 아가씨, 지금 당장 만나시려는 건가요……?"

"어머. 괜찮잖아요. 그 친구가 아직 돌아가지 않았다면, 어차피 이 저택 안에 있을 테죠."

그렇게 정하자, 레티시엘은 바로 루빅을 데리고 방을 나왔다.

루빅에게 이야기를 들어보니, 그 친구는 아무래도 저택에서 정원사장(長)으로 일하는 듯했다. 이 시간이라면 정원에서 식물들의 최종 확인을 한다고 했다.

"……아, 아가씨. 있습니다."

정원으로 나오자, 루빅이 앗 하고 목소리를 높였다. 루빅이 가리키는 쪽으로 눈을 주니, 튼튼해 보이는 몸에 허물없는 차림을 한 남성이 이쪽으로 등을 향한 채 화단 앞에 웅크리고 앉아 있었다.

"클라우드!"

루빅이 말을 걸자, 클라우드라 불린 남성은 전정가위를 움직이던 손을 멈추고 이쪽을 돌아보았다.

루빅의 모습을 발견한 남성은 손을 들어 작게 흔들어보였다. 그러나 그 뒤에 선 레티시엘을 확인하자 곧바로 놀란 것처럼 손을 거두고 자리에서 일어났다.

"도, 도로셀 아가씨가 아니십니까. 이런 곳에 무슨 볼일이십니까?"

"클라우드. 아가씨께서는 요즘 마을의 상황에 관심을 갖고 계신다. 그래서 네게서 마을 정세에 대해 이야기를 듣고 싶다고 하신다."

"예? 제, 제 이야기를 말입니까……?"

설마 공작 영애에게 그런 말을 들으리라고는 생각지도 못한 모양이었다. 클라우드는 눈을 껌벅거렸다.

"그래요. 사실은 내가 직접 마을에 나갈 수 있으면 좋겠지만, 벌써 이런 시간이니까요."

"과연. 그러신가요……. 하지만 저도 마을의 일상 생활 정도만 말씀드릴 수 있습니다만."

"어머. 그것만으로도 충분해요."

저녁놀에 물들어 오렌지색으로 빛나는 정원에서 레티시엘은 루빅과 함께 클라우드와의 잡담의 꽃을 피웠다.

루빅도 클라우드도 결코 레티시엘을 깔보거나 하지 않았다. 레티시엘이 어떤 시시한 질문을 해도 정중히 대답하며, 그녀를 바보 취급하거나 하지 않고 순수하게 레티시엘의 호기심에 어울려 주었다.

아무것도 알 수 없는 이 세계에서, 다른 고용인들이나 가족들처럼 자신을 함부로 대하지 않는 두 사람의 태도에 레티시엘은 이 저택에서 처음으로 마음의 안식을 맛볼 수 있었다.

3장 배움의 터에서의 만남

다음 날. 눈을 떴더니 전부 꿈이었다…… 라는 결말로 끝나지 않고, 레티시엘은 도로셀로서 이틀째 아침을 맞이했다.

레티시엘은 변함없이 시녀의 시중을 받으며 아침의 준비를 마쳤다. 시녀들은 무표정으로 일관하고 있었지만, 잘 관찰하면 하기 싫어하는 눈빛이 떠오른 것을 발견할 수 있었다.

몸치장 정도는 스스로 할 수 있었기 때문에, 레티시엘은 루빅에게 내일부터는 시녀를 들이지 않아도 된다는 뜻을 전달했다. 루빅은 살짝 놀랐지만, 그래도 미소를 지으면서 레티시엘의 뜻을 받아들여 주었다.

아침 식사는 방으로 날라 오게 했다. 식당에 가서 먹을까도 생각했지만, 어제 일에 대해 혼자 생각을 좀 하고 싶었기에 방에서 먹기로 갑작스럽게 마음을 바꾸었다.

크로와상이라는 빵을 입 안 가득히 넣고 오물거리면서 레티시엘은 침대 옆 사이드 테이블에 놓아두었던 역사책을 펼쳤다. 이것은 어제 루빅에게 서고에서 적당히 골라서 갖다 달라고 한 것이었다. 그 외에도 세계지리와 대륙의 경제에 관한 책도 있었다.

식당으로 이동하는 시간이 절약되었기 때문에 아침의 자

유 시간이 늘어났다. 레티시엘은 독서에 몰두한 나머지 의식이 다른 세계로 여행을 떠나버렸고, 결국 루빅이 억지로 학원으로 향하는 마차에 태워야했다.

책에서 시선을 들려고 하지 않는 영애와 그 손을 질질 잡아끌면서 이동하는 집사는 아주 기묘한 조합이었다. 스쳐지나간 고용인들은 물론, 그 광경을 목격한 공작 부부도 눈이 휘둥그레졌다.

그런 공작가 인물들의 심경은 전혀 알아차리지 못하고, 레티시엘은 지도첩에 시선을 주면서 전생과 현생의 지식 통합을 꾀하고 있었다.

역시나 천 년 이상의 세월이 흐른 만큼, 세계 지도에 레티시엘이 알던 나라는 한 곳도 없었다. 그러나 지명은 그대로 남은 곳이 있어서, 그 명칭에 의지해 레티시엘은 현재 대륙 상황의 개요를 머릿속에 주입했다.

끼익…….

마차의 문이 열리는 소리에 레티시엘은 현실로 되돌아왔다. 지도에서 눈을 들자, 마침 마부가 문을 열고 이쪽을 보고 있는 참이었다.

마차에서 내리자 레티시엘은 또다시 지도를 펼치고 독서로 되돌아갔다. 걸으면서 책을 읽는 것은 위험하다고 생각할지 모르지만, 레티시엘에게는 마술이 있었다.

레티시엘은 주변의 상황을 탐지하는 마술을 발동하고 걸

었다. 이렇게 하면 책을 읽으면서도 어디에 사람이나 물건이 있는지 알 수 있었기 때문에 부딪칠 걱정도, 넘어질 염려도 없었다. 거기에 타인의 눈에는 보이지 않는 무속성 마술이었기 때문에 누군가 눈치 챌 가능성도 낮았다.

'……하지만, 역시 한 권만으로는 어딘가 부족해.'

레티시엘이 갖고 있던 책은 이 지도첩 한 권이었다. 그리고 독서가에, 읽는 속도도 빠른 레티시엘은 그 책을 눈 깜짝할 사이에 다 읽어버렸다.

'……교과서를 읽는 것도 방법이긴 하겠지만…….'

어제처럼 지명을 당하면 그때마다 집중력이 끊어질 터였다. 그것은 독서에 집중하고 싶은 레티시엘이 바라는 바가 아니었다. 어떻게 할까. 레티시엘은 그렇게 생각하며 현관에 있는 학원 내 약도를 들여다보았다. 그러고 있으려니, 문득 그 한 구석에 신경이 쓰이는 글자가 쓰여 있었다.

"……이 방은?"

그곳에는 『대도서실』이라고 쓰여 있었다. 방의 이름으로 추측건대, 서적이 보관된 장소인 것 같았다. 전생에서도 서류나 서적을 보관하는 크지 않은 방이 있었는데, 그런 종류의 방인 것일까.

장소는 이 본관 옆에 있는 별관. 어차피 이대로 수업에 들어가도 수업내용은 거의 듣지 않았으니 레티시엘은 호기심에 그 대도서실이라는 곳에 가 보기로 했다.

레티시엘은 지도를 확실하게 외운 뒤, 길을 따라 대도서실로 향했다. 다행히 길은 외길이어서 헤매는 일 없이 도서실 문 앞까지 도착할 수 있었다.

대도서실은 정적에 싸여 있었다. 교실 두 개 정도는 될 법한 넓은 실내는 중앙에 천장이 없는 2층 구조였다. 1층과 창가에는 독서용의 테이블과 의자가 놓여 있었고, 나머지 공간에는 전부 책장이 천장까지 닿아 있었다.

레티시엘이 살던 시대는 책이라는 것이 별로 나돌지 않았다.

지식을 서적에 적어놓았다가 만약 그것이 적국에 건너가 악용되면 큰일이라는 난세 특유의 상식 때문이기도 했지만, 애초에 종이라는 것이 귀했다.

게다가 마술로 기억력을 어느 정도 보조할 수 있었다. 그런 연유로 고대의 사람들은 하나같이 머리가 좋았고, 때문에 책을 별로 필요로 하지 않았던 것도 있었다.

그랬기에 서적을 소유하는 것은 왕가나 극히 일부의 부유한 계급으로 한정되었다. 레티시엘은 어려서부터 책을 읽었으며, 책 읽는 것을 좋아했다.

대도서실의 압도적인 광경에 레티시엘은 어울리지도 않게 입을 다물지 못했다. 전생의 감각으로 와 보았더니 그 규모가 비교도 되지 않았다. 전생의 서고는 작은 자갈처럼 생각될 정도였다.

익숙지 않은, 책 특유의 오래된 냄새에 레티시엘은 어린아이처럼 주변을 두리번거렸다. 자택의 도서실에는 아직 가 본 적이 없지만, 이런 느낌일까.

대도서실의 입구에는 높고 긴 카운터가 설치돼 있었는데, 그 건너편에서는 새하얀 수염이 귀여운 아담한 체구의 노인이 꾸벅꾸벅 졸고 있었다.

"안녕하세요. 묻고 싶은 것이 있습니다만."

레티시엘은 카운터로 가서 졸고 있는 노인에게 말을 걸었다. 그녀는 이곳에서 책을 찾고 싶었지만, 스스로 찾기에는 시간이 너무 많이 걸릴 것 같았다. 그랬기에 여기서는 전문가에게 물어보자고 생각했다.

"……음냐?"

레티시엘의 부름에 노인은 자리에서 벌떡 일어나 새하얗고 풍성한 머리카락에 반쯤 가려진 눈을 몇 번인가 깜박거렸다.

"오오…… 보기 드문 손님이로구만! 내게 뭔가 볼일이라도 있는 겐가?"

레티시엘은 노인이 다른 사람들처럼 자신을 싫어할 것을 각오하고 있었으나 노인은 싫어하기는커녕 명랑하게 홋홋홋 하고 웃었다. 그 태도에 레티시엘은 오히려 맥이 빠지고 말았다. 아니, 뭐, 호의적인 것은 좋은 일이지만. 노인은 데이비드라는 이름이었다.

"데이비드 씨에게 묻고 싶은 것이 있습니다. 세계 지리에 대한 책을 읽고 싶은데, 어디에 있나요?"

"홋홋홋. 세계 지리란 말이지? 잠시 기다리시게나."

하얀 수염을 흔들면서 웃은 데이비드는 카운터 밑에서 커다란 책을 꺼내 카운터에 올려놓더니, 굉장한 기세로 페이지를 넘겼다.

두께가 10센티미터는 족히 돼 보이는 그 두꺼운 책에는 아마도 대도서실의 장서가 모두 적혀 있는 것이리라. 도서관 장서의 방대함에 레티시엘은 현기증이 날 것 같았지만, 역시 도서실의 민완 사서(예상). 페이지를 넘기는 손놀림이 근사했다.

"흠냐. 그런 책이라면 1층 계단 뒤쪽의 책장을 찾으면 무더기로 쏟아져 나올 걸세!"

불과 1분 여 만에 원하던 대답을 얻을 수 있었다. 저도 모르게 박수를 보내고 싶을 정도의 검색 속도였다. 레티시엘은 데이비드에게 감사의 말을 전하고, 노인이 말한 책장을 향해 걸음을 옮겼다.

세계 지리 계통의 책을 찾은 이유는, 당연히 방금 전까지 읽던 책이 지도첩이었기 때문이었다. 현재 레티시엘의 머릿속은 지리로 가득 차 있었다. 이럴 때에는 기세를 몰아 지리를 공부하는 편이 효율이 좋았다.

'……!'

목적한 책을 입수할 때까지의 그 잠깐 동안에도 레티시엘은 새로운 발견에 눈을 빛냈다.

레티시엘이 살던 시대에 나돌던 서적은 모두 손으로 옮겨 적은 것이었다. 그러나 이 대도서실에 있는 방대한 장서는 하나하나 모두 같은 서체로 쓰여 있었다.

'사본을 만드는 기술이 이렇게나 발달했었다니……! 전용 마법이라도 개발한 것일까?'

레티시엘을 책장에서 읽기 쉬워 보이는 책을 세 권 골라 독서 코너의 테이블 앞에 앉았다. 그리고 가방에서 저택에서 가져온 지도첩도 꺼내선 자신에게 기억력 강화마술을 걸었다.

이것으로 준비는 모두 끝났다. 레티시엘은 찰싹하고 자신의 뺨을 가볍게 두드리고는 첫 번째 책을 펼쳤다. 그리고 집중력을 최대한 발휘해 무서운 속도로 책을 읽어나갔다.

***

레티시엘의 의식을 현실로 되돌려놓은 것은 대도서실에 울려 퍼지는 종소리였다.

마침 책장에서 꺼내온 책은 모두 읽은 참이라, 레티시엘은 책을 덮고 시계를 올려다보았다. 시계바늘의 위치로 보건대, 지금의 그 종소리는 2교시 끝을 알리는 것이다. 또다시 한 시간은 고사하고 두 시간이나 지나 있었다.

"……음냐? 도로셀 님, 벌써 가시는 겁니까?"

"예. 또 오겠습니다."

"홋홋홋. 언제든지 오십시오."

흔들흔들 흔들리는 하얀 털 뭉치 같은 사서의 배웅을 받으며 레티시엘은 대도서실 밖으로 나갔다. 3교시 수업에 출석을 할까. 그렇게 생각도 했지만 교실에 가봤자 환영받지는 못할 것이다.

그렇다고 어딘가 가고 싶은 곳이 있는 장소가 있는 것도 아니었기 때문에, 레티시엘은 일단 이 학원의 구조를 파악하고자 교내 탐험에 나서기로 했다. 지금의 레티시엘은 식당과 자신의 교실, 마법훈련장, 그리고 이 대도서실의 위치밖에 알지 못했다.

하지만 그래서는 학원에서 생활하는 데에 불편할 것이다. 그랬기에 학원의 설비가 어디에 있는지를 확인해두고 싶었다.

우선 레티시엘은 별관 안을 돌아보았다. 나중에 들은 이야기이지만, 별관에는 교원 각자에게 개인실이 마련돼 있어서 교사들은 이곳에서 수업을 준비하거나 학생들의 성적 처리, 서류 작업 등을 한다는 것 같았다. 지금은 수업 중이라서 아무도 없었지만.

레티시엘은 대도서실에 올 때 지나온 길을 거꾸로 거슬러 갔다. 그리고 마침 별관과 본관이 만나는 모퉁이 근처까지 오자 문득 걸음을 멈추었다.

본관과 별관이 만나는 모퉁이에는 커다란 시계탑이 서 있었다. 그리고 그 아래쪽 벽에는 사람 하나 정도 높이의 네모난 구멍이 뚫려 있었다. 그 구멍은 사실 그저 문이 열린 채로 방치돼 있는 것뿐이었지만 뭔가 기묘한 소리가 들려와서 레티시엘은 입구에서 무심코 안을 들여다보았다.

들여다 본 방 안에는 본 적이 없는 물체와 금속덩어리 등 무엇에 쓰이는 것인지 전혀 짐작도 되지 않는 것들이 비좁게 늘어서 있었다.

창문도, 조명도 달려있었지만 어딘지 어두침침한 그 방 안은 회색과 검은색이 지배하고 있어 왠지 답답한 인상을 주었다.

그런 가운데, 회색의 바닥에 흩어진 하얀 종이는 이상하게 보는 이의 시선을 끌어당겼다. 종이에는 뭔가 자잘한 숫자와 문자가 적혀 있었고, 그것은 현재진행형으로 계속 만들어지고 있었다.

바닥에 흩어진 종이 바다 건너편으로 온통 검댕을 뒤집어쓰면서도 눈앞의 물체를 매만지고 있는 검은 소년의 뒷모습이 보였다.

칠흑색의 머리카락은 그 어두운 공간 안에 완전히 녹아들었고, 그의 하얀 손은 바닥의 종이들처럼 새하얗게 떠올라 있었다.

"……응?"

일단 손을 멈춘 소년은 사람의 기척을 느낀 것일까, 뒤를 돌아보았다. 짙은 보라색의 왼쪽 눈과 깊은 녹색의 오른쪽 눈이 레티시엘의 모습을 포착했다.

"어…… 아! 죄송합니다! 사람이 있으리라고는 생각하지 못해서……!"

소년은 한 순간 놀란 것처럼 눈을 크게 뜨더니 당황해서 허겁지겁 무릎에 올려놓은 수건으로 얼굴을 닦았다.

그러나 레티시엘은 소년이 더럽든 어쨌든 상관없었다. 그렇다기보다, 그런 것을 생각할 여유가 없었다.

시선이 서로 부딪친 그때, 레티시엘은 똑똑히 소년의 얼굴을 보았다. 깊은 두 가지 색의 눈동자, 젖은 것처럼 아름다운 머리카락, 숨을 삼킬 정도의 미모.

그곳에 있던 것은 일면식도 없는 소년일 터였다. 그러나 레티시엘은 소년의 얼굴에서 어떤 인물의 면모를 발견했다.

"……나오."

꺼질 것 같은 목소리가 레티시엘의 입에서 새어나왔다. 그것은 자신이 사랑했던 반려이자 자신을 감싸고 목숨을 잃은 가장 사랑하는 사람의 이름.

그 모습이 선명하게 떠오를 정도로 눈앞에 있는 소년은 레티시엘의 남편과 똑 닮았다.

찰나, 나오의 최후가 뇌리를 스치고 지나갔다. 마술을 쓰지 못하는 몸이었던 그는, 적병이 쏜 독화살로부터 레티시

엘을 지키고자 자신의 몸을 내던져 그녀를 감쌌고 끝내 목숨을 잃었다.

한 순간, 눈앞의 소년에게 피에 젖은 나오의 얼굴이 겹쳐졌다. 레티시엘은 머리에 날카로운 통증을 느끼고 이마를 감싸 쥐었다.

뇌리에 나오와의 수많은 추억들이 되살아났다. 처음 만났을 때의 일, 함께 마을에서 놀았던 일, 서로의 감정을 확인했던 때의 일, 결혼했을 때의 일, 처음 서로를 갈구해 하나가 되었던 때의 일, 당치도 않은 짓을 벌여서 국왕에게 부부가 나란히 혼났을 때의 일, 마지막으로 미소지어주었던 때의 일.

그 모든 것은 아름다웠지만 손을 뻗으면 물거품처럼 허무하게 스러져 버렸다.

"저, 저기…… 왜 그러시나요? 제 얼굴에, 뭐라도 묻었나요?"

말을 잃은 채 눈앞의 소년을 바라보는 레티시엘에게 응시를 당하던 소년은 당황해서 그렇게 말을 걸었다. 그러나 레티시엘은 그 질문에 대답할 수 없었다.

"어……? 괘, 괜찮으신가요?! 저, 괜찮으시다면 이거…… 쓰실래요?"

불현듯 흑발의 소년이 매우 당황하는가 싶더니 부스럭부스럭 주머니를 뒤졌다. 그리고 손수건을 꺼내 그것을 왜인지 레티시엘에게 내밀었다.

"어, 음, 그게…… 뺨에……."

손수건을 내려다보며 고개를 갸우뚱하는 레티시엘에게 소년은 웅얼웅얼 어딘가 말하기 어렵다는 듯이 중얼거렸다. 뺨이 어쨌다는 것일까. 레티시엘은 뺨을 만져보았다가, 그제야 비로소 자신의 얼굴이 젖어있다는 것을 알아차렸다.

'……나, 울었던 거야……?'

놀란 것도 잠시, 검은 머리의 소년이 걱정스럽다는 듯이 이쪽의 기색을 살피는 것을 보고 레티시엘은 손가락으로 재빨리 눈물을 훔쳤다.

"……읏…… 아뇨. 아무것도 아닙니다. 잠깐 눈에 먼지가 들어간 것뿐이에요."

레티시엘은 순간적으로 그런 말을 해서 상황을 얼버무렸다. 이상하게 생각하지는 않을까 걱정이 됐지만 소년은 그 설명에 납득을 한 것 같았다.

"아아…… 죄송합니다. 이 방, 작업 중인 것도 있고 해서 먼지가 많죠."

"아뇨. 괜찮습니다. 걱정을 끼쳤네요……."

냉정을 되찾고 다시금 보니, 소년은 나오와 똑 닮은 부분이 있으면서도 별로 닮지 않은 구석도 많았다. 왼쪽 눈꼬리 밑에 점도 없었고, 눈꺼풀도 외까풀이 아니었다. 레티시엘의 안에서 조금씩 소년과 나오의 모습이 별개의 존재로서 구별되어갔다.

"저…… 그런데, 당신은……."

그래도 가까운 거리에 있으면 왠지 진정이 되질 않아 레티시엘은 슬그머니 뒤로 물러났다. 그렇게 소년과 거리를 두면서 그녀는 소년에게 물었다. 질문을 받은 소년은 잠시 당황한 것 같은 표정을 짓더니, 바로 자신이 이름을 대지 않았다는 사실을 알아차렸다.

"아……! 죄송합니다. 아직 이름을 대지 않았군요. 저는 지크 비올리스라고 합니다. 아가씨께서는요……?"

"도로셀. 도로셀 노아 피리아레기스입니다."

레티시엘이 그렇게 이름을 대자, 지크라고 이름을 밝힌 소년은 허를 찔린 것처럼 눈을 크게 떴다.

"당신이 도로셀 양이었나요……!"

"절 아시나요?"

"도로셀 양의 소문은 학원에서도 유명하니까요. 이름은 전부터 들어 익히 알고 있었습니다. 그런데 이곳에는 어쩐 일이신가요?"

지크는 진심으로 의아하다는 표정으로 그렇게 물었다. 뭐, 공작가의 아가씨라는 사람이 이런 곳에 있다면 놀랍기는 하려나.

"전 대도서실에서 돌아온 참이에요. 당신이야말로 수업에 참석하지 않고 이곳에서 뭘 하는 거죠?"

"아아. 저는 이 기계실에서 기계를 만지던 중이었습니다. 평소에는 연구실에 있는 일이 많습니다만, 오늘은 오랜만에 기계를 주무르고 싶어져서요."

이야기를 들어보니, 아무래도 지크는 평소부터 수업에는 전혀 출석하지 않는 것 같았다.

"……기계……를 좋아하나요?"

"예. 기계는 정해진 원리로 움직이니까요. 그 원리를 해명해서 답을 발견하는 작업이 즐겁습니다."

그렇게 말하는 지크의 눈동자는 어린아이처럼 반짝반짝 빛나고 있었다. 그 모습에서 레티시엘은 왠지 마술에 대해 이야기를 늘어놓는 자신을 연상하고 말았다.

'……방금 전에는 닮지 않았다고 생각했지만…… 왠지 역시 나오와 닮은 것 같은 느낌이 들어.'

그리고 한편으로는 나오의 웃는 얼굴과도 비슷했다. 나오도 레티시엘에게 뒤지지 않을 정도로 연구자 기질이 있었다. 레티시엘이 마술마니아였던 것에 비해, 나오는 흡사 정치마니아였다.

즐겁다는 듯이 떠드는 지크의 모습이 서류에 파묻혀 희희낙락 펜을 놀리던 나오의 모습과 겹쳐져 레티시엘은 저도 모르게 쿡 하고 웃었다.

"이 기계는 뭔가요? 무엇을 위한 장치인가요?"

"이것 말입니까? 이건 활판 인쇄를 하기 위한 기계입니다. 책이나 신문을 찍어내는데 없어서는 안 되는 기계이죠."

"활판…… 인쇄……."

지크의 입에서 튀어나온, 들어본 적이 없는 단어와 설명에 레티시엘은 눈앞에 있는 나무구조물을 바라보았다.

레티시엘의 뇌리에 방금 전까지 있던 대도서실의 광경이 스치고 지나갔다. 그 방대한 양의 책들을 보고 레티시엘은 복사기술이 발전했다고 생각했는데…….

"그렇다면 대도서실에 있는 서적들은 혹시……."

"……? 예. 활판 인쇄로 찍은 것들입니다. 학원 안에서 인쇄된 것도 많지만, 장서의 대부분은 국내 각지, 혹은 해외에서 가져온 것들이죠."

"그렇, 군요……. 그럼 이 기계로 대체 어떻게 문자를 인쇄하는 거죠?"

"그게 말이죠. 우선은 이 판 위에 도장 같은 형태의 활자를 문장에 맞춰 나란히 늘어놓고…….

처음에는 눈앞의 물체에 당황했던 레티시엘이지만 그것도 잠시, 그녀는 어느새 연구자로서의 탐구심을 겉으로 드러냈다. 레티시엘은 새롭게 보는 기계라는 물체에 지대한 개인적 흥미를 품고 지크에게 이것저것 질문을 시작했다.

그것에 가장 놀란 것은 다름이 아닌 지크였다. 기계라는, 보통의 귀족영애는 돌아보지도 않을 물체에 혹해 호기심에 눈을 빛내는 그녀에게 지크는 순수하게 흥미를 품었다.

입학한 뒤로 한 번도 수업에 들어간 적이 없는 지크는 「도로셀」의 이름 정도는 들어본 적이 있었지만, 그녀의 나쁜 소문에 대해선 알지 못했다.

"……어라? 벌써 점심시간인가요?"

"빠르네요. 눈 깜짝할 사이였습니다."

레티시엘과 지크는 서로 얼굴을 마주보며 작게 웃었다.

"전 식당으로 갈 건데, 지크는 어떻게 할 건가요?"

"그렇군요…… 우선 전 이곳을 정리할 테니 먼저 가 주세요."

그렇다면 자신도 돕겠다고 레티시엘은 말했지만, 지크는 남에게 수고를 끼칠 정도의 일은 아니라며 그 제안을 거절했다. 때문에 레티시엘은 지크에게 인사를 하고 방을 뒤로 했다.

기계실을 나와 잠시 복도를 걷다가 거기서 비로소 레티시엘은 자신은 결국 기계실 이외의 장소를 전혀 파악하지 못했다는 사실을 깨달았다.

'……뭐, 다음에 해도 괜찮겠죠.'

딱히 학원은 어디로 도망가지 않을 테니 오후나 날을 새로 잡아서 다시 탐험을 하면 되겠지. 레티시엘은 그렇게 담박하게 결단을 내리고는 식당을 향해 다시 걸음을 옮기기 시작했다.

***

점심 식사를 마친 뒤 맞이한 오후 수업에서 레티시엘이 속한 초등2반은 미술 수업을 위해 박물관을 찾았다.

가방을 든 채로 박물관에 갈 수는 없었기 때문에 레티시엘은 점심시간이 끝나기 전에 가방을 교실에 두고 왔다. 루크레치아 학원은 광대한 대지를 갖고 있었다. 그 안에는 본관과 별관 등의 교사는 물론, 검술연습장 등의 시설도 갖춰져 있었다. 박물관도 그런 다양한 시설 중 하나로, 그 이름대로 박물관과 미술관을 겸하고 있었다.

"자~. 그럼 여러분, 박물관 안에서 뭐든 하나 좋아하는 것을 데생해 주세~요. 제한 시간은 없지만요~. 수업이 끝나기 10분 전에는 이 현관으로 돌아와 주세~요!"

겉보기에는 평범한 아저씨이건만 왜인지 어조나 행동이 쓸데없이 여성스러운 미술 교사의 호령 아래, 학생들은 각각의 방향으로 흩어졌다. 즐겁다는 듯이 눈을 반짝이는 사람이 있는가 하면, 귀찮다고 투덜거리는 사람도 있었다.

레티시엘은 로시포드가 수업 시작과 동시에 맨 먼저 무기가 전시된 곳으로 향하는 것을 보았다. 아무래도 로시포드는 무기류를 매우 좋아하는 모양이었다.

응? 레티시엘은 그에게는 흥미가 없는 것 아니었느냐고? 흥미는 없지만, 저렇게까지 크리스타와 큰 목소리로 떠들면 싫어도 들리는 법이다.

"……어머."

한편, 그 레티시엘은 미란다레트와 함께 목적지도 정하지 않고 적당히 관내를 어슬렁거리고 있었다.

어딘가의 전시 부스에 발을 들여놓은 레티시엘은 그 부스의 중앙에 전시된 거대한 뼈 표본…… 화석을 보고 감탄의 목소리를 흘렸다.

"이쪽의 화석은 지금으로부터 백 만 년 전에 살던 공룡이라고 불리는 생물로, 당시에는 이 아스트레아 대륙 전체에 걸쳐 생식했으며 많은 종류가 존재했습니다. 이 공룡은 왕도 교외에 있는 산 속에서 발견된 것으로……."

동물 표본 코너를 담당하는 학예사가 그 자리에 모인 학생들에게 길게 화석의 설명을 늘어놓고 있었다.

"……있죠, 미란다레트 님."

처음에는 레티시엘도 진지하게 그 설명을 들었다. 하지만 그 사이, 점점 신경이 쓰이는 점이 생겨나서 옆에 있는 미란다레트에게 말을 걸었다.

"응? 뭔가요?"

"저 공룡이라는 생물 말인데요……."

"예, 예……."

"요컨대 도마뱀을 말하는 거 아닌가요?"

"……예에에?!"

레티시엘이 태연하게 던진 질문내용에 미란다레트는 저도 모르게 얼빠진 비명을 질렀다. 그러나 곧 허둥지둥 자신의 입을 막고는 주위 사람들에게 고개를 숙였다.

"아뇨아뇨. 전혀 달라요. 도마뱀은 좀 더 작답니다. 이렇게…… 두 손바닥 위에 올려놓을 수 있을 정도로.”

“어머, 그런가요…….”

그렇게 설명을 들어도 레티시엘은 여전히 확 와 닿지가 않았다.

천 년 전의 아스트레아 대륙전쟁에서 생존을 걸고 싸운 것은 비단 인간만이 아니었다. 인간이 살아가기 위한 식량쟁탈을 벌인 것처럼, 동물들 역시 인간이 전쟁에서 파괴하지 않은 자연을 둘러싸고 약육강식의 세계를 살아갔던 것이다.

그 당시의 동물들은 하나같이 몸집이 거대하거나 몸을 지키는 능력을 갖추고 있었다. 레티시엘이 살던 시대에는 이 화석 크기의 동물은 흔하게 활보하고 다녔다. 그래서 공룡의 설명을 듣고 나서 다시 생각해도 도마뱀의 친구라고밖에 생각되지 않았다.

최종적으로, 레티시엘의 의문이 해결됐느냐면 그렇질 못했다. 레티시엘만이 묘한 관점에서 떨떠름해하는 가운데, 모여서 설명을 듣던 학생들이 무리를 지어 이동을 시작했다.

레티시엘과 미란다레트는 내친김에 그들을 따라갔다. 그러려니, 문득 옆쪽에서 「우오오오!」 하는 시끄러운 소리가 들려왔다. 무슨 일인가 싶어서 레티시엘은 그쪽으로 시선을 향했다. 그랬더니 뭔가 방패 같은 것을 들고 휘두르는 로시포드의 모습을 볼 수 있었다. 그 곁에는 웬일로 크리스타의 모습은 보이지 않았고, 그 대신에 낯빛이 파랗게 질린 여성

학예사가 어찌할 바를 몰라 하면서 로시포드의 행동을 살피고 있었다.

"저, 전하. 그렇게 세게 휘두르지 말아 주세요. 어딘가에 부딪치면……!"

"잠깐 정도는 괜찮잖아! 나는 이 나라의 제1왕자라고. 불만 있냐!"

중량이 있는 방패인 것일까. 로시포드가 방패를 휘두를 때마다 그의 몸의 중심이 흔들렸다. 학예사가 필사적으로 말리려고 했지만, 옆에서 보기에 그의 모습은 매우 멍청해 보였다.

"……저건 뭘 하는 건가요?"

"전하의, 평소 버릇이 나오셨네요……. 전하는 무기류를 매우 좋아하셔서…… 박물관에 새로운 무기가 들어오면 저렇게 직접 들어보셔야 만족하시는 것 같아요……."

"흐음……."

미란다레트의 설명에 레티시엘은 무심하게 대꾸를 했다. 그녀는 방패를 들고 만족스러워하는 로시포드를 힐끗 쳐다보고는 척척 앞으로 나아갔다.

학생들을 따라 복도의 모퉁이를 돌았을 때, 레티시엘은 문득 복도의 끝에 한층 호화로운 아치가 세워진 복도가 이어져 있는 것을 발견했다.

"……? 도로셀 님? 다들 이쪽으로 갔는데요……."

"먼저 가세요. 전 조금 신경 쓰이는 것이 생겨서요."

미란다레트에게 그렇게 한 마디 고하고, 레티시엘은 호기심이 이끄는 대로 안쪽의 아치로 향했다.

아치의 건너편에는 아담한 정육각형의 방이 있었다. 전시품은 그렇게 많지 않았지만 방의 정면, 가장 안쪽의 벽에는 금색의 액자에 담긴 커다란 그림이 걸려 있었다. 그림의 양옆으로는 비단 커튼이 묶여 있었다.

그림에는 세 사람의 인물이 그려져 있었다. 한 명은 순백의 법의로 몸을 감싸고 손에는 보석이 달린 황금의 지팡이를 든 아름다운 여성이었고, 다른 한 사람은 두 손으로 자신의 목을 붙잡고 괴로운 듯이 표정을 일그러뜨린 남성. 그리고 마지막 한 사람은 전신이 새카만 가운데 악마와 같은 꼬리와 뿔을 갖고 있었다.

"어라. 혹시 성 루크레치아 님에 대해 관심이 있으신가요?"

레티시엘이 물끄러미 그림을 바라보고 있노라니, 등 뒤에서 학예사 청년이 다가왔다. 아마도 이 부스를 담당하고 있는 모양이다.

"……아뇨. 그저 근사한 그림이라고 생각해서요."

"그랬나요. 이 그림은 성 루크레치아 님이 악마를 퇴치하시는 장면을 그린 것입니다. 성 루크레치아 님에게는 사악한 것을 물리치는 신비한 힘이 있었다고 합니다. 그 힘 앞에서는 악마도 손을 대지 못하고 성 루크레치아 님에게 굴복했다고 하지요."

"흐음……."

"과거 성 루크레치아 님께서 악마 퇴치에 사용하셨던 법봉도 성유물로서 이곳 박물관에서 전시되고 있습니다."

성유물이란 그 이름대로 성인들의 유물이라고 여겨지는 물품으로서, 플라티나 왕국에서는 신앙의 대상으로서 소중히 여겨지는 것 같았다. 이 박물관에도 성유물이 다수 보관되어 있었지만, 실제로 전시되고 있는 것들은 모두 복제품이라고 했다.

"그런가요."

학예사의 설명에 맞장구를 치면서 레티시엘은 말없이 부스에 장식된 성 루크레치아의 그림을 올려다보았다.

"저, 무슨 일 있으십니까?"

"아…… 아뇨. 아무것도 아니에요. 조금 돌아보고 가도 될까요?"

"예. 물론입니다."

레티시엘은 그림이 장식된 방을 나와 그 옆에 있는 부스에 들어섰다. 그곳은 아무래도 유물을 전시하는 장소인 듯, 유리케이스 안에 다양한 고대의 도구가 늘어놓아져 있었다.

그 중 하나에, 레티시엘은 숨을 삼켰다. 그것은 아무 무늬도 그려지지 않은, 그러나 창공보다도 더 맑은 하늘색을 띤 물병이었다. 언뜻 보면 아름다울 뿐인 물병인 것 같았지만,

그 가장자리에 얕게 새겨진 문장은 레티시엘에게는 잊을 수 없는 것이었다.

“그것이, 신경 쓰이시나요?”

뒤따라 함께 온 학예사가 레티시엘의 옆에서 물병을 들여다보면서 그렇게 물었다.

“……이 물병은 리제네로제 왕국의 것이 아닌가요?”

“잘 아시는군요! 그 말씀 대로입니다. 이 물병은 천 년 전 변경에 존재했던 리제네로제 왕국의 특산품으로 『셀레스트 글라스』라고 불리고 있습니다. 세계에서 가장 아름다운 도자기로 이름이 높아서 지금도 애호가가 많이 있지요. 유감스럽게도 리제네로제 왕국이 멸망하면서 셀레스트 글라스의 제작법도 함께 소실되었지만요.”

물병의 가장자리에 새겨진 문장은 레티시엘의 조국 리제네로제 왕국의 국가 문장을 변형시킨 것이었다. 셀레스트 글라스는 나오가 무역을 활성화시킬 목적으로 만들어낸 도자기로, 그 아름다움에 감동한 국왕이 이 문장을 하사했다.

“무척 잘 아시는 것 같은데, 혹시 공부하신 건가요?”

“예. 그렇습니다! 저는 천 년 전의 고고학이 전문이라서 말입니다. 말이 통하는 분을 만나게 돼서 더없이 기쁩니다! 셀레스트 글라스는 이 외에도 찻잔이라든지 꽃병 같은 종류도 있습니다만, 전부 천상의 푸른색을 연상시키는 색을 띠고 있는 것이 특징이지요. 색이 조금 바란 것도 있습니다만, 이 물병처럼 색을 그대로 유지하고 있는 것도 아주 많이……."

그 뒤로도 한동안 학예사는 플로어에 전시돼 있는 아스트레아 대륙전쟁 시절의 유물에 대해 길게 이야기를 들려주었다. 리제네로제 왕국의 유물만이 아니라 당시 대륙의 중심에 있던 나라들의 것까지 그 지식의 폭은 매우 넓어서, 레티시엘도 도중부터는 흥미진진하게 열심히 들었다.

'박물관이란 재미있는 곳이구나…… 게다가 학예사라는 직업도 꽤 즐거울 것 같아.'

어떤 형태라도 천 년 전의 일을 알아주는 사람이 있다는 사실이 조금 기뻐서 레티시엘은 학예사의 가슴에 달린 명찰에 눈길을 보냈다.

그곳에는 작은 글씨로 『성유물 플로어 담당 길름』이라고 적혀 있었다.

***

수업 종료를 알리는 종이 울리고 한참 뒤, 레티시엘은 혼자서 박물관에서 나왔다.

데생이 끝나는 것과 동시에 급우들은 교실로 돌아갔지만, 레티시엘은 박물관에 너무나도 흥미를 가진 나머지, 교사에게 한 마디 양해를 구하고 수업 뒤에도 남아 있었다.

그 뒤 이곳저곳 돌아보았더니 어느새 5교시는커녕, 6교시 마저 끝나버렸다.

"……이거, 6교시까지 끝나버린 거죠."

모든 수업이 끝나고 시간이 꽤 흘렀기 때문에 학생들의 모습은 드문드문 보였다. 일단 교실에 가방을 놔두었기 때문에, 레티시엘은 그것들을 가지러 본관으로 돌아왔다.

"당신, 자신의 처지를 잘 알고 있죠?"

"……?"

레티시엘이 마침 초등 2반의 교실 앞에 도착했을 때였다. 문 건너편에서 뭔가 여자의 목소리가 들려왔다. 그 소리에 문 틈새로 안의 상황을 들여다보자, 미란다레트와 그녀를 둘러싸고 뭔가를 말하는 세 명의 영애의 모습이 보였다.

"당신 같은 열등생이 우등생인 우리보다 먼저 통로에 나가려고 하다니, 뻔뻔하다고 생각하지 않나요?"

"참나…… 이래서 마력이 적은 하급 귀족의 딸은 안 되는 거예요. 상식을 모르네요."

"……."

바보 취급하는 말을 듣고도 미란다레트는 아무 말도 하지 않고 가만히 있었다.

어떻게 할까, 레티시엘은 잠시 생각에 잠겼다. 하지만 가방이 안에 있는 이상 어차피 안에 들어가야 했다. 때문에 그녀는 문에 손을 대고 망설임 없이 열어젖혔다.

"……?!"

"도, 도로셀 님……."

갑자기 들린 커다란 소리에 교실에 있던 영애들은 어깨를 움츠리면서 기세 좋게 뒤를 돌아보았다. 그리고 레티시엘을 보자, 노골적으로 얼굴을 찌푸려보였다.

"어머나. 마력이 없는 도로셀 님이 아니신가요. 이런 시간에 여기 있다는 건 어지간히 한가하신 모양이네요."

"예. 방과 후 시간을 자유롭게 쓸 수 있다는 건 근사한 일이네요. 저는 지금 이대로도 충분히 충실하게 지내고 있답니다."

영애들은 아마도 도로셀이 마력을 가지지 못한 탓에 연회 등에도 출석하지 못하는 것을 야유할 생각으로 말했을 테지만, 레티시엘은 오히려 방과 후에 시간을 자유롭게 쓸 수 있게 되어 좋았기 때문에 선뜻 그렇게 받아쳤다.

"게다가, 마력이 있든 없든 그것이 인간의 가치를 결정하는 기준이 될 수는 없습니다. 그렇지 않으면, 여러분에게 마력이라는 것은 그렇게나 중요한 것인가요?"

"……어머. 당연하지 않은가요. 이 나라의 귀족은 상급일수록 높은 마력을 갖고 있는 것이 일반적, 이니까요."

이 나라에서는 상급 귀족일수록 마력이 높은 경향이 있었다. 그 때문에 귀족 사이에서 마력의 높고 낮음은 일종의 능력치와도 같은 것이 되어 있었으며, 개중에는 이 영애들처럼 마력지상주의를 내세우는 자들도 많았다.

"그런가요. 그럼, 높은 마력을 가지셔서 마력이 없는 저보다 뛰어나실 터인 여러분이라면 제가 고쳐 쓴 술식 이상의 것을 쓰실 수 있겠군요."

입술만 웃는 모양을 만들어 보이며 레티시엘은 흡사 감탄한 것처럼 영애들에게 이야기했다.

"왜 그러시나요? 귀족간의 우열은 마력의 양으로 정해지는 것이잖아요? 그렇다면 마력이 없는 저보다 마력이 높은 여러분 쪽이 술식학에서도 우수하실 거예요."

"……윽……."

레티시엘의 말에 영애들의 얼굴이 굳어졌다. 하지만 레티시엘은 그것을 알아차리지 못했다는 것처럼 말을 이었다.

"여러분이 얼마나 근사한 술식을 적어주실지 무능한 저는 벌써부터 기대가 되네요."

"……으! 그런 시시한 얘기는 하지 마시죠! 불쾌하군요!"

리더격으로 생각되는 영애가 오만한 태도를 유지한 채 흥하고 코웃음을 쳤다. 그렇지만 그 눈에는 명백히 동요와 초조한 기색이 떠올라 있었다.

레티시엘도 그녀들에게는 어려운 문제이리라는 것을 알고 그런 주제를 꺼낸 것이지만. 영애들은 잔뜩 분한 눈으로 레티시엘과 미란다레트를 노려보고는 총총히 교실을 나갔다.

"미란다레트 님, 왜 반론을 안 하는 거죠?"

영애들이 미란다레트에게 한 말은 아무리 생각해도 단순

한 트집으로밖에 들리지 않았다. 그런데도 그것을 감수하던 미란다레트의 태도가 레티시엘은 이해가 되질 않았다.

"……제 마력이 낮아서, 그래서 바보 취급을 당하는 것은 사실이고…… 또 반론한다고 해도 소용이 없으니까요……."

그렇게 말하고 미란다레트는 달관한 것 같은 눈으로 쓸쓸하게 웃었다.

"미란다레트 님. 마력 측정 결과를 보여주실 수 있나요?"

"예……? 상관은 없는데요……."

조금 주저하는 기색을 보였지만, 미란다레트는 레티시엘의 부탁에 고개를 세로로 흔들었다. 그녀는 몇 번인가 심호흡을 해서 호흡을 가다듬더니, 자신의 가방을 열었다.

"그러니까…… 측정 결과, 측정 결과…… 아, 있다! 이거예요."

미란다레트는 가방 안을 뒤져 목적하는 것을 꺼내서는 그 작은 종이를 레티시엘에게 건넸다. 마력 측정 수정에 비쳐진 결과는 그 뒤 교사가 종이에 적어 학생에게 건네주는 모양이었다.

"꽤나 많이 구겨진 것 같은데요."

"예. 뭐, 그다지 훌륭한 결과가 아니어서요……."

레티시엘은 마치 쓰레기처럼 둥글게 구겨진 종이를 펼쳐 그곳에 쓰여 있는 숫자를 확인했다.

『불 22

물 25

바람 20

흙 23

번개 28

빛 17

어둠 21

무 10』

종이에 나열된 갖가지 숫자들에 레티시엘은 그 마력치를 응시한 채 굳어버렸다. 이건…… 훌륭한 마술적 재능이었다.

레티시엘도 왕녀였던 무렵 마력을 측정한 적이 있었는데, 모든 속성이 10대 전반이었다. 평균을 냈을 때 전 속성 마력치가 20 정도인 미란다레트는 뛰어난 마술사의 재능이 충분한 셈이었다. 그런 미란다레트의 가능성에 레티시엘의 마술 바보의 피가 들끓었다.

"미라 님, 이거 정말 근사한 수치네요."

레티시엘은 미란다레트를 애칭으로 부르며 말했다.

"예……?"

무심하게 내뱉은 레티시엘의 대사에 미란다레트는 예상 밖이었다는 것처럼 눈을 크게 떴다.

"왜 그러죠?"

"아, 아뇨…… 애칭으로 불리리라고는 생각하지 못해서

요……."

미란다레트의 지적에 레티시엘은 그제야 자신이 미란다레트를 애칭으로 불렀다는 사실을 알아차리고 놀랐다.

"어머…… 실례했어요."

"괜찮아요! 오히려 애칭으로 불리는 일이 적어서, 기뻐요."

멋대로 애칭으로 불러서 기분이 상하거나 하지는 않았을까. 그렇게 걱정했지만, 미란다레트는 기쁜 것 같았다.

"……저기, 제 마력치의 어디가 근사한 건가요……? 마력이 이렇게까지 낮다는 건 무능하다는 것을 나타내는……."

"아니요. 마력이 높다고 다 좋은 것은 아닙니다. 높은 마력을 가진 사람은 마술을 쓸 수가 없으니까요."

천 년 전에도 높은 마력을 가진 사람들은 모두, 집에서 가사나 다른 일을 하거나 혹은 물리 공격을 극한까지 갈고닦거나 둘 중 하나였다. 실제로 당시의 용병들은 대부분 고마력자들로 구성돼 있었다.

"어음, 그…… 마술? 이라는 건, 대체 어떤 힘인가요……?"

미란다레트의 질문을 계기로 레티시엘은 미란다레트에게 마술이란 어떤 것인지를 정성스럽게 설명했다. 해설에 대체 얼마만큼의 시간이 걸렸는지는 설명하지 않기로 하겠다.

"……라는 것이 『마술』에 대한 기본지식이에요."

"호오…… 그런 힘이 있었군요……!"

한차례 설명을 다 들은 미란다레트는 방금 전의 반신반의

하던 표정에서 180도 달라져서 기대에 가득 찬 눈부신 미소를 띠고 있었다.

천 년 전부터 레티시엘은 마술만 관련됐다 하면 자신을 억제하지 못하는 경향이 있었다. 그래서 그 일로 가신들도 쓴웃음을 짓거나 레티시엘을 타이르곤 했다.

그러나 그런 것을 신경 쓰는 기색도 없이, 열심히 이야기를 듣고 그리고 받아들여준 미란다레트에게 레티시엘은 살짝 감탄하는 동시에 기뻤다.

이렇게 미란다레트는 레티시엘에게 『마술을 갈고닦는 동지』로서 정조준 되고 말았다.

"꿈과도 같은 이야기네요……! 저, 약한 마법밖에 쓸 수 없지만, 그래도 마술을 쓸 수 있을까요?"

"그럼요. 그러니까 마력이 낮다면서 자신을 비하할 필요는 없어요. 오히려 맥 빠지는 마법밖에 못 쓰는 사람이 강한 마술을 사용할 수 있답니다. 그러니까 미라 님은 마법의 재능이 없다는 사실을 자랑스럽게 생각해도 좋아요."

"네……!"

칭찬을 하는 것인지 폄하하는 것인지 잘 알 수 없는 말이었지만, 말하는 본인은 매우 진지했으며 말을 들은 쪽도 기쁘다는 듯이 의욕을 드러냈다.

그 뒤, 두 사람은 실제로 마술을 연습하기 위해 마법훈련장으로 장소를 이동했다.

"그럼 우선, 마소를 모으는 연습부터 시작하죠. 공기 중에 있는 마소를 손바닥에 불러모아보세요."

"음음음…… 마소, 마소마소마소마소……."

"그, 그렇게 중얼거리지 않아도 되는데요……."

마법밖에 알지 못했던 미란다레트가 갑자기 마소라는 미지의 물질을 부르라는 말을 들어봐야 이미지를 떠올리지 못한다는 것은 충분히 이해할 수 있었다……. 그래도 그 중얼거림은 다소 오싹했다.

"……아! 왠지 손바닥이 따끈따끈해졌어요!"

"잘 모을 수 있던 것 같네요. 그럼 다음에는 머릿속으로 불의 기초술식을 떠올려 보세요."

"불의 기초술식? 어, 음…… 그건 선생님에게 배운 것을 말인가요, 아니면 도로셀 님이 고쳐 쓰신 것을 말인가요?"

"선생님께 배운 걸로도 충분해요. 처음 익숙해지는 단계니까요. 그 편이 더 편하잖아요?"

레티시엘의 지시에 따라, 미란다레트는 눈을 감고 찌푸린 얼굴로 신음했다. 마법은 영창만 하면 술식이 다소 불분명하더라도 기세와 기합으로 발현시킬 수 있었다. 하지만 마술은 오로지 술식에만 의존하는 것이다.

처음에는 아무 반응도 없었다. 그러나 이윽고 조금씩 미란다레트의 손바닥 위의 공기가 흔들흔들 흔들리기 시작하더니, 어느 순간에 퐁 하고 오렌지색의 불덩어리가 출현했다.

크기는 주먹보다 조금 큰 정도. 최악을 추구하고 있는 마법술식 쪽을 사용했기 때문에 크기가 작은 것은 어쩔 수 없었다.

"이번에는 내가 고쳐 쓴 쪽의 술식을 이미지 해 볼까요."

"아, 잠깐 기다려 주세요! 그거라면 수업 노트를 꺼낼게요!"

그렇게 말하고 미란다레트는 다시 가방을 뒤졌다. 그녀의 가방에서는 매우 다양한 물건이 나왔다. 교과서, 필통, 수납용 파우치, 메모장…….

레티시엘은 퍼뜩 생각나는 것이 있어서 미란다레트의 메모장을 집어 올렸다. 안을 살펴보니 아직 백지였다.

레티시엘은 메모장에 손을 얹고 마술을 전개했다. 사용한 마술은 전사(傳寫)의 마술. 술자의 머릿속에 있는 이미지를 문자와 도형으로 지정한 물체 위에 새기는 마술이었다. 술자가 머릿속에서 그리는 이미지만을 옮길 수 있다는 결점이 있었지만, 이번에는 관계없었다.

옮겨 베끼기가 끝나자, 레티시엘은 메모장을 팔락팔락 넘겼다. 처음의 몇 페이지에는 방금 전 레티시엘이 전사한, 이미 수정이 완료된 기초술법 여덟 개가 확실하게 문자로서 새겨져 있었다.

"미라 님, 찾지 않아도 돼요. 이 메모장에 올바른 마도술식을 베껴놨으니까요."

"예에에?! 어느새?! 지금 그것도 마술인가요? 그것보다,

마법술식과 마도술식의 차이는 뭔가요?"

"차이라……. 학원에서 배운 완성도가 떨어지는 것이 마법술식, 이쪽이 마도술식. 마도술식으로도 마법은 사용할 수 있으니까 시험해 보도록 해요. 엄청 편하답니다."

"그런가요?! 그럼 앞으로는 마도술식 쪽을 사용하겠어요!"

마도술식을 사용해 발동시킨 마술이 방금 전 것과 비교해 두 배 이상 커지자 미란다레트는 굉장해, 굉장해 하고 어린애처럼 신이 나서 떠들었다.

그 뒤에도 마법훈련장의 가장 안쪽의 훈련공간에서 레티시엘의 마술 특훈은 계속되었다. 1시간이 경과할 무렵에는 미란다레트도 마술을 다루는데 꽤 익숙해져 있었다.

"……그런데 마력이 낮을수록 마술을 발동하기 쉬워지는 거죠?"

벤치에서 휴식을 취하고 있을 때, 문득 미란다레트가 진지한 표정으로 그렇게 물어왔다.

"예."

"그렇다면, 마력을 전혀 갖고 있지 않은 도로셀 님은 마술과 상당히 궁합이 좋다는 것인가요?"

"그래요. 마력이 없는 자는 마술사로서 최고의 상태인 걸요."

"잠깐 마술을 한 번 사용해 봐 주시겠어요? 도로셀 님의 마술, 궁금합니다!"

레티시엘은 한 순간 어떻게 할까 고민했다. 그렇지만 미란다레트가 반짝이는 눈으로 자신을 쳐다보고 있었기 때문에 결국 레티시엘이 꺾였다.

레티시엘은 훈련공간 안쪽의 부스로 이동해 위치에 섰다. 그러자 부스 안쪽에는 수업시간에도 보았던 빈약해 보이는 나무 표적이 놓여 있었다. 바로 방금 전까지 미란다레트가 마법연습에 쓰고 있었기 때문에, 군데군데 검게 변해 있었다.

생각해 보니, 도로셀의 육체로 각성한 뒤로 사용한 마술은 어제 아침의 치유마술과 오늘 아침의 탐지·기억력 강화마술, 그리고 방금 전의 전사마술 뿐이었다. 오랜만에 사용하는 공격계 마술에 레티시엘은 가슴이 살짝 설렜다.

'으—음…… 그다지 내구성이 좋아보이지는 않는 표적이니, 불의 기초술식을 축소 전개한 것으로 충분하려나?'

레티시엘이 치켜든 손바닥에 직경 15센티미터 정도의 불덩어리가 출현했다. 본래라면 크기가 그 두 배쯤 되었으나, 여기서는 술식규모를 축소했기 때문에 위력도 반감되어 있었다.

레티시엘은 그것을 세로로 가늘고 길게 형성해, 내쏘는 속도에 주의하면서 탄환처럼 발사했다. 너무 빠른 스피드로 쏘면 표적을 관통할 것이라고 생각했기 때문이었다.

일반적인 마법과 비슷한 정도의, 빠르지는 않으나 느리지도 않은 중간의 속도로 발사된 불꽃탄환은 하늘하늘 공기중에 잔상을 남기며 표적에 빨려 들어갔다.

파아앙!

표적이 큰 소리를 내면서 산산이 흩어졌다. 예상했던 것보다 요란한 폭발이었지만, 레티시엘의 계산으로는 이것으로 불꽃탄환은 소멸했을 터였다.

그러나 불꽃탄환은 표적을 때려 부순 뒤에도 위력과 속력을 줄이지 않고 후방에 있는 벽으로 나아갔다. 그것을 본 레티시엘의 눈에 비로소 초조의 빛이 떠올랐다.

'……어머나? 저 표적, 이 정도의 마술을 받아낼 내구성도 없었던 거야?!'

콰아아아앙!

레티시엘은 서둘러 불꽃탄환에 역방향의 운동벡터를 부여했으나 불꽃탄환은 아슬아슬하게 속도를 줄이지 못하고 마법훈련장의 둘레를 감싼 벽 일부에 착탄했다.

무시무시한 굉음이 울려 퍼지며 지면이 흔들렸다. 탄환이 착탄한 벽은 흙먼지에 덮여서 어디서 어떻게 봐도 폭발로 인해 날아가 있었고, 폭발 지점 주변의 지면은 작게 패여서 보기에도 무참한 광경을 드러내고 있었다.

레티시엘은 그 비참한 상황에 경악……하거나 하지 않고, 오히려 벽과 표적의 약해빠진 강도에 벌어진 입을 다물지 못했다.

과거에는 마술용의 표적은 대체로 나무로 제작했다. 그러나 반드시 구조강화마술이 걸려 있어서 기초술식 정도의 위력의 마술로는 꿈쩍도 하지 않는 것이 일반적이었다.

그런데 이 표적의 이 절망스러운 내구성은 대체 뭘까? 통상의 기초술식은커녕, 그 위력을 반감시킨 것에도 싱겁게 파괴되고, 게다가 그 위력과 속도를 죽이지도 못하다니. 어이가 없는 것을 넘어서 이제는 아무 말도 나오지 않았다.

왜 이 시대의 사람들이 이런 취약한 표적으로 만족할 수 있는지 레티시엘은 의아해서 참을 수가 없었다. 이렇게 빈번하게 교체를 해야 해서는 훈련조차 안 되지 않는가.

또다시 그녀의 상식과 지금 세계의 상식이 서로 어긋나고 있는 셈이었지만, 역시나 레티시엘은 그 사실을 알아차리지 못했다.

"……한 가지 물어봐도 될까요……?"

"뭐죠?"

"지금 그건, 전력이었나요……?"

"아뇨. 꽤 억제해서 발사했는데요. 오랜만이라 감각이 흐트러진 걸까."

"……저, 저게 꽤 억제했다는 건가요……?"

미란다레트가 믿을 수 없다는 것 같은 표정으로 레티시엘의 얼굴과 무너져 내린 벽을 번갈아 바라보았다

"괜찮아요. 미라 님도 훈련을 거듭하면 저 정도는 손쉽게 할 수 있게 될 거예요."

"오히려 할 수 있게 되는 것이 무서운데요……."

“어째서요? 부수었다고 해도 다시 고칠 수 있답니다?”

“아뇨…… 그런 문제가 아니고 말이죠…….”

마력을 필요로 하지 않는 미지의 힘. 억제된 상태에서 마법의 몇 배나 되는 위력을 발휘하는 마술. 그것만으로도 상식이 새된 소리를 지르며 몸부림치다가 사망할 것 같은 이야기였다.

부숴도 고칠 수 있다거나, 그런 차원의 이야기가 아니었다. 이 힘을 극한까지 갈고 닦았을 때에는 자신은 인간을 졸업하지 않았을까. 미란다레트는 벌써부터 자신의 미래에 불안을 느꼈다.

‘어쨌든, 이대로 방치하는 건 좋지 않겠지…….’

석상이 돼 버린 미란다레트에게는 개의치 않고, 레티시엘은 자신이 파괴한 벽으로 다가가 마술을 사용해 후딱 수복했다.

그것은 본 미란다레트는 한층 더 굳어버렸으나 등을 돌린 레티시엘은 그것을 알아차리지 못했다.

“……도로셀 양?”

문득 귀에 익은 아름다운 테너 보이스가 부스 안에 울려 퍼졌다.

설마 자신들 외에도 다른 사람이 있으리라고는 생각도 하지 못했기 때문에, 레티시엘은 시간을 들여 천천히 뒤를 돌아보았다.

돌아본 그 시선 끝에는 그 미모를 경악으로 물들인 지크가 서 있었다. 그는 대체 언제부터 그곳에 있던 것일까.

"……어떻게 된 거죠? 당신은 마력이 없을 터. 그런데, 어떻게 벽을……."

지크가 다 보고 있었다는 사실에 대해 레티시엘은 어떻게 설명을 해야 할지 알 수가 없어서 무표정한 얼굴로 눈만 반복해서 깜박였다.

"도로셀 양, 그 힘은……대체……."

"아, 그러니까……."

"다른 사람에게는 말하지 않겠습니다. 그러니 부디 제게 사실을 가르쳐주지 않으시겠습니까?"

녹색과 보라색의 눈동자가 물끄러미 쏟아 붓는 시선에 레티시엘은 붉은색과 푸른색의 눈을 깜박거렸다.

레티시엘은 지크에게 사정을 이야기할지 말지 잠시 고민했다. 그렇지만 생각해 보면 미란다레트에게도 방금 다 말해줬으니, 알려주는 대상이 한 명 더 늘어나도 큰 문제는 없으리라.

"……그건 매우 흥미 깊은 이야기, 그리고 힘이군요."

"그런가요?"

"예. 하지만, 이 일은 공공연하게는 이야기 하지 않는 편이 좋을지도 모르겠군요."

지크가 턱에 손을 갖다 대며 그렇게 말했다. 그 말에 레티시엘은 고개를 갸우뚱했다.

"……? 왜죠?"

"이 힘이 너무나도 높은 특이성을 갖고 있기 때문입니다. 생각해 보십시오. 마법이 번영한 이 세계에서 마법을 뛰어넘는 힘……. 게다가 귀족이 중요시하는 마력을 필요로 하지 않는다면, 평민이 귀족을 웃도는 힘을 손에 넣을 수 있다는 겁니다."

"그건……."

지크의 지적을 받고서야 레티시엘은 처음으로 이 세계에서의 마술의 상황에 대해 생각했다.

"……분명히, 평민이 높은 마력을 갖고 있지 않다면 마술을 익히는 것은 간단하죠……."

"예. 게다가, 평민은 마법에 대한 지식이 거의 없습니다. 마법은 딱히 생활에는 사용되지 않고, 또 말하자면 귀족의 교양 같은 것이니까요. 마법이라는 선입관이 없기 때문에, 이 기술이 전해지면 퍼지는 것도 빠를 겁니다."

"그렇군요……."

"그런 일이 벌어지면, 귀족이 평민을 통치한다는 이 나라의 지배구조가 붕괴할 가능성이 있습니다. 그런 힘이 알려진다면 나라에서는 아마도……."

"어라? 지크가 아니냐!"

지크가 대답을 하는 것보다 먼저 훈련장에 달려 들어온 루카스의 목소리가 울려 퍼졌다.

"뭐냐? 방금 전의 굉음은 역시 네가 한 짓이냐! 그러니까 늘 침착하라고 말하지 않느냐!"

"……죄송합니다. 학원장님. 다음부터 주의하겠습니다."

루카스는 이마에 손을 얹은 채 하늘을 올려다보더니, 왜인지 뭔가를 말하고 싶은 눈으로 지크를 바라보았다. 그리고 같이 있던 레티시엘과 미란다레트에게도 묘한 시선을 던졌다.

그가 왜 지크를 비난 어린 눈으로 보는지는 알 수 없었다. 그러나 레티시엘은 일단 마술을 행사하는 현장을 목격당하지 않았다는 것을 구실 삼아, 전생에 몸에 익혀둔 화술을 구사해 루카스 함락에 나섰다.

도로셀은 미란타레트와 함께 방과 후 연습을 하고 있었다. 그러던 차에 때마침 지크가 지나가고, 세 사람은 함께 마법 연습을 시작한 바, 지크의 마력이 폭주해 방금 전과 같은 소란으로 이어지고 말았다.

이상, 온통 거짓뿐인 날조 보고였습니다.

왜 지크를 들고 나왔느냐면 루카스가 왜인지 이 소동을 지크가 일으킨 것이라고 착각하고 있었기 때문이었다. 멋대로 이름을 쓰인 지크는 쓴웃음을 지었는데, 나중에 사과를 할 테니 이번만큼은 봐 줬으면 했다.

입막음과 설명의 보람이 있어서 루카스는 간단히 속아 넘어…… 아니, 납득해 주었다. 이번 소동을 없었던 일로 처리해 주겠다던가.

"조금 뜻밖이었습니다. 학원장님께는 사정을 이야기할 것이라고 생각했는데."

훈련장 밖으로 사라지는 루카스의 뒷모습을 바라보면서 지크가 곤란하다는 듯한 미소를 지었다. 그 온화한 미소에 레티시엘은 슥 시선을 돌렸다.

"도로셀 노아 피리아레기스. 마력이 없는 자로 마법을 쓸 수 없는 무능아. 그걸로 충분합니다."

"……역시 알려지고 싶지 않았던 겁니까?"

"아뇨. 지크에게 알려준 덕분에 마술의 위치를 알게 되었으니까요. 지크에게 알려준 것은 후회하지 않습니다. 그것보다 멋대로 당신을 이용해서 미안해요."

"상관없습니다. 저 상황에선 절 이용하는 편이 가장 원만하게 끝낼 수 있었으니까요."

지크가 화나지 않았다는 사실에, 레티시엘은 저도 모르게 속으로 안도의 한숨을 내쉬었다.

"그런데, 도로셀 양은 이런 곳에서 뭘 하시던 겁니까?"

"저 말인가요? 저는 여기 있는 친구에게 마술을 가르치고 있던 참이랍니다."

"처, 처음 뵙겠습니다! 미란다레트 루루 월드입니다!"

"안녕하세요. 지크 비올리스라고 합니다."

레시티엘은 자기소개를 주고받는 두 사람을 조용히 지켜보았다.

그녀가 학원장에게 마술에 대해 이야기하지 않은 것은 만에 하나라도 자신에 대해 학원 안에 소문이 퍼지는 것을 방지하기 위해서였다.

레티시엘은 괜히 돋보여서 다른 사람들과 필요 이상의 관계를 맺고 싶지 않았다. 학원에서의 그녀의 평가는 열등생에 무능한 얼음악마. 쓸데없는 정보를 나돌게 놔둬서 괜스레 주목을 받을 마음은 없었다.

대회의실에서 일어난 일은 학원장이 교사들에게 직접 함구령을 내렸다. 그러나 교사들과 달리, 학생들에게는 그런 기대를 할 수 없었다. 조금이라도 정보를 주어지면, 눈 깜짝할 사이에 퍼질 것이 눈에 보였다.

게다가, 그렇지 않아도 오늘은 여러모로 폭주했던 것이다. 다행히 학생들은 신경을 쓰지 않는 것 같았지만, 이 이상 두드러지고 싶지 않았다.

그녀는 주위 사람들을 돌아보게 하고 싶다, 라는 거창한 꿈은 갖고 있지 않았다. 레티시엘은 주위 사람들에게는 무관심했다. 때문에 괜한 트집을 잡히기보다는 조용히 지내고 싶었다.

게다가 마술은 지금의 시대에는 없는 기술. 만약 소문이 돌고 돌아서 국가의 상층부에까지 알려진다면 정말이지 성가셔질 것이다. 지금까지처럼 마음대로 살아갈 수는 없게 될 테고, 자칫하면 연구를 위해 평생 유폐되는 코스를 밟을 가능성도 있었다. 타인에게 이용당하는 인생 따위는 사양하고 싶었다.

"두 사람 모두 마술에 대해서는 『앞으로도』다른 사람들에게 발설하지 않도록 부탁 드려요."

""예!""

레티시엘이 살짝 주위의 공기온도를 낮추면서 거듭 주의를 주자, 두 사람은 곧바로 등줄기를 곧추세우며 긍정의 대답을 했다.

"우리도 그만 돌아갈까요."

"그러네요! 도로셀 님! 오늘은 고마웠습니다!"

"예. 하지만 미라 님. 이 일은 가족들에게도 비밀이에요?"

"알고 있습니다!"

미란다레트는 힘차게 고개를 끄덕이고는 깡충깡충 뛰기라도 할 것 같은 기분 좋은 모습으로 귀가했다.

그 뒷모습을 지켜보며 레티시엘도 「자, 나도 돌아가자」하고 발을 내디뎠다. 그러다가 문득 지크가 그 자리에서 움직이지 않는다는 사실을 알아차리고 뒤를 돌아보았다.

"……지크는 안 돌아가나요?"

"저는 기숙사에서 지내기 때문에 이대로 학원 뒤로 직행

하면 됩니다."

농담조로 말하는 지크에게 레티시엘은 어깨를 가볍게 으쓱해 보였다. 변함없이 그녀의 표정근은 무표정을 관철하고 있었다.

"마술에 대해서는 나중에 가르쳐줘도 괜찮을까요?"

"……가르쳐주실 겁니까?"

"예. 한 사람이 두 사람으로 늘었을 뿐이니까요. 다른 사람에게 말하지 않는다고 약속만 해 준다면 문제없어요."

"물론입니다. 고맙습니다……! 기대하고 있을게요."

레티시엘의 말에 지크의 표정이 확 밝아졌다. 지금까지 봤던 가면 같은 옅은 미소가 아니라, 진심으로 기뻐하는 기색이 가득한 미소였다.

그 너무나도 순수하고 아름다운 미소에 레티시엘은 사고회로가 한 순간 정지했다. 몇 초의 멈춤 현상을 거쳐 재기동한 레티시엘은 한 가지 교훈을 얻었다.

'응. 미남의 웃는 얼굴의 파괴력은 무시할 수 없네.'

레티시엘이 시선을 원래대로 되돌리자, 지크는 어느샌가 방금 전의 꽃이 피는 것 같은 미소를 거두고 걱정스러운 얼굴로 이쪽을 들여다보고 있었다.

"그런데…… 이 시간이라면, 자택에서 마중 나온 마차는 이미 돌아가지 않았을까요?"

"어머. 상관없답니다. 전이(轉移)로 돌아가면 되는 걸요."

"……그것도, 마술인가요?"

"예. 가 본 적이 있는 장소로 한정되지만, 이동시간과 거리를 0으로 만들 수 있답니다."

"정말로, 재미있는 힘이군요."

지크는 참 잘 웃었다. 과연, 이것이 사교상의 예의인가. 표정근이 굳은 레티시엘로서는 살짝 불가능한 곡예였다.

"그럼 저는 이만 가보겠습니다. 도로셀 양."

"그래요. 그럼 내일 만나죠."

"예."

마지막으로 상쾌한 미소를 남기고 지크는 씩씩하게 마법 훈련장에서 나갔다. 레티시엘은 그 뒷모습이 보이지 않게 되자 전이의 술식을 발동했다.

전이란, 자신이 있는 장소와 이동하고 싶은 장소에 있는 마소에 간섭해, 두 장소를 동조시켜 워프게이트를 만드는 마술이었다. 이동하고 싶은 곳의 이미지가 확립되어 있어야 했기 때문에, 가 본 적이 있는 장소에만 사용할 수 있었다.

주위의 풍경이 구불텅하고 일그러졌다. 그리고 그것이 가라앉자 레티시엘은 자택의 자기 방에 돌아와 있었다.

'……좋아. 마술도 몇 번 더 사용하면 익숙함도 감각도 돌아오겠어.'

그런 생각을 하며 레티시엘은 무심코 방을 한 바퀴 둘러보았다. 그러자 테이블 앞에 서 있는 연미복 차림의 남성과 눈이 마주쳤다.

"……어? 도로셀……아가씨……?"

그녀의 전속집사…… 루빅은 등 뒤에 갑자기 나타난 자신의 주인에게 놀라움을 금치 못하고 있었다.

평소라면 크리스타와 함께 돌아올 터인데, 오늘은 도통 돌아오질 않았다. 오늘 주인의 상태가 전체적으로 이상했기 때문일까. 루빅은 묘하게 진정이 되질 않아서 저택을 어슬렁거리거나 주인의 방을 빈번하게 확인하고 있었다.

그런데 실내에 잠시 등을 돌린 짧은 시간 동안에 마치 유령처럼 나타나다니, 이것은 대체 어떻게 된 일인가. 그녀는 마력을 갖고 있지 않았다. 마법은 쓰지 못할 터. 애초에 루빅은 이런 희한한 마법 따위는 알지 못했다.

루빅은 완전 혼란 상태에 빠진 머리를 어떻게든 회전시켜 그래도 뭔가를 말하고자 입을 우물우물 움직였다. 그렇지만 곧 그의 주인이 던진 말에 루빅은 모든 말을 그대로 삼켜버렸다.

"루빅. 당신은 아무것도 못 본 거예요. 당신이 이 방에 들어왔을 땐 이미 방에 있었어요. 그렇죠?"

도로셀은 루빅에게 말하고 있었다. 보고도 못 본 척 하라고. 누구에게도 이 일을 발설하지 말라고. 그 시선에서 형용할 수 없는 박력을 느껴 루빅은 숨을 삼켰다. 늠름하고 기품 넘치며 덧없으면서도 아름다운 모습에 저도 모르게 넋을 잃고 말았다.

"분부대로 하겠습니다. 도로셀 아가씨."

레티시엘은 루빅이 최상급의 예의를 갖추는 것을 내심 안도하면서 바라보았다. 생각해 보면 그는 도로셀의 전속집사였다. 루빅이 도로셀의 방에 있어도 아무것도 이상하지 않았다.

"뭔가 이유가 있는 것이라고 생각하겠습니다. 억지로 캐묻고자 하는 생각은 없습니다. 그렇지만 적어도 어떻게 돌아왔는지는 가르쳐 주시겠습니까?"

레티시엘은 망설였다. 방금 전 지크에게서 이 시대에서의 마술이 갖는 특이성을 듣고, 그다지 다른 이에게 발설하지 않는 편이 좋다는 것을 막 알게 된 참이었다.

방 안에 긴 침묵이 내렸다. 한동안 망설인 끝에, 레티시엘은 루빅에게 사정을 설명하기로 했다. 이 세계에 전생한 뒤로 루빅은 줄곧 레티시엘을 지탱해주었고, 레티시엘도 그런대로 그를 신뢰하고 있었다.

"……그러네요. 어차피 언제까지고 감출 수 있는 일도 아니니까요."

레티시엘은 주위에 제삼자가 없는 것을 확인하고 루빅에게 간략하게 사정을 설명했다. 자신이 어떻게 저택에 돌아왔는지, 어떤 효과를 가진 힘인지도 선뜻 이야기했다. 단, 마술을 설명할 때에는 『마법처럼 신기한 힘』이라고만 말해두었다.

"과연, 그런 것이었나요……."

레티시엘의 설명을 듣고, 루빅은 복잡한 표정으로 생각에 잠겼다.

"하지만, 아가씨는 마력이 없으시지……않습니까……."

"그건……."

"저는 평민으로, 그…… 귀족님들의 교양에 대해서는 잘 알지 못합니다만, 그 힘은 학원에서 새로 배우신 것……인가요?"

"예?"

머뭇머뭇 물어오는 루빅에게 레티시엘은 얼빠진 대답을 하고 말았다. 그러고 보니, 지크는 평민은 마법에 대해 거의 지식이 없다고 했다.

"……예. 뭐, 그런 느낌이에요."

저도 모르게 레티시엘은 그렇게 얼버무렸다. 마술에 대해서는 미란다레트나 지크에게도 이야기했지만, 그들은 학원의 친구였다. 서로 알게 된 지 얼마 되지 않았다.

그러나 루빅은 달랐다. 오랜 세월 「도로셀」을 모셔온 루빅에게 「레티시엘」로서의 일면을 내보여도 될까. 자신이 「도로셀」이 아니라는 사실이 알려지면 지금의 관계는 부서지는 것이 아닐까.

온통 적뿐인 공작가에서 거의 유일한 아군을 잃을 수도 있었다. 결국 레티시엘은 루빅에게 아무것도 말할 수 없었다. 마술에 대해서도, 전생에 대해서도.

"하지만, 이 일은 다른 사람들에게는 말하지 말아요. 공작가 사람들에게도 말이죠."

"알았습니다. 이 건은 다른 사람에게 발설하지 않겠다고 맹세합니다."

"고마워요, 루빅."

루빅은 도로셀의 전속집사였지만, 고용주는 공작이었다.

역시나 레티시엘도 고용주를 거스르면서까지 숨기라고 말할 생각은 없었지만, 루빅은 고용주에게도 말하지 않겠다고 약속했다.

아무래도 이 몸은 모든 인간관계가 막혀있던 것은 아닌 것 같네. 레티시엘은 쿡 미소를 지었다.

"그런데, 저녁 식사를 하고 싶은데요."

"알았습니다. 그럼 식당으로 가시지요."

레티시엘은 루빅의 뒤를 따라 방을 나섰다. 도중에 스쳐 지나간 고용인 중 몇 명은「어, 언제 돌아온 거지?」라는 얼굴을 했으나, 거기서는 철벽의 무표정으로 일관했다.

1층 복도를 지나던 때였다. 문득 밖에서 사람 목소리가 들려와 레티시엘은 정원 쪽으로 시선을 주었다.

밤의 정원에 공작가 가족 다섯 명의 모습이 있었다. 크리스타를 둘러싸고 서로 웃으며 대화를 나누고 있는 것 같았다.

천하의 공작가의 정원은 역시나 아름다워서, 낮에는 형형

색색으로 화려했지만 고요한 달밤 에는 백은색으로 물들어 마치 설경처럼 신비로웠다.

"……."

"……아가씨. 괜찮으십니까?"

"예. 괜찮아요. 정원이 너무나도 환상적이라서 그만 도취되고 말았네요."

"그러신가요…… 어? 그쪽인가요?"

"어머. 그것 외에 달리 또 뭐가 있죠?"

태연하게 말하는 도로셀의 말에 루빅은 위가 다시 따끔따끔 아파오는 것을 느꼈다.

"어, 음…… 가족 분들이 모두 계십니다만."

"그러네요. 있네요. 그런데 그게 뭐 어쨌다는 거죠?"

"……가지 않으셔도 괜찮으시겠습니까?"

"가지 않을 거예요. 왜 그걸 묻는 거죠?"

예전의 도로셀은 가족들이 단란하게 지내는 것을 보면 반드시 그 자리에 끼고 싶어 했다. 자신을 봐 주었으면 해, 동생만 보지 말아 줘, 그렇게 말하며 가족에게 냉대를 당해도 늘 가족들에게 달라붙었다.

약혼자인 제1왕자에게도 늘 어리광을 부리며 사랑을 속삭였다. 여동생이 약혼자에게 다가가면 언제나 짜증을 부리며 욕을 하거나 폭력을 휘두르거나 큰 소리로 울부짖거나 했다.

그 일을 루빅은 감추지 않고 있는 그대로 주인에게 전했다. 그 이야기를 다 들었을 때, 레티시엘은 「도로셀. 당신은 정말 바보 같은 아가씨로군요」라고 생각했다.

아무래도 도로셀은 가족에게, 약혼자에게 사랑을 받고 싶었던 모양이다. 그러나 그녀의 노력은 보답 받지 못하고, 그들은 모두 도로셀을 방해꾼으로밖에 여기지 않았다. 그리고 앞으로도 계속 방해꾼으로 남아 있을 것이다.

"……과연, 잘 알았어요. 즉, 나는 지금까지 인생의 귀중한 시간을 꽤 쓸데없이 낭비하고 있었다는 거로군요."

"예에…… 예?"

"정말 아까운 짓을 했어요. 앞으로 식사는 전부 방으로 가져와 주세요. 식당에 갈 시간이 있다면, 내가 좋아하는 일을 하는 편이 훨씬 유의미해요."

"예?, 아, 예. 알았습니다……."

"그럼 가죠, 루빅. 빨리 식사를 하고 싶어요."

"헤? 예?"

레티시엘은 마치 길가의 돌멩이라도 보는 것 같은 눈으로 공작 일가에게서 시선을 돌렸다. 이미 그녀의 머릿속은 저녁식사로 가득 차 있어서, 가족들의 일 따위 이미 아무래도 좋았다.

그리고 양미간을 손으로 문지르며 그녀의 뒤를 따르는 루빅은 자신은 앞으로 이 분에게 계속 휘둘리겠구나, 하고 남의 일처럼 예감했다.

막간 머나먼 옛날의 기억

그녀가 처음으로 그를 만난 것은 왕성의 안뜰에서였다.

그녀가 평소와 다름없이 안뜰에서 검술 연습을 하려고 하던 때, 그는 갑자기 하늘에서 떨어졌다.

그는 그녀를 향해 똑바로 떨어졌다. 당황한 그녀는 서둘러 부유마술을 써서 그가 자신 ……더 나아가서는 지면에 격돌하는 것을 막았다.

그는 그녀보다 조금 연상으로 보이는 젊은 소년이었다. 그녀는 눈을 크게 떴다. 그의 검은 머리카락과 검은 눈은 당시 세계에서 진귀한 색채였기 때문이었다.

그는 전신을 검은색 일색의 복장으로 감싼 기묘한 차림을 하고 있었다. 게다가 그 옷의 디자인도 지금까지 본 적이 없는 형태였다. 그의 용모가 신기해서, 그녀는 저도 모르게 그에게 말을 걸었다.

"있지. 너, 어디서 온 거야?"

그녀의 질문에 그는 처음에는 의아하다는 것 같은 표정을 짓더니 곧 울 것 같은 얼굴로 고개를 갸우뚱할 뿐이었다. 당황한 것처럼 주변을 둘러본 소년은 얼굴을 창백하게 물들였다.

"@#$%#%&……!"

그의 입에서 흘러나온 말은 그녀가 지금까지 들어본 적이 없는 이상한 언어였다.

갑자기 하늘에서 사람이 떨어졌다 싶었더니, 설마 그것이 외국인이었다니. 너무나도 뜻밖이어서 그녀는 어떻게 대응하면 좋을지 알 수 없었다.

하지만 이대로 내버려둘 수도 없었다. 가능성은 낮았지만 적국의 간첩일 가능성도 완전히 버릴 수 없었다.

"……일단 아버지에게 가죠. 보고를 해야 해요."

그녀는 그렇게 말하고, 아직 혼란에서 헤어 나오지 못하고 있는 그의 손을 가만히 붙잡고 걷기 시작했다.

그는 당장에라도 울음을 터뜨릴 것 같은 표정이었지만 그래도 그녀의 손을 뿌리치지 않았다. 그녀가 이끄는 대로 그녀의 뒤를 따라 걸었다.

***

"있지, 오늘 한가해?"

그가 하늘에서 떨어진 지 1년 이상이 지났다.

그 날은 부드러운 햇볕이 내리쬐는 맑은 날이었다.

그녀가 안뜰에 도착하자, 그는 그의 지정석인 나무 밑에서 책을 읽고 있었다.

"응? 한가한데…… 왜?"

1년간 면학에 힘쓴 결과, 그는 현격하게 말이 늘었다. 지금은 이 세계의 사람들과 의사소통을 할 수 있을 정도의 능력을 몸에 익히고 있었다.

"있지! 오늘, 나, 이제부터 아랫마을에 놀러갈 거야!"

"마을……."

"응! 그러니까 말이야. 같이 안 갈래?"

"그래도 괜찮아……?"

"물론이지. 괜찮지 않으면 말도 안 꺼냈어."

"그런가…… 응. 나도 마을에는 흥미가 있으니까, 괜찮으면 같이 데리고 가 줘."

그는 읽고 있던 책을 덮고 자리에서 일어났다. 그리고 옷을 갈아입고 온다며 성으로 들어갔다. 그녀가 그 자리에서 잠시 기다리자, 이윽고 그가 돌아왔다. 그녀와 그는 왕성의 비밀통로를 통해 성 아래 마을로 내려갔다.

그도 그녀도 마을에 가보는 것은 처음이기에 들떠 있었다.

전쟁의 상흔이 뿌리 깊게 남아 있으면서도 쾌활함을 유지하고 있는 마을은 그녀나 그가 알지 못하는 것, 성에 있는 것만으로는 알 수 없는 것들을 잔뜩 가르쳐 주었다.

평화를 바라기엔 너무나도 비정한 세계임에도 소소한 행복으로 가득 찬 마을에서, 그와 그녀는 시간도 잊고 뛰어놀았다.

문득, 앞서 달려가던 그의 주머니에서 손수건이 떨어졌다.

그녀가 이전에 그에게 선물한 것이었다.

그도 그 사실을 알아차린 듯, 급하게 멈추곤 서둘러 돌아왔다.

그녀도 그가 자신의 선물을 소중히 다뤄주는 것이 기뻐서 그것을 주우려고 손을 뻗었다.

그의 손이, 그녀의 손이 지면에 떨어진 손수건에 서로 스치듯이 맞닿았다.

그녀와 그는 웃길 정도로 동시에 굳어버려서는, 서로의 얼굴을 놀란 눈으로 바라보았다.

그리고 또다시 동시에 서로 손을 거두고는 샥 상대에게서 눈을 돌려버렸다.

"미, 미안!"

"……괘, 괜찮아……."

그도 그녀도 서로 시선을 돌린 채 왠지 얼굴을 마주볼 수가 없었다.

그는, 그녀는, 알아차린 것이다.

자신들은, 사랑을 하고 있다는 걸.

***

그가 이 세계에 떨어진 지 5년.

20세가 된 그는 더는 소년이 아니었다. 훌륭한 청년으로 성장했다.

예전부터 국왕의 총애를 받았던 그는 이 무렵부터 정치에 대해서도 의견을 내는 일이 늘었다.

그가 제안한 정책, 그가 만든 도구나 무기, 방어구는 하나같이 획기적이어서 그녀나 다른 사람들은 절대로 생각해 내지 못할 물건들뿐이었다.

그의 의견을 바탕으로 왕국의 경제는 점차 오름세를 보였고 국력도, 군사력도 지금까지와는 비교도 할 수 없을 정도로 향상되었다.

이대로 간다면 언젠가 이웃 국가도 추월하는 것이 아닐까라는 말을 들을 정도로.

그리고 그해 봄, 그는 그녀와 결혼했다.

신비한 지식과 도구로 왕국을 구원했다며 백성들이 영웅과도 같이 우러러보는 그에게, 국왕은 그녀와의 결혼을 허락했다.

많은 사람들이 지켜보는 가운데, 『구국의 대현자』와 『왕국의 지보』는 결혼식을 올렸다.

그 날은 온 나라가 축제 분위기로 떠들썩했고, 조촐하게 열린 연회는 밤까지 이어졌다.

좀처럼 그치지 않는 웅성거림을 들으며, 그와 그녀는 희미한 램프가 켜진 방에서 서로 몸을 맞댔다.

"……아직도 믿기지 않아. 신원 미상인 내가 설마 일국의 왕녀와 결혼하다니."

"그러네요. 나도, 나 자신은 귀족의 누군가와 결혼할 거라고만 생각했어요."

5년의 세월을 그리워하는 것처럼 눈을 가늘게 뜨는 그에게 그녀는 작게 미소를 지었다.

그가 사랑한 소녀는 한층 더 아름다워져서, 누구나가 되돌아볼 정도의 매력적인 여성이 되어 있었다.

그녀가 사랑한 소년은 앳된 기운이 빠진 늠름한 청년으로 성장했다. 비슷했던 신장도 어느새 그녀를 추월해 남자다워져 있었다.

"갑자기 이 세계에 와서 아무것도 몰랐던 내 곁에, 넌 언제나 함께 있어 줬지. 널 좋아하게 되기까지 시간은 얼마 걸리지 않았어."

그렇게 말하는 그의 얼굴을 그녀는 자애에 가득 찬 눈으로 바라보았다.

"하지만 넌 왕녀고 난 그저 식객. 절대로 어울리지 않았지. 그래서 이 감정은 가슴 속에 묻고 무덤까지 가져갈 생각이었는데……."

그렇게 말하며 그는 그녀의 몸을 살그머니 끌어당겼다. 그녀는 그가 하는 대로 그 가슴에 몸을 맡겼다.

"나를 선택해 줘서 고마워. 사랑해."

"……예. 나도 당신을 사랑해요. 그러니까 다시는 날 놓지 말아요."

그의 열기가 담긴 눈에 그녀는 그의 목에 자신의 두 팔을 감았다. 어느 쪽이 먼저랄 것도 없이 두 사람의 얼굴이 가까워지고, 두 사람은 녹아내릴 것 같은 황홀한 입맞춤을 나누었다.

두 사람만의 밤은 조용히 깊어갔다.

***

"……어째서."

그녀의 팔 안에서 그는 가냘픈 미소를 띤 채 누워 있었다.

그가 숨을 쉴 때마다 이상한 소리와 붉은 덩어리가 입에서 흘러넘쳤다. 그 가슴에는 붉은색과 보라색이 섞인 액체가 방울져 떨어지는 화살이 깊숙이 박혀 있었다.

그녀가 다친 것도 아니었는데 온몸이 아팠다. 마음이 아팠다.

"……나 같은, 사람은, 마력이 높아서, 아무것도 할 수 없잖아……."

말을 할 때마다 그의 몸에서는 생명의 모래가 빠져나갔다. 그녀는 그에게 치유마술과 해독마술을 계속 걸고 있었지만, 이미 늦었다는 사실을 깨닫고 있었다.

마술은 만능이 아니었다. 즉효성의 맹독을 해독하고 치명상을 입은 그를 치료할 수 있는 기적의 마술은 이 세계에 존재하지 않았으니까.

"왜, 날 감싸서……! 나는, 어떻게든 할 수 있었는데……."

"부탁이니까, 울지 마……."

떨면서 뻗어온 그의 손은 마치 부서지기 쉬운 물건을 만지는 것 같은 부드러운 손놀림으로 그녀의 뺨을 만졌다.

얼굴에서 점점 핏기가 가시고 있는데도 그는 끝까지 웃었다.

그의 표정을 조금이라도 놓치고 싶지 않았건만, 그녀의 두 눈에서는 실이 끊어진 진주목걸이와도 같은 눈물이 계속해서 흘러넘쳐, 눈앞에 있는 그의 얼굴을 흐려지게 만들었다.

"……먼저 가서, 기다릴게. 너만을…… 사랑……해……."

그 말을 마지막으로, 그의 피 묻은 손은 마치 그의 끝나가는 생명을 체현하듯이 융단 위에 미끄러져 떨어졌다.

그녀의, 소리 없는 비명과 통곡이 피에 젖은 옥좌의 방에 울려 퍼졌다.

***

은은한 달빛에 비친 어슴푸레한 방에서 소녀는 눈을 떴다.

꿈이었을 터인데, 이미 잃어버렸을 터인데, 그 차갑고 어스레한 아름다운 달빛이 쓸쓸함을 더욱 부추겼다.

"……읏."

두 뺨을 타고 흐르는 물방울을 감추듯이 소녀는 몸을 뒤척여 베개에 얼굴을 묻었다.

4장 구 제7연구동에서

아침에 일어난 레티시엘은 자신의 뺨에 위화감을 느끼고 손을 뻗었다.

살짝 만져지는 차가운 액체가 방안에 쏟아져 들어온 아침 햇살을 반사해 둔탁하게 빛났다. 그 광채를 한참 동안 물끄러미 바라보던 레티시엘은 그것이 자신의 눈물이라는 것을 겨우 알아차렸다.

'……뭔가 무척 애절한 꿈을 꾼 것 기분이 들어.'

내용을 기억해 내려고 해도, 꿈이었기 때문인지 기억해낼 수가 없었다. 레티시엘은 잠옷 소매로 눈물을 슥 닦고는 침대에서 내려와 몸단장을 했다.

그리고 언제나처럼 방에서 아침 식사를 하고, 루빅에게 오늘 귀가 시간을 말한 뒤, 전이마술로 등교했다. 이 세계에 전생한 지 벌써 1주일이 흘렀다.

학원에 도착한 레티시엘은 훌쩍 대도서실에 들렀다. 이 장소를 발견한 뒤로, 레티시엘은 시간이 있을 때마다 대도서실을 찾았다.

자, 오늘은 뭘 읽을까. 그런 생각을 하면서 천천히 책장 사이를 누비고 다니던 레티시엘은 문득 창가에서 낯익은 인물을 발견했다.

책장 사이에 파묻히듯이 놓인 책상에서 지크가 책을 한 손에 들고 독서에 열중하고 있었다. 창문에서 쏟아져 들어오는 부드러운 햇살에 그의 칠흑 같은 머리카락과 살짝 내리깐 녹색과 보라색의 눈동자가 눈부시게 빛났다.

책으로 가득 찬 대도서실은 그의 지적인 분위기와 잘 어울렸다. 책을 읽는 모습조차도 그림이 되다니. 그냥 앉아있는 것만으로도 돈을 받을 수 있을 것 같았다.

'……방해하지 말자.'

그렇게 생각해서 레티시엘은 소리를 내지 않고 살그머니 그 자리를 떠나려고 했다. 그러나 마침 레티시엘이 밟은 마룻바닥이 끼익 하고 작게 삐걱거렸다.

그 소리에 집중력이 끊어진 지크가 책에서 시선을 들어올리고, 그 시선이 레티시엘과 마주쳤다.

"안녕하세요. 지크. 미안해요. 방해를 해 버렸네요."

"아뇨. 신경 쓰지 마세요. 마침 일단락한 참이니까요."

레티시엘의 사죄에 지크는 고개를 작게 가로저으면서 변함없이 상쾌한 미소를 지었다.

"언제부터 여기 있었죠?"

"아침부터 줄곧 있었습니다. 자료가 좀 필요해서요."

"……지금은 수업 중이죠?"

"예. 그러네요."

"정말로 수업에는 출석하지 않는군요."

"이번만큼은 도로셀 양에게 그런 말을 듣고 싶지 않습니다."

그렇게 말하고 지크는 쓴웃음을 지었다.

"그러고 보니 그러네요."

자신도 수업에 들어가지 않았으니, 분명히 남 얘기는 못하겠네. 레티시엘은 그렇게 생각했다.

"뭘 읽고 있었죠?"

"아, 이거 말인가요? 천문학에 대한 책입니다. 이 저자의 책을 좋아해서요. 신간이 들어왔다는 말을 들었더니 가만히 있을 수가 없었습니다."

"천문학…… 그것 참, 꽤 어려운 책을 읽는군요."

레티시엘은 지크가 앉아있던 책상으로 다가가 가장 위에 쌓여있던 책을 손에 들어보았다.

이것은 아무래도 플라티나 왕국에서 1년 내내 관측할 수 있는 별들에 대해 쓰여 있는 책인 듯 했다. 레티시엘은 책을 펼치고 대강 읽으며 팔락팔락 책장을 넘겼다.

그것만으로도 대략적인 내용은 머리에 들어왔다. 기억력 보강마술은 정말로 근사하다.

"흐음…… 남쪽 하늘의 별은 이렇게 돼 있군요……."

"예. 남쪽에는 유명한 별이 많이 있답니다. 이 성좌는 본 적이 없으신가요?"

"어머. 이 붉은 별이라면 어제 창문으로 보였어요."

"그건 13년 전부터 초하룻날에만 관측되기 시작한 별입니다. 과거에도 하늘에 출현하는 때가 있던 것 같지만, 자세한 실태는 아직 모른답니다."

레티시엘은 첫 번째 권을 대충 훑어보고 두 번째 권을 손에 들었다. 그녀가 펼친 페이지를 보면서 지크는 매번 설명을 해주었다.

천 년 전에도 별을 올려다보는 관습은 있었지만, 별이 이런 식으로 학문으로 체계화되지는 않았기 때문에 조금 신기했다.

"이 책. 저도 같이 읽어도 될까요?"

"어라? 도로셀 양은 천문학에도 관심이 있으십니까?"

"예. 왠지 재미있는 학문일 것 같아 관심이 생겼네요. 잘 알지 못하는 학문을 발견하면 한층 더 가슴이 설레서 두근거리는걸요."

방금 전 자신이 대강 다 훑어 본 세 번째 책을 끌어안고 레티시엘은 지크에게 물었다.

"마음대로 하시지요. 전 상관없습니다. 그건 그렇고, 독서를 좋아하시는군요."

"예, 좋아한답니다. 제가 찾던 답을 뭐든 가르쳐주고, 무엇보다 즐거우니까요."

그렇게 말하고 레티시엘은 조용히 미소를 지었다. 이번에는 확실하게, 마치 꽃이 피는 것처럼.

그에 이끌려 지크도 미소를 지었다. 그 미소가 평소의 가면 같은 미소와는 어딘가 다르다는 사실을 지크도 레티시엘도 알아차리지 못했다.

***

종소리가 조용한 대도서실에 울려 퍼졌다.

1교시가 끝난 것일까. 레티시엘은 책에서 얼굴을 들고 벽의 시계를 올려다보았다.

"……응?"

전에도 대회의실에서 같은 일이 있었다. 벽에 걸린 시계의 바늘은 정확히 정오 10분 전을 가리키고 있었다.

그렇다. 방금 전의 종소리는 3교시가 끝나는 소리였던 것이다. 어느샌가 오전 수업이 모두 끝나있었다.

'……어머나. 이상하네. 내가 대도서실에 온 것은 9시 무렵이라고 생각했는데……?'

레티시엘은 눈을 살짝 크게 뜨고 시선을 책상으로 되돌렸다.

그곳에는 열 권 이상의 책이 널려 있었다. 그렇다. 세 권이 아니라 열 권이었다. 가져온 기억이 없는데도 책이 늘어나 있었다. 자신은 얼마나 독서에 몰두했던 것일까.

"……그 표정은, 그러고 보니 생각했던 것 이상으로 시간이 지났다고 생각하시는 건가요?"

정면에 앉아있던 지크가 그런 레티시엘을 보며 재미있다는 듯이 쿡쿡 웃었다.

"예. 생각했던 것보다 시간이 많이 지났어요. 1교시 때 이곳에 왔을 터인데 말이죠……."

"굉장한 집중력이네요. 3시간을 내리 시간도 잊고 책을 읽을 수 있는 사람은 좀처럼 없지 않을까요?"

"칭찬으로 받아들이죠."

레티시엘은 딱 잘라 대답을 하면서 자신이 책상 위에 벌려놓았던 책을 정리했다.

"일단, 점심시간이 되었으니 식당으로 갈까요."

"그러죠. 하지만 그 전에 이 책들을 원래 있던 장소에 돌려놔야겠어요."

"돕겠습니다. 어디에 갖다놓으면 될까요?"

"어, 음. 1층 계단 뒤쪽의 책장이에요."

"알았습니다."

그 뒤, 지크의 도움으로 눈 깜짝할 사이에 책 정리가 끝났다. 레티시엘은 데이비드에게 인사를 하고는 지크와 함께 식당으로 향했다.

식당은 이미 학생들로 몹시 붐비고 있었다. 루크레치아 학원의 식당은 넓이가 대도서실의 두 배 정도 되었지만, 세 개 학년의 학생에 교직원을 포함하면 상당한 인원이기에 점심시간에는 늘 이런 느낌이었다.

“변함없이 사람 수가 엄청나네요.”

“그래요. 보고 있는 것만으로도 기분이 나빠져요.”

“역시 이전의 응어리가 남아 있기 때문인가요?”

“그건 지금은 아무래도 좋습니다. 그저, 인구 밀도가 높은 곳이 좀 불편한 것뿐이에요.”

“그렇군요.”

레티시엘은 지크와 그런 대화를 나누면서 두리번두리번 식당을 둘러보며 빈자리를 찾았다. 이만큼 사람으로 차 있으면, 자리를 찾는 것도 고생이었다. 눈을 빛내며 끈질기게 찾은 결과, 레티시엘은 창가에 있는 4인용 테이블이 비어있는 것을 발견했다.

“지크. 저쪽으로 가죠. 저기밖에 빈자리가 없네요.”

“예. 그런 것 같네…….”

“아아아아!”

지크가 고개를 끄덕이며 대답을 하려던 순간, 그 목소리에 겹쳐지듯이 등 뒤에서 소녀의 목소리가 들려왔다. 귀에 익은 목소리였다. 이건, 혹시…….

“어머. 미라 님.”

레티시엘의 친구인 미란다레트가 마침 이쪽으로 달려오고 있었다.

오늘의 그녀는 갈색 머리카락을 하나로 올려 묶었다. 얼굴에는 미소를 띠고 있었지만, 그 얼굴에는 어딘지 놀란 것 같기도 하고, 기막혀 하는 것 같기도 한 그런 빛이 섞여 있었다.

"안녕하세요, 미라 님. 오늘도 무척 귀엽네요."

"도로셀 님이 그렇게 말하면 야유로밖에 안 들립니다만…… 고맙습니다. 지크 님도 안녕하세요."

"안녕하세요, 미란다레트 양."

"그리고 도로셀 님! 아침부터 대체 어디에 가셨던 건가요?!"

예의 바르게 숙녀의 예의를 갖춘 미란다레트였지만, 다음 순간에는 레티시엘을 똑바로 쳐다보았다.

"으—음…… 평소처럼 대도서실에 계속 있었어요."

"평소처럼이라니…… 도로셀 님. 수업이 있는데요."

"어떤 수업을 들을지는 과목에 달렸답니다. 우선 자리로 가죠. 그렇지 않으면 다른 사람이 앉을 거예요."

레티시엘은 눈을 반쯤 내리뜬 채 비난하는 눈으로 이쪽을 쳐다보는 미란다레트를 제지한 뒤, 식당을 가로질러 목적한 자리로 향했다.

그녀가 지나가는 길의 양옆에 앉은 학생들은 가지각색의 부정적인 감정이 담긴 시선과 태도로 그녀가 지나가는 것을 기다렸다. 변함없이 다들 도로셀을 싫어하는 것 같았지만, 레티시엘은 신경 쓰지 않았다.

다행히 자리는 다른 사람에게 뺏기는 일 없이 무사히 확보할 수 있었다. 레티시엘은 안도하면서 별 생각 없이 주변을 둘러보았다. 그러자 이 자리의 대각선 뒤쪽에 있는 6인용 테이블에 크리스타와 로시포드, 그리고 그 외 몇 명의 측근이 앉아있는 것을 발견할 수 있었다.

크리스타는 레티시엘을 보고 놀란 것 같았고, 로시포드는 변함없이 이쪽을 노려보고 있었다. 레티시엘은 그들에게 작게 목을 까닥여 인사만 하고는 바로 등을 돌렸다.

"아, 저기…… 전하의 자리와 가깝지 않은가요?"

"어머. 딱히 신경 쓰지 않는 걸요. 생판 남이기도 하고요."

"……일단 약혼자인데, 그래도 될까요……?"

"그치만, 서로 상대에게 흥미가 없는 걸요. 어쩔 수 없지 않을까요?"

"그, 그런가요…….

그 뒤로 세 사람은 차례로 카운터에서 점심 메뉴를 고르고, 자리로 돌아와 함께 식사를 시작했다. 레티시엘과 미란타레트는 많은 이야기를 나눴다. 오전 중의 수업 때 뭘 했다든가 대도서실에서 어떤 책을 읽었다든가.

도중부터는 지크도 끌어들여서 세 사람의 평온한 잡담 토크는 유유히 이어졌다.

"오늘 디저트, 변경됐네요. 푸딩이 아니게 된 것 같습니다."

문득 지크가 메뉴표를 보면서 그렇게 중얼거렸다. 그 말에 레티시엘이 고개를 갸우뚱했다.

"……푸딩?"

"어머?! 도로셀 님, 푸딩을 모르시는 건가요?!"

레티시엘의 의문을 물고 늘어진 것은 뜻밖에도 미란다레트였다.

"반드시 먹어 봐야…… 가 아니라, 도로셀 님이라면 분명히 먹어본 적이 있을 거라고 생각해요! 푸딩은 제조 과정이 조금 복잡해서 저 같은 하급 귀족은 좀처럼 먹을 수 없지만요, 정말로 맛있답니다! 부드럽고 달콤한 커스터드에 섞여드는 쌉싸름한 캐러멜소스가 그야말로 일품이죠!"

"아, 예……."

미란다레트가 이렇게까지 말할 정도로 『푸딩』이라는 것은 맛이 있는 것인가. 눈을 반짝이며 역설하는 미란타레트의 모습에 살짝 얼굴을 실룩거리면서도, 레티시엘은 순수하게 흥미를 품었다.

"……그런데, 전부터 생각했습니다만, 지크 님은 평민인가요?"

마침 식사를 마친 지크가 식후의 차를 가지러 자리를 떴을 때, 미란다레트가 그런 말을 던졌다. 그녀의 그 한 마디에 레티시엘은 식사하던 손을 멈추었다.

"그런가요?"

"그게, 지크 님은 미들네임이 없으시잖아요."

아무래도 이 시대에는 미들네임을 갖는 것을 허락받은 것은 왕후귀족뿐이라는 것 같았다.

레티시엘이 살던 시대에는 평민은 성을 갖지 않았기 때문에, 성을 가진 것은 왕후귀족뿐이었다. 지금은 평민도 성을 갖고 있기 때문에, 귀족인지 여부는 미들네임으로 구별한다던가.

"하지만 이 학원은 귀족이 다니는 곳이잖아요?"

레티시엘이 그렇게 되묻자, 미란다레트는 레티시엘의 귓가에 입을 가까이 갖다 대고 작은 목소리로 속삭였다.

"……가끔 있답니다. 귀족의 피를 잇고 있지만, 집안 사정으로 귀족이 되지 못하는 서민 분들이 입학하는 일이."

"어머나……."

"그런 분들은 대개 귀족들이 꺼려하니까, 이곳에서의 생활은 마음이 많이 불편하다고 해요……."

지크의 풀네임은 지크 비올리스. 이 시대의 상식으로 생각하자면, 그 역시 뭔가 사정이 있는 평민이라는 셈이 되었다.

지크는 수업에 한 번도 들어간 적이 없다고 말했다. 혹시, 그도 그런 사정이 있어서 레티시엘과 마찬가지로 주위 사람들에게 경멸당하고 있는 것일까.

"어라? 뭔가 분위기가 미묘하네요."

두 사람이 뭐라 말할 수 없는 분위기로 입을 다물고 있던 참에 본인이 돌아왔다. 손에는 뜨거운 김이 피어오르는 커피 컵 하나와, 마찬가지로 따뜻한 홍차 컵 두 개가 담긴 쟁반을 들고 있었다.

"두 분의 취향을 알 수 없어서 무난하게 홍차를 받아왔습니다.”

“그거면 충분해요. 고맙습니다.”

레티시엘은 애써 냉정하게 그를 올려다보았다. 그에 대해 지크는 늘 그랬듯이 작게 웃어보였다.

레티시엘은 지크가 가져온 홍차에 입을 가져갔다. 그녀는 홍차에 아무것도 타지 않고 마시는 스트레이트 파였다.

한편, 미란다레트는 홍차에 각설탕을 퐁당퐁당 떨어뜨리고 있었다. ……응? 잠깐만요, 미란다레트. 당신, 설탕을 얼마나 넣을 생각인가요?

“……물론이다! 네가 원하는 것은 뭐든 내가 주마!”

커피를 한 모금 마신 참에 문득 들려온 목소리에 지크가 표정을 굳혔다. 그의 시선은 어느 한 점을 향해 있었다. 레티시엘의 옆에 앉아있던 미란다레트도 뒤를 돌아보고는 「켁」 하고 숙녀답지 못한 소리를 냈다.

무슨 일인가 해서 레티시엘도 두 사람을 따라 뒤를 돌아보았다. 그러자 대각선 뒤쪽의 자리에 앉은 바보 커플의 모습이 보였다. 달달한 분위기를 감추려고 하지도 않고, 친밀하게 웃고 떠드는 핑크빛 공간을 만들고 있었다.

“우와아아…… 이렇게 가까이에 약혼자가 있다는 걸 알텐데도, 그 여동생과 당당하게 노닥거리고 있네요…….”

“뭐, 그건 어쩔 수 없죠. 제1왕자께서는 원래부터 여동생에게 더 열을 올리셨던 것 같고, 저는 학원에서 가장 꺼려하는 존재잖아요? 다들 「샘통이다!」라고 생각하지 않을까요?"

"……잘도 태연하게 그런 말을 하실 수 있네요, 도로셀 님."

"그게, 나는 전하에게도 주위사람들의 태도에도 전혀 관심이 없는걸요."

레티시엘은 불과 몇 초 만에 그들에게 관심을 끊고 다시 식사를 재개했다. 그런 레티시엘에게 미란다레트와 지크는 서로 얼굴을 마주보고는 허탈해했다.

그랬다. 지금의 도로셀은 약혼자의 바람도, 주위의 비웃음도 대수롭지 않게 여겼다. 이유를 물어도, 그녀는 이렇게 대답하리라. 아무래도 상관없다, 라고.

이런이런 하고 고개를 젓는 미란다레트.

그런 그녀의 모습에 쓴웃음을 짓는 지크.

처음 먹어보는 파스타를 포크로 잘 감지 못하는 레티시엘.

점심시간은 평온하게 지나갔다.

***

"자…… 슬슬 시간이 되었네요."

식당시계를 올려다보면서 지크가 말했다. 식당에 있던 학생들도 이미 제각기 자리에서 일어나 교실로 돌아가기 시작하고 있었다.

"그러네요. 미라 님. 오후 수업은 뭐죠?"

"2교시 연속으로 실천마법학이에요."

"어머. 그거, 나는 듣지 않아도 되는 수업이에요."

레티시엘이 그렇게 말하자, 미란다레트는 할말이 없다는 표정이었다. 그 얼굴에는 「또 땡땡이치는 건가」라고 대문짝만하게 쓰여 있었다.

"……땡땡이치는 게 아니에요. 시간을 유용하게 활용하는 거예요."

"새삼 당당하게 가슴을 펴며 말해도 땡땡이는 땡땡이에요. 하아…… 알았습니다. 그럼 마음껏 시간을 유용하게 활용해주세요."

"그러겠어요. 나중에 다시 만나죠."

"예! 늘 가는 곳에서 기다릴게요."

방과 후의 약속을 하고 미란다레트와는 식당 앞에서 헤어졌다.

그것을 배웅하며 레티시엘은 팔짱을 끼었다. 수업을 듣지 않는 것은 좋았지만, 방과 후까지의 시간을 어떻게 보낼까? 대도서실에서 계속 책이라도 읽을까?

"그럼 나는 어떻게 할까."

"한가한 시간을 주체 못하신다면, 연구실에 가보지 않으시겠습니까?"

고민하는 레티시엘에게 지크가 그런 제안을 했다. 역시라고 해야 할까 뭐라고 할까. 그 역시 또 오후 수업을 제낄 생각인 모양이었다.

아무래도 지크는 오늘 아침 레티시엘이 대도서실에 오기 전에, 루카스에게 레티시엘을 연구실로 안내해 주라는 지시를 받았다는 듯했다.

이 일주일 동안은 이러니저러니 많은 일이 있어서 루카스의 연구실…… 자신이 소속된 연구실에 걸음을 하지 못했다. 앞으로 자신의 연구 거점이 될 장소였다. 미리 봐 둬야 할 것이리라.

"그러고 보니 아직 가 본 적이 없네요."

"안내가 필요하신가요?"

"있는 편이 좋겠군요."

"알았습니다. 그럼 같이 가시죠."

그런 연유로, 레티시엘과 지크 두 사람은 어깨를 나란히 하고 연구실이 있는 별관으로 향했다. 수업 시작 시간이 가까웠기 때문인지 복도에 학생의 모습은 없었다. 이따금 수업을 하러 가는 교사들과 스쳐지나갈 뿐이었다.

교사들과 스쳐지나갈 때마다 고개를 숙여 인사를 건네자, 그들은 모두 상냥하게 그에 답해 주었다. 아무래도 학생들과 달리, 교사들은 도로셀을 싫어하거나 꺼려하지 않는 것 같았다.

"선생님들의 반응은 생각했던 것보다 친근한 것이 조금 뜻밖이네요."

"흐음…… 얼마 전까지는 다른 학생들과 크게 다를 것 없었다고 생각합니다만. 도로셀 양이 뭔가를 한 것이 아닌가요?"

그 말을 듣고 레티시엘은 이 일주일간의 일을 떠올렸다.

그 사이, 레티시엘이 한 일이라고는 평범하게 수업을 듣고, 술식을 고쳐 쓰고, 선생님에게 불려가고, 그곳에서 선생님을 상대로 대폭발을 하고, 또다시 수업을 듣고, 방과 후에 친구와 함께 지낸 것뿐이었는데.

"뭔가 대단한 일은 하지 않았다고 생각하는데요."

"그런가요. 무슨 일이 있긴 있었군요."

"어머? 왠지 미라 님과 똑같은 반응을 보이시네요?"

"뭐, 여하튼 도로셀 양에 대한 선생님들의 인상이 개선돼서 잘 되지 않았습니까."

그러는 사이에, 지크와 레티시엘은 어느샌가 본관 옆의 출입구를 통해 밖으로 나와 본관 뒤쪽에 도착했다.

본관 뒤에는 커다란 호수가 있었고, 그 호수의 건너편에는 외양이 똑같은 건물이 같은 간격으로 몇 개인가 늘어서 있었다.

레티시엘도 지크도 딱히 입을 열거나 하지는 않았으나, 두 사람 사이에 흐르는 침묵은 결코 거북한 것이 아니었다. 오히려 적절한 거리감이 유지되어 평온했다.

지크는 가장 오른쪽에 있는 건물로 들어가, 계단을 올라갔다. 벽돌로 지어진 2층짜리 건물은 그렇게 넓지는 않은 것 같았지만, 건물 안은 한산해서 물건은 거의 놓여있지 않았다. 벽과 바닥도 낡은 느낌에 먼지를 뒤집어쓰고 있었고, 대부분의 방은 비어 있는 것 같았다.

"뭔가 꽤나 살풍경하네요."

"예에…… 이곳은 구 제7연구동으로 불리고 있습니다. 반 년 정도 전에는 연구 시설로 사용되었지만, 연구원 수가 늘어남에 따라 새로운 연구동이 세워졌고 다들 그쪽으로 옮겨가서 지금은 사용되고 있지 않습니다."

복도의 창문으로 밖을 바라보자 나무들을 사이에 끼고 그 건너편에 아주 새로운 3층짜리 하얀 건물이 얼굴을 내밀고 있었다. 아마도 그것이 신 제7연구동인 것이리라.

"죄송합니다. 이런 곳밖에 없어서. 학원장님도 좀 더 좋은 방을 준비하고자 하셨지만, 연구동은 어디나 다 만원이라서 말이죠……."

"어머. 신경 쓰지 않습니다. 저는 연구를 할 수 있다면 그걸로 충분한걸요."

레티시엘은 책상과 의자와 책장만 있으면 어디서든 연구를 할 수 있다고 생각하기 때문에, 딱히 구 연구동이든 신 연구동이든 크게 마음에 두지 않았다. 오히려 여기에 자신밖에 없다면, 마음이 편해서 좋을지도 몰랐다.

지크는 2층 복도를 나아가 복도 가장 안쪽에 있는 문 앞에서 멈춰 섰다.

"도착했습니다."

지크가 문을 열면서 레티시엘을 실내로 불러들였다.

레티시엘이 예상했던 것보다 훨씬 넓은 방이었다. 방 안쪽에는 중후한 책상이 있었고, 그 앞에는 비싸 보이는 낮은 테이블과 소파가 놓여 있었다.

벽 앞에는 커다란 빈 책장과 포트 같은 것이 올려진 찬장이 놓여 있었고, 그 옆으로는 그림이 걸려 있었다. 그밖에 별실로 이어질 것으로 생각되는 문이 두 개 있었다.

"……생각한 것 이상으로 넓군요."

"예. 원래 학원장님이 소유하시던 연구실이었기 때문에, 아마도 이 구 제7연구동에서는 꽤 넓은 방일 겁니다."

"하지만 학원장님의 연구실은 신동으로 옮겨가지 않았나요? 그런 것치고는 가구라든가 여러 가지 것들이 남아 있는데요……."

"학원장님의 연구실은 마지막까지 남아있었거든요. 옮겨 간 것은 얼마 전입니다. 아마도 이사 준비가 다 안 끝났던 것이겠지요."

"그렇군요."

다시 말해, 이전 작업이 한창 진행되는 중에 레티시엘이 루카스의 연구실에 들어오는 것이 정해진 듯했다. 빈 방이 없어서 이곳을 사용하게 하기로 했기 때문에 가구 같은 것도 철거하지 않고 남겨둔 모양이다.

“제가 이곳을 계속 써도 괜찮은 건가요?”

“그건 모르겠네요……. 사용하지 않게 된 연구동은 기본적으로 다른 시설로 전용되는 경우가 많은 것 같으니까요. 제가 사는 기숙사도 구 제4연구동을 개축해 용도 변경한 것이라고 들었으니, 이 건물도 어쩌면 그렇게 될지도 모르겠군요.”

그렇게 말하고 지크는 곤란하다는 듯이 웃었다. 우선 현재로서는 구 연구동을 전용할 계획은 없는 듯하니, 레티시엘이 좋을 대로 사용해도 문제는 없는 듯했다.

“지크도 신동에 연구실이 있나요?”

“아뇨. 제7연구동은 마법 관련 연구를 전문으로 하는 사람들이 모이는 장소입니다. 저는 이과와 수학 계열 연구를 하고 있기 때문에 연구실은 제6연구동에 있답니다.”

아무래도 본관 뒤에 있는 연구동은 교사나 연구자들의 연구 분야에 따라 건물이 나누어져 있는 것 같았다.

“설비에 대해서도 설명을 드리죠. 우선, 이 연구실에는 방이 세 개가 있습니다. 가장 안쪽에 있는 방이 실제로 연구를 하기 위한 방으로 준비돼 있습니다. 다른 두 개의 방은 연구실 소유자가 마음대로 써도 된다고 합니다. 창고로 써도 좋고 서재로 이용해도 상관없습니다. 개중에는 가면실로 쓰려고 침대를 들여놓은 분도 있죠.”

어머. 그게 뭐야. 나도 가면실을 만들고 싶어요……! 그 한 마디를 레티시엘은 가까스로 억눌렀다.

'정말로 한적하고 조용한 장소네. 연구하기에는 딱 안성맞춤이야.'

레티시엘은 힐끗 창밖을 보았다. 넓게 펼쳐진 호수가 빛을 반사해 빛나고 있었고, 그 건너편에는 학원의 본관과 시계탑이 엄숙하게 솟아 있었다. 그 주위를 감싼 푸릇푸릇한 숲도 한 눈에 보였다.

전란의 세상에 살던 레티시엘은 이렇게나 아름다운 대자연을 본 적이 없었다. 숲 속에 세워진 박물관이나 마법훈련장, 검술연습장도 다 볼 수 있어서 입지도 그렇게 나쁘지 않은 것 같았다. 나중에 느긋하게 숲 속을 산책이라도 해 볼까.

"이 방이 제 연구방이 된다는 건가요?"

레티시엘은 출입구에서 가장 먼 위치에 있는…… 그러나 가장 양지가 바른 쪽의 문을 가리키며 물었다. 지크가 고개를 끄덕였다.

"그렇습니다. 이전에는 창고로 쓰고 있던 것 같습니다만, 지금은 어느 정도 정리를 해 준 것 같습니다. 원하시는 방을 사용해 주세요."

"그렇군요…… 고맙습니다."

"그리고, 학원장님으로부터의 전언입니다. 『뭔가 부족한 것이 있다면 사양 말고 말해도 괜찮다』라고 하십니다."

"알겠습니다."

더는 기다릴 수 없다는 듯한 들뜬 기색으로 레티시엘은

서둘러 연구방의 문으로 향했다.

언제나 냉정침착, 무표정한 도로셀이 그 나이대의 소녀답게 들떠서 안절부절못하는 모습이 재미있어서 지크는 그만 웃음을 터뜨리고 말았다. 물론 도로셀은 찌릿 지크를 쏘아보았다.

노려봐도 웃음을 멈출 기색이 보이지 않는 지크를 이해할 수 없다고 생각하면서도, 레티시엘은 들뜬 기분을 억누르며 가장 안쪽 방의 문을 열었다.

레티시엘은 심각한 마술마니아였기 때문에, 마술을 연구하는 거점을 집처럼 여겼다. 오히려 피리아레기스 공작가의 방보다 이쪽 연구방에서 더 살고 싶을 정도였다. 이쯤되면 말기였다.

실내에는 아담한 하얀 책상과 벽면에 놓인 두 개의 책장과 찬장이 있을 뿐, 전체적으로 휑했다. 그러나 그 점은 앞으로 얼마든지 자신의 입맛에 맞게 바꿔나갈 수 있었으니 아무 문제없었다.

"근사한 방이네요……!"

"마음에 드시나요?"

"예. 얼마든지 개조할 보람이 있어 보이는 이 미사용감에서 꿈과 희망이 느껴져요!"

"……도로셀 양은 역시 독특하시네요."

왜인지 지크가 어처구니없어 했다. 뭔가 이상한 말이라도 한 것일까요.

이렇게 아무것도 없는 방은 얼마든지 마음대로 물건을 놓을 수 있고 가구배치도 디자인할 수 있었다. 어찌 두근두근하지 않을까?

"그럼 저는 오후에는 이곳에서 술식 연구에 전념하도록 하겠습니다. 지크, 이곳에 대량의 종이는 있나요?"

"어, 음…… 저기 있는 상자의 내용물은 아마도 전부 백지일 거라고 봅니다만……."

"좋아…… 그럼 잠깐 대도서실에 다녀오겠어요."

"예?"

그 말이 끝나는 것과 동시에 레티시엘은 연구실을 뛰쳐나갔다. 시간은 제한돼 있었다. 서두르는 편이 좋았다.

그녀가 대도서실에 간 것은 지금 시대의 마법술식에 대한 책을 모으기 위해서였다.

일주일 전, 레티시엘은 루카스에게 교사들을 상대로 이야기한 『마법(마도)술식의 모든 것』에 대해 연구해달라는 요청을 받았다. 그래서 그녀는 우선 이 나라에 있는 기존 술식을 뿌리에서부터 개조하고자 생각하고 있었다.

이 시대에는 없는 개념을 믿을 수 없다면, 실제로 그 개념대로 술식을 고쳐 써서 이 시대의 술식이 뒤떨어졌다는 사실을 알려주면 된다. 그것을 위해 레티시엘은 첫 시작으로, 술식서를 긁어모아 『플라티나 왕국의 주요 마법술식일람』을 만들고자 하고 있었다.

장서 검색을 평소처럼 대도서실의 우수한 사서 데이비드에게 부탁한 레티시엘은 이윽고 대량의 책을 끌어안고 연구실로 돌아왔다.

"……어서 오세요. 그런데…… 그거, 문틀에 부딪치기 직전이지 않습니까."

"부딪치지 않아요. 아슬아슬하게 지나갈 수 있는 높이예요."

"그런 문제가 아닌 것 같은 느낌도 듭니다만……. 아무리 마술이 있다고 해도 이건 역시나 많지 않나요?"

그렇게 말하면서도 지크는 잔달음질로 달려와 레티시엘의 짐을 절반 정도 가져갔다.

레티시엘은 책을 운반하는데 신체강화마술을 사용했고, 지크도 레티시엘의 그 괴력의 원리를 알아차렸다.

"그럼 저는 연구실에 틀어박히겠어요."

레티시엘은 연구실의 가장 안쪽에 있는 연구방 책상 옆에 책을 내려놓고 말했다. 지크도 역시 가져온 책을 그 옆에 놓았다.

"알았습니다. 그럼 저도 제 연구실로 돌아가겠습니다. 내일 뵙죠."

"그래요. 또 봐요."

방을 나가는 지크에게 손을 흔들고는 레티시엘은 연구방으로 들어갔다. 그리고 손을 뒤로 해 문을 닫고는 문을 마술로 고정했다.

레티시엘은 연구 중에 방해받는 것을 무엇보다도 싫어했다. 그 때문에 타인이 함부로 들어오지 못하도록 전생에서도 입구는 늘 잠가두곤 했다.

자신만의 공간을 만들어낸 레티시엘은 곧바로 도서관에서 가져온 책 옆에 대량의 종이 다발을 준비해두고, 서적을 펴서는 술식을 골라 종이에 옮겨 적기 시작했다.

복사 작업을 하는 데에는 마술을 사용했다. 팔에 신체강화마술을 걸어 팔의 힘과 체력이 오래 유지되게끔 했다.

레티시엘은 가져온 책 안에서 기초마법의 마법술식만을 골라냈다.

읽은 적이 없는 서적에서 특정 정보만을 골라내 옮겨 적는 일은 꽤 고도의 기술이었지만 『왕국의 지보』에게 그 정도는 식은 죽 먹기였다.

마법에는 크게 나누어서 다섯 개의 랭크가 있어서 아래부터 기초마법, 하급마법, 중급마법, 상급마법, 극급마법으로 구성되어 있었다. 기초마법이란, 기초술식 및 그것에 단순한 변수를 부여했을 뿐인 간단한 것을 일컫는 마법군이었다.

방과 후까지 모든 마법술식을 고쳐 쓰는 것은 아무리 레티시엘이라도 무리였다.

그 때문에 그녀는 일단 최하급인 기초마법을 겨냥해 마개조해주겠노라며 의욕에 불타고 있었다.

***

수업 시작을 알리는 것인지 종료를 알리는 것인지 알 수 없는 종소리와 함께, 레티시엘은 쥐고 있던 깃펜을 내던졌다.

딱히 좌절한 것은 아니었다. 모든 기초마법의 마법술식을 그녀가 잘 아는 마도술식으로 마개조하는 작업을 끝낸 것이었다.

"자, 그럼…… 학원장님은 아직 학원에 계실까요."

레티시엘은 가져온 책을 정리하고 새로 고쳐 쓴 마도술식을 적은 종이다발을 하나로 모은 뒤, 연구방을 나섰다.

그녀는 새로이 고친 마도술식을 루카스 혹은 지크에게 시험해 봐 달라고 할 요량이었다. 도로셀은 마력을 갖고 있지 않았다. 때문에 스스로 이 술식을 시험해볼 수는 없었다.

"……어머?"

방을 나온 레티시엘이 본 것은 첫 날 2교시에 신세를 졌던 마법술식학 교사, 레이븐이었다.

"레이븐 선생님?"

"안녕한가요. 도로셀 님…… 무사히, 연구실에 들어갔군요……."

"예. 선생님은 여기에는 무슨 일이시죠?"

"저는 도로셀 님의 연구실에 흥미가 있어서…… 어떤 모습일지 보고 싶었던 것뿐입니다."

그것을 들은 레티시엘은 눈을 번쩍 빛냈다.

그녀는 벽에 걸린 시계를 올려다보았다. 방금 전의 종소리는 아무래도 5교시 시작을 알리는 종소리였던 모양이었다. 다시 말해, 방과 후까지는 아직 한 시간이 남아 있었다.

"레이븐 선생님."

"……? 왜 그러나요?"

"마법술식을 가르치는 몸으로서, 술식의 진화에 공헌하고 싶지 않으신가요?"

"……그게 무슨 말입니까?"

"저는 이전에 말씀드렸던 술식개론을 체계화하기 위해 연구에 착수했습니다."

"……."

"사실은 학원장님께 부탁을 드릴까 생각했습니다만, 술식을 가르치시는 레이븐 선생님 쪽이 제 연구 성과의 훌륭함을 훨씬 더 잘 이해해 주실 것 같은 느낌이 드네요."

"뭔가 불길한 예감이 드는 것은 저만 그런 걸까요……."

"불길한 예감이라니 당치도 않습니다. 이쪽에 있는 개조를 마친 술식을 시험 삼아 발동해 주셨으면 하는 것뿐이에요."

"……이 양을 다 말입니까?! ……아니, 잠깐 기다려 주세요, 도로셀 님! 저는 아직 한다고는 한 마디도……."

"자, 선생님. 시간은 한정돼 있으니 바로 마법훈련장으로 가죠."

"이 분량이면 마력이 다 동이 나 버릴 겁니다! 무리예요! 적어도 또 한 명 정도 더 데리고…… 아니, 억지로 잡아끌지 말아 줘어어!"

이후로 레이븐은 무슨 일이 있을 때마다 레티시엘에게 실험대로 이용당하지만, 그건 또 별개의 이야기였다.

이러니저러니 개량술식의 시험발동을 모두 마친 뒤, 레티시엘은 마력을 너무 많이 써서 완전히 말라비틀어진 레이븐을 데리고 연구실로 돌아왔다.

연구실에는 루카스가 와 있었다. 아무래도 레티시엘의 상황을 보러 온 듯했다. 사실은 좀 더 빨리 오고 싶었는데 손에서 일을 뗄 수가 없었다나.

"……그런가. 그래서 레이븐은 저기 저렇게 뻗어있는 거로군."

레티시엘에게 사정설명을 들은 루카스는 연구실에 돌아오자마자 시체처럼 소파 위에 뻗어버린 레이븐을 가엽다는 시선으로 바라보며 한숨을 내쉬었다.

"뭐…… 어쨌든 잘 해내고 있는 것 같아 안심했다."

그 뒤 레티시엘이 연구에 대해 약간의 보고를 하며 이야기를 마치자, 루카스는 팔짱을 끼고 만족한 듯이 고개를 끄덕였다.

"이 뒤에는 어떻게 할 거냐? 연구를 계속 할 거냐?"

"아뇨. 방과 후에는 친구와 약속이 있기 때문에, 내일 이어서 계속하려고 합니다."

"그런가. 알았다. 너무 무리는 하지 마라."

외모는 우락부락했지만 건네는 인사는 상쾌함 만점이었다. 생글생글 미소 짓는 루카스의 배웅을 받으며 레티시엘은 연구실을 나섰다.

본관을 가로질러 마법훈련장으로 향하던 도중 레티시엘은 많은 학생들과 스쳐지나갔다. 이 시대의 귀족들은 매우 바쁘신 몸인 듯, 이번에는 과외수업, 다음에는 연회, 그 뒤에는 파티 등등 서로의 예정을 주고받았다.

아무래도 오늘도 어딘가의 귀족가에서 연회가 열리는 것 같았다. 스쳐 지나가는 공자와 영애들 사이에서는 그 화제가 계속되었다.

'다들 나를 싫어해서 정말 만세네요.'

도로셀의 가족들은 도로셀을 매우 싫어하고 꺼려했다. 아마도 뭔가를 배우지 않는 것은 물론, 연회나 파티에도 참가한 일도 없을 것이다. 그랬기에 방과 후의 시간을 모두 자유롭게 쓸 수 있어서 레티시엘은 기분이 좋았다.

"……아, 도로셀 님!"

마법훈련장에 도착하자, 미란다레트는 이미 자율 연습을 하며 기다리고 있었다. 언제나 의욕이 가득했지만, 오늘은 눈의 반짝임이 특히 더 강한 것 같은 느낌이 들었다.

"미라 님. 오늘은 평소보다 한층 더 의욕적이시네요."

"네! 오늘은 이 뒤에 다과회라든가 연회 같은 것이 없기 때문에 거리낌 없이 마술연습에 매진할 수 있으니까요!"

"그래요? 다른 사람들은 연회가 있다고 말하던데요?"

"아마도, 상급 귀족 분들만 초대받는 연회일 거예요. 그런 다과회나 연회는 많지 않습니다만, 전 상급 귀족 분들은 영 거북해서 오히려 초대받지 못한 게 고맙지요."

미란다레트는 그렇게 말하고는 양손으로 힘차게 승리포즈를 취하며 만면의 미소를 띠었다.

***

그 날 레티시엘이 저택에 돌아가자, 피리아레기스 공작저택 안은 묘하게 떠들썩한 공기에 휩싸여 있었다.

"……루빅. 오늘, 무슨 일이 있나요?"

방의 입구에서 서서 분주하게 복도를 오가는 고용인들을 한 번 힐끗 바라 본 뒤, 레티시엘은 곁에 대기하던 루빅에게 질문을 던졌다. 루빅은 아까까지 고용인들과 함께 작업을 하고 있었으나, 방금 전 마침 그것이 일단락되어 돌아온 참이었다.

"예. 오늘은 저택에서 연회가 열릴 예정이라, 고용인 모두가 그 준비에 매진하고 있습니다."

"흐음. 그런가요……."

루빅에게 이야기를 들은 바로는 오늘 밤의 연회는 아무래도 크리스타와 로시포드가 상급 귀족만을 초대한, 문자 그대로 귀족들의 화려한 회합이라는 것 같았다.

하지만 레티시엘이 살던 시대에서는 연회는 사전 속에나 존재하는 단어였다. 때문에 이야기를 들어도 어떤 것인지 딱히 잘 이해가 되지 않았다.

"아가씨도 참가하시겠습니까?"

"가지 않겠어요. 그, 귀찮잖아요."

기본적으로 다른 이와 관계되는 것을 별로 좋아하지 않는 레티시엘에게 모르는 인간들이 잔뜩 모이는 연회의 자리는 귀찮고 성가신 자리일 뿐이었다.

본래대로라면 레티시엘은 주최자의 가족으로서 연회에 참석해야 했지만, 연회를 잘 모르는 그녀가 그런 지식을 갖고 있을 리가 없었다.

레티시엘의 대답에 루빅은 턱에 손을 갖다 대고 잠시 생각에 잠겼다. 그러더니 이런 말을 흘렸다.

"하지만 요리사들은 연회의 음식을 만드는데 바쁘고, 주인어른과 마님도 연회에서 식사를 하실 터라, 오늘 밤은 필시 아가씨의 식사를 따로 만들기에는 시간이 좀 걸릴 것 같습니다만……."

"어머. 요리가 나오나요?"

"예. 요리라고 해도 가벼운 식사입니다만. 그리고 그 외에도 달콤한 간식거리와 샴페인이 있습니다."

"달콤한 간식……."

문득 레티시엘의 뇌리에 만면의 미소를 띠고 달콤한 과자들에 대해 이야기하던 미란다레트의 모습이 스쳐지나갔다.

그러고 보니, 미란다레트는 유달리 푸딩……이라는 음식에 대해 열변을 토했다. 그것을 듣고 있던 레티시엘은 그렇게 맛있나 하고 의문스럽게 생각하기도 했다.

"있죠, 루빅. 오늘 연회에 푸딩……은 나올까요?"

"예? 아, 예…… 나올 거라고 생각합니다만…… 신경이 쓰이신다면 드시러 가시겠습니까?"

"그러네요…… 마침 배도 출출해졌으니, 연회에서 뭔가 먹고 오겠어요."

"예……? 잠깐 기다려 주십시오. 교복을 입고 가시려는 겁니까?!"

아무래도 연회에 교복 차림으로 출석하는 것은 좋지 않은 듯했다.

레티시엘로서는 그저 밥을 먹으러 가는 것뿐이었기에 복장 같은 건 뭐든 상관없다고 생각했다. 하지만 루빅이 필사적인 모습으로 그것을 말렸기 때문에, 레티시엘은 드레스룸에서 적당한 드레스로 갈아입은 뒤, 연회가 열리는 연회홀로 향했다.

홀에서는 눈부시게 아름다운 드레스와 장신구로 치장한

귀족들이 각자 담소를 나누고 있었다. 홀 내부는 샹들리에에 반사된 눈부신 빛으로 가득 차 있었으나, 레티시엘의 시선은 홀 가장자리에 있는 테이블에 온통 쏠려 있었다.

'……어머, 뭘까? 이 음식은. 하얀색인데 무슨 재료를 쓴 것일까? 저쪽에 있는 요리도 색채가 풍부한데, 이건 채소가 원재료인 걸까? 이쪽 요리도…….'

레티시엘은 테이블 위에 놓인 지금까지 본 적도 없는 음식들에 어린아이처럼 눈을 빛냈다.

접시를 손에 든 채 여기저기로 시선을 돌려가며 말없이 음식을 먹기 시작한 레티시엘을 주위에 있던 귀족들은 의아한 것 같기도 하고 놀란 것 같기도 한 시선으로 바라보았다. 무리도 아니었다. 주최자의 가족으로 본래는 상석에 있어야 할 그녀가 초대객들과 뒤섞여 오로지 먹고만 있었으니까.

"……그래서 나는 그때 그렇게 결의를 한 거다. 이 내가 멸시당하는 일은 있어서는 안 되니까 말이지. 그 밖에도 더 있다. 예를 들면 2년 전에는……."

"로시포드 님. 그렇게 한 번에 다 말씀을 안 하셔도 괜찮답니다. 자, 이걸로 목을 축이세요."

"오오! 고맙다, 크리스타! 역시 너는 상냥하구나!"

건너편에서 크리스타와 로시포드의 대화소리가 들려왔다. 그렇지만 요리에만 열중하고 있는 레티시엘은 두 사람의 대화를 잡음이라도 되는 것처럼 듣고 흘렸다. 그녀의 머릿속은 미지의 먹거리를 즐기는 일로 가득 차 있었다.

"그러고 보니 크리스타 님의 언니이신 세리냐 님은 이제 곧 결혼을 하시지요?"

"예. 그래요. 그래서 최근에는 프리드 오라버니도 식의 준비로 매우 바쁘시답니다."

즐거운 듯이 이야기하는 크리스타의 목소리를 한 귀로 듣고 한 귀로 흘리며 레티시엘은 염원하던 푸딩을 입에 넣고 즐겼다.

미란다레트의 이야기를 들었을 때에는 반신반의했으나, 실제로 먹어보고 간신히 레티시엘은 미란다레트의 이야기가 거짓말이 아니었음을 이해할 수 있었다. 그 부드러운 과자는 입에 집어넣은 순간 녹아내려 소스와 어우러지면서, 쌉싸름하면서도 달콤한 독특한 풍미를 뿜어냈다.

"……도로셀 언니?"

레티시엘이 푸딩의 맛을 마음껏 즐기고 있으려니, 누군가가 레티시엘에게 말을 걸었다. 그 소리에 레티시엘은 마지막 한 입을 마저 먹어치우고 목소리가 난 쪽으로 시선을 주었다. 그러자 크리스타가 몇 명의 영애와 함께 이쪽으로 다가오고 있었다. 그 얼굴에는 뜻밖이라는 표정을 떠올라 있었다.

"왜, 언니가 연회에 출석하신 거죠?"

아무래도 크리스타는 레티시엘이 연회 회장에 있다는 사실에 놀란 것 같았다.

"이 연회는 공작가…… 정확히는 당신이 주최한 거죠? 내가 참가하는데 무슨 문제라도 있나요?"

"아, 아뇨. 그런 것은 아니지만……."

질문에 질문으로 답하는 형태가 되고 말았지만, 레티시엘의 지당한 말에 크리스타는 아무 말도 할 수 없는 것 같았다. 두 사람 사이에 잠시 침묵이 내려앉았다.

"……아, 음. 도로셀 언니. 방금 전에 뭔가를 드시고 계셨던 것 같은데요……."

"푸딩이에요."

"예……? 푸딩, 이요?"

레티시엘은 크리스타가 질문을 했기 때문에 그대로 대답한 것뿐이었는데, 크리스타는 왜인지 또다시 눈을 동그랗게 떴다. 이번에는 대체 뭐에 놀란 것일까.

"언니. 단 것은 싫어하지 않으셨던가요?"

"오늘은 푸딩을 먹고 싶은 기분이었어요. 왜인지 공연히 단 것이 먹고 싶어질 때가 있잖아요?"

"그, 그런……가요……."

레티시엘의 대답에 크리스타는 당황한 것처럼 시선을 이리저리 움직였다. 그리고는 그 말을 끝으로 뭔가를 생각하는 것처럼 입을 다물고 말았다.

"어이, 도로셀! 모처럼 크리스타가 말을 걸어줬건만, 넌 방금 전부터 뭘 하는 거냐!"

그때 상스러운 목소리가 레티시엘의 귀에 날아 들어왔다. 그 목소리에 레티시엘은 살짝 눈썹을 찌푸리며 소리가 난 쪽으로 몸을 돌렸다. 그러자 로시포드가 날카로운 눈초리로 그녀를 노려보고 있었다.

"……? 무슨 일이시죠?"

명백히 불쾌하다는 표정을 짓는 레티시엘에게 로시포드는 눈꼬리를 치켜 올렸다.

"너, 방금 전부터 잠자코 지켜봤더니 뭘 하고 있는 거냐!"

"뭘 하고 있느냐고, 라고 하셔도 저는 연회에 참석해 식사를 하고 있던 것뿐입니다만?"

"뭐라?!"

기가 죽는 일도 없이 그렇게 대답하는 레티시엘에게 로시포드는 어깨를 부들부들 떨었다.

연회라는 것은 귀족들의 사교와 정보 교환의 장으로, 요리가 차려져 있어도 귀부인들은 화장이 망가진다면서 거의 입에 대지 않는 것이 일반적이었다. 그렇지만 레티시엘이 그것을 알 리 없었다.

"자신이 얼마나 부끄러운 짓을 하고 있는지 모르다니, 그래도 공작가의 인간인 거냐! 너같이 품위가 없는 녀석이 잘도 뻔뻔스럽게 이 연회에 참가했군 그래!"

그렇게 말하고 로시포드는 대단한 척 코웃음을 쳤다. 그러나 그 발언에 오히려 레티시엘 쪽이 더 기가 막혔다.

"외람되오나 전하. 공작가에서 여는 연회에 공작가 사람인 제가 출석하는 것이 무엇이 이상한가요?"

로시포드가 큰 목소리로 아우성을 쳐 댔기 때문에 주위에 있던 귀족들이 모두 무슨 일인가 하고 이쪽을 쳐다보았다. 그리고 다들 레티시엘의 얼굴을 보고 놀란 것처럼 눈을 크게 떴다.

"이봐, 저 분은…… 혹시 도로셀 님인가?"

"어? 도로셀이라면 그 도로셀 양? 나, 많은 연회에 몇 년이나 참석했지만, 오늘 처음 뵈었어."

주변에서 조금씩 속닥거리는 소리가 피어올랐다. 하지만 레티시엘은 그에 개의치 않고 말을 계속했다.

"전하. 과거 전란의 시기에는 이러한 현란한 저택도, 호화스러운 식사도 없었습니다. 있는 것이라고는 생사를 건 전쟁과 몸을 지키기 위한 힘뿐이었습니다. 그러나 그 시대에는 모든 사람은 성별이나 출신에 관계없이 한 사람의 인간으로서 존중받아야 한다는 주장이 있었습니다."

레티시엘에게 그것은 당연한 상식이었으나 지금의 시대에는 익숙지 않은 말이었던 모양이었다. 그 말을 들은 청중들은 감명을 받은 것처럼 서로 무슨 말인가 속삭였다. 딱딱하게 경직된 귀족 사회를 형성하고 있는 이 나라에서는 그다지 보편적인 생각이 아닌지도 몰랐다.

"저는 분명히 전하의 약혼자라는 지위에 있습니다만, 그 이전에 도로셀 노아 피리아레기스라는 한 사람의 인간입니다. 오늘은 저희 공작가에서 주최한 연회에 이렇게 많은 분들이 모여 주시기도 했으니, 전하께서 모든 분들의 모범이 될 법한 도량 있는 태도를 취해주시는 편이 근사한 연회가 되지 않을까요?"

사실은 「나는 네 도구가 아니니까 지시하지 말아라」라고 딱 잘라서 말할 수 있으면 좋았겠지만, 일단 상대는 왕자였다. 또한 많은 귀족들이 자리를 함께 하고 있기도 했기에, 레티시엘은 여기서는 어디까지나 냉정하게 살며시 로시포드에게 의견을 고했다.

"……큭……!"

레티시엘의 말에 로시포드의 말문이 막혔다. 뭔가 반박할 말을 찾는 것처럼 눈을 이리저리 굴렸지만, 그 입에서 말이 나오는 일은 없었다.

정신을 차리고 보니, 연회의 참가자들은 레티시엘과 로시포드 쪽을 힐끗힐끗 쳐다보면서 숙덕숙덕 수군거리기 시작하고 있었다.

그런 회장의 모습을 힐끗 살피고는, 레티시엘은 슬슬 물러나자고 생각했다. 먹고 싶은 음식은 한 차례 다 먹을 수 있었으니 이 이상 주목을 끌어봤자 좋을 게 없었다.

"그럼 저는 여기서 물러나겠습니다. 여러분은 부디 느긋하게 연회를 즐겨주세요."

레티시엘은 간결하게 인사를 늘어놓고 재빨리 회장을 빠져나갔다. 다양한 목소리와 시선이 그 뒤를 쫓아왔지만, 전부 무시했다.

"그런데, 도로셀 양은 역시 소문대로 총명한 분이군 그래."

"지금까지 사교의 장에서 뵌 적이 없어서 나도 몰랐어. 저 어조나 행동거지, 역시 선택된 분이니만큼 근사하군."

"분명히 외모는 조금 독특하시지만, 전하를 저렇게 당당하게 타이를 수 있다니 정말 멋지세요."

도로셀이 회장을 뒤로 한 뒤에도 회장의 술렁거림은 한동안 가라앉지 않았다. 모두가 제각기 도로셀을 상찬하는 가운데, 로시포드는 작은 목소리로 약혼자에 대한 원망의 말을 내뱉었다.

크리스타는 그런 로시포드 옆에 조용히 서서 일체의 표정을 지운 채 얼음처럼 차가운 눈으로 쌍둥이 언니가 사라진 방향을 바라보고 있었다.

막간 어느 소녀의 과거와 미래

그 공작가에는 재수 없는 아이라 불리는 영애가 있었다.

명문 중 필두라 할 공작가에서 태어났음에도 마력은 전혀 갖고 있지 않았고, 눈은 기분 나쁜 오드아이. 은색의 머리카락은 물려받았으나 양친 중 누구와도 닮지 않은 소녀는 태어났을 때부터 모두가 그 존재를 꺼려했다.

가족들은 없는 존재로 취급하고, 고용인들은 뒤에서 비웃으며 사교계에서도 뒷손가락질을 했다. 소녀는 어느샌가 타인의 사랑을 갈구하게 되었다.

누군가에게 칭찬받고 싶어서, 누군가에게 인정받고 싶어서. 공부도, 댄스도, 매너도, 그녀는 일단 배우기만 하면 경이적인 속도로 그것들을 습득했다.

그러나 그것은 그녀를 저택에서 한층 더 고립시킬 뿐이었다. 한층 악화되어가는 주변의 반응에 그녀는 점차 절망해 마음의 병을 얻었다.

그런 가운데, 국왕의 명령으로 소녀는 제1왕자와 약혼을 하게 되었다.

정치적인 의미밖에 없는 약혼이었다. 당시 우수한 인재로 차기 국왕으로 점쳐지던 제1왕자는 한층 더 왕비에 어울리는 여성을 정혼자로 삼을 필요가 있었다.

수많은 약혼자 후보 중에서 그녀는 특출했다. 용모, 두뇌, 매너. 무엇 하나 그녀를 뛰어넘는 사람이 없었다. 단지 그것만이 그녀가 제1왕자의 약혼녀로 선택된 이유였다.

그래도 그녀는 기뻐서 어쩔 줄을 몰라 했다. 지금까지의 노력을 비로소 타인에게 인정받은 것이니까.

소녀는 약혼자를 진심으로 사랑했다. 약혼자가 보내오는 명백히 의무적인 편지나 선물도 보물처럼 소중하게 여기며, 자신에게 한 번의 미소조차 보내지 않는 약혼자에게 정성을 다했다.

지금은 안 되더라도 언젠가 약혼자에게 사랑받을 수 있을 것이다. 그런 근거 없는 희망만이 그녀의 마음을 지탱하고 있었다.

그리고 어느 날, 그녀는 보고 말았다.

꽃들이 향기로운 아름다운 정원에서 자신의 쌍둥이 여동생과 약혼자가 서로 마주보고 있는 모습을.

부끄러운 듯이 뺨을 물들인 채 수줍어하는 쌍둥이 여동생을 바라보는 그녀의 약혼자. 그 눈에 감도는 희미한 열정을 알아차린 순간, 그녀의 세계가 일그러졌다.

그렇게 소녀의 세계는 완전히 부서져 버렸다.

***

입만 열면 욕설을 내뱉고, 무슨 일이 있으면 바로 짜증을 부리며 주위 사람들에게 화풀이를 했다. 그것이 공작가의 재수 없는 아이라는 소녀였다.

그들은 그녀를 학대하는 것에 아무 의문도 품지 않았다. 그녀는 못난이였으니까. 공작가에 어울리지 않는 존재였으니까. 그리고 마력을 갖고 있지 않았기에 반격도 하지 못했으니까.

그녀가 자신들 중 누구보다도 뛰어나고 누구보다도 아름답다는 사실을 마음 한 구석으로 알고 있었기에 그들은 그녀를 꺼려하고, 업신여기고, 그 자존심을 꺾어놓으며 일그러진 우월감을 느끼려 했다.

이 나라에서 마력을 갖지 못한 자는 신분의 고하에 관계없이 똑같이 『필요 없는 아이』였다. 그렇게 하는 것이 올바르다고 믿어 의심치 않았다.

그랬는데, 지금 그들의 눈에 비친 그녀는 정원 구석에 있는 화단 앞에 쭈그리고 앉아 꽃을 자르고 있었다.

지금까지 뭘 하더라도 고용인에게 지시를 내리는 것밖에 하지 않았던 소녀가 스스로 가위를 들고 있었다. 지금까지 그들을 보면 분별도 없이 가까이 다가왔던 소녀가 그들의 존재에 신경도 쓰지 않았다.

이 얼마나 충격적인 일인가.

이 한 달 동안, 공작가의 재수 없는 아이는 그들이 아는 소녀가 아니었다.

짜증을 부리지 않게 되었고, 남에게 엉겨 붙는 것을 그만두었으며, 그렇게나 원했던 사랑조차 갈구하는 일이 없어졌다.

그들은 하루에 한두 번 정도밖에 그녀를 만나지 않았다. 만나고 싶지도 않았고, 만나려고 하지도 않았다.

그러나 그들이 망설임 없이 학대하던 소녀가 그들이 모르는 곳에서 변모했다는 사실에 그들은 엄청난 혐오와 공포를 느꼈다.

마치 정체를 알지 못하는 괴물을 보는 것 같은 기분으로 그들은 오늘도 또 오늘도 은발의 소녀를 바라보고 있었다.

***

루빅이 모시는 영애는 감정의 기복이 매우 격렬하고 쉽게 짜증을 내는 소녀였다.

예전에는 그렇지 않았다. 2년 정도 전까지, 영애는 조용하고 단아하며 교양 넘치는 인물이었으며 루빅과의 관계도 농담을 주고받을 정도로 친밀했다.

그러나 2년 전의 그 날…… 영애의 생일 파티가 열리던 그 밤을 경계로 그녀는 다른 사람처럼 변해버렸다. 가족에게 큰 소리를 내고, 자신의 뜻에 맞지 않는 일이 있으면 바로 짜증을 냈다. 예전의 기품있던 그녀의 모습은 이미 어디에도 없었다.

어째서 이렇게 된 것일까. 왜 이렇게 된 것일까. 주인의 분노를 두려워하면서도 똑같은 질문을 루빅은 반복해서 스스로에게 던졌다.

"루빅?"

은방울과도 같은 목소리가 루빅의 사고를 현실로 되돌렸다.

이곳은 피리아레기스 공작 저택의 정원. 그는 지금 자신의 주인과 함께 주인의 방을 꾸밀 꽃을 고르러 와 있었다.

바깥에는 따뜻한 햇살이 쏟아지고 있었고, 정원의 꽃들은 바람에 몸을 맡기고 작게 흔들리고 있었다. 그 한가로운 광경에 루빅의 마음에 자욱이 껴 있던 어두운 기분이 조금씩 걷혔다.

"왜 그러죠? 그런 곳에 있지 말고 이쪽으로 오세요. 어느 꽃이나 모두 근사하답니다?"

조금 앞쪽의 화단 옆에서 영애가 은색 머리카락을 바람에 휘날리며 루빅에게 손짓을 했다.

그녀의 손에는 클라우드에게서 빌린 전정가위가 쥐어져 있었고, 그 입가에는 희미한 미소가 떠올라 있었다.

그것은 이 2년 동안 루빅에게 향한 적이 없던 미소였다. 2년간 닫혀있던 영애의 마음이 열린 것만 같았다.

영애의 웃는 얼굴이 2년 전의 기억 속에 있는 표정과 겹쳐 보였다. 영애가 변해버린 그날 이후로, 루빅은 이렇게 주인과 평온하게 지내는 일은 바랄 수 없게 되었다고 생각하고 있었다.

영애가 이 사람 저 사람 가리지 않고 화풀이를 하게 된 뒤로는 루빅과 영애의 관계도 무너졌다. 늘 영애의 얼굴빛을 살피며 그 분노를 사지 않도록 신중하게 말을 골라야 했으며, 그럼에도 불합리한 분노를 견뎌야만 했다.

그러나 무슨 기적이 일어난 것인지, 영애는 다시 예전의 마음씨 착한 성품으로 돌아왔다.

그것을 실감하기 시작한 것은 한 달 쯤 전이었다. 그 무렵부터 영애가 짜증을 내는 일이 없어졌으며, 거기서 그치지 않고 이전보다 더 감정을 겉으로 드러내지 않게 되었다.

학업에도 적극적이 되어, 요 2년간 만지려고도 하지 않았던 책을 매일같이 탐독할 정도였다. 이상한 말을 하는 일도 많아졌지만, 동시에 루빅을 대할 때의 태도도 눈에 띄게 부드러워졌다.

2년 전의 밤과 똑같이 갑자기 찾아온 변화에 루빅은 그저 어리둥절할 뿐이었다. 그러나 옆에서 그녀를 지켜보면서, 그 상식을 벗어난 언동이 결코 일부러 그러는 것이 아니라는 사실을 이해할 수 있었다.

그런, 두뇌는 명석하지만 어딘가 얼빠진 구석이 있어서 미워할 수 없는 영애의 모습은 루빅의 기억 속에 살아있는 예전의 영애와 똑같았다. 물론 무엇이 원인인지는 알 수 없었고, 또 루빅이 들어본 적이 없는 기술을 아는 등, 옛날과 다른 점도 분명 적지 않았다.

그래도, 아가씨가 원래대로 돌아오셨다. 지금의 영애를 보면서, 루빅은 그렇게 믿었다.

"예. 지금 가겠습니다. 아가씨."

자신도 역시 온화하게 미소를 띠면서 루빅은 자신의 주인…… 도로셀의 곁으로 걸음을 옮겼다.

***

"오오, 루카스. 오랜만이군."

"오랜만에 뵙니다."

중후한 일상도구들이 놓인 격식 있는 방에서 두 남성이 각각 1인용 소파에 몸을 맡기고 앉아 있었다.

짧은 금발에 짙은 남색의 눈동자를 가진 우락부락한 얼굴의 남성. 그의 정면에 앉아있는 것은 허니 블론드의 뒷머리와 귓바퀴 옆의 머리카락을 짧게 다듬은, 붉은 눈동자에 신사적인 이목구비를 가진 남성이었다.

"하여, 자네가 내게 송구스러운 자세로 면회를 요청하다니 자네답지 않군. 무슨 일이 있었는가?"

"예. 조금 보고 드리고 싶은 일이 있어서. 하지만 그 일은 아직 불확정요소가 많은 관계로 잠시 동안은 비밀로 해 주시길 바랍니다."

"호오……? 그리하겠네. 말해보게나."

우락부락한 남성의 말에 붉은 눈의 남성은 재미있다는 듯이 눈을 가늘게 뜨며 입 꼬리를 끌어올리고는 그렇게 말했다.

"우선은 이것을 봐 주십시오."

그렇게 말하며 우락부락한 남성은 두 사람 사이에 있는 둥근 테이블 위에 대량의 종이를 쌓아올렸다.

붉은 눈의 남성은 의아하다는 얼굴로 그 종이다발의 가장 위에 있는 종이를 집어 들었다. 그러나 그것에 쓰인 내용을 훑어보자 그 얼굴은 점차 경악으로 물들었다.

"……루카스. 자네, 이것을 어디서 어떻게 손에 넣었는가."

"학원의 학생에게서 받은 것입니다. 이곳에 있는 것은 모두 저희 루크레치아 학원에 재적하는 어떤 학생이 정리한 것입니다."

"으음……."

붉은 눈의 남성은 다른 종이도 집어 들어 그 내용을 대강 살펴보았다. 그 얼굴의 표정이 점차 험악해졌다.

그러나 그 눈은 표정과 반비례하듯이 한층 더 반짝거렸다. 우락부락한 얼굴의 남성은 그것을 놓치지 않았다.

"루카스여. 이것은 우리 왕국의 마법계에 혁명을 일으킬 것이다."

"알고 있습니다. 때문에 이렇게 보고를 드리러 온 것입니다."

"소비마력의 대대적인 감소, 괴상할 정도의 변환효율의 향상, 처리회로의 부담경감……. 기초마법이건만, 이 엉터리 같을 정도로 고성능의 마법술식은 대체 뭐지?"

"연구한 본인은 이것을『마도술식』이라고 부르고 있었습니다."

"과연. 잘 생각했군. 분명히 이것은 이미 마법술식이라 부르지 못하네. 겨우 형태만을 남겨놓았을 뿐, 거의 다른 술식이야."

서류들을 한 차례 살펴본 붉은 눈의 남성은 잔에 따라놓은 와인을 홀짝이며 즐거운 듯이 눈을 가늘게 떴다. 유쾌했다. 이렇게까지 유쾌한 것은 오랜만이었다.

"큭큭…… 이것을 써낸 것은 대체 어떤 천재이려나? 언제 한 번 만나보고 싶군 그래."

붉은 눈의 남성은 턱에 손을 갖다 대며 히죽 하고 마치 나쁜 장난을 꾸미는 어린아이와도 같은 익살스러운 표정을 지었다.

그 모습에 우락부락한 남성은 미간을 꾹꾹 비비며 깊은 한숨을 내쉬었다.

"조만간 소개해 드릴 터이니, 폭주하지는 말아주십시오, 국왕 폐하."

***

"……에취!"

형형색색의 꽃들에 둘러싸여 콧노래를 부르던 은발의 소녀가 갑자기 재채기를 했다.

계절은 초여름으로 바뀌어 쾌청한 날씨였다. 추위 때문에 몸이 차가워졌다고는 생각하기 힘들었다.

"훌쩍…… 아아…… 누군가 내 얘기를 하는 걸까요?"

"단순히 몸이 식은 게 아닐까요?"

작게 코를 훌쩍이는 소녀에게 공작가의 정원사장을 맡고 있는 남자가 그렇게 말했다.

싹둑 하고 꽃을 자르는 소리와 겹쳐지듯이 두 사람의 등 뒤에서 흙을 밟는 가벼운 소리가 들려왔다.

"아가씨."

"응? 무슨 일인가요? 루빅."

"에릭 님이 돌아가신다기에 그 말을 전해드리고자."

에릭이란 공작가가 빈번하게 신세를 지고 있는 단골 상인이었다. 오늘은 쌍둥이 여동생이 산 드레스를 갖다 주러 와 있었다.

"벌써 가는 건가요? 혹시 벌써 저택에서 나갔나요?"

"아뇨. 아마도 아직 현관홀에 계시지 않을까요."

“바로 가겠어요!”

은발의 소녀는 손에 들고 있던 가위를 내려놓고 부리나케 자리에서 일어났다.

“에릭 씨가 오늘은 어떤 이야기를 들려줄 거라고 생각해요?”

“글쎄요…… 저로서는 조금도 짐작이 가지 않습니다.”

“어머, 그런가요. 후후후, 기대가 되요. 대체 어떤 이야기를 해 주실까? 이리스 제국과의 무역관세 변동에 대해? 그렇지 않으면 플라티나 왕국 안의 금융시장의 정세에 대해서일까?”

“어느 쪽도 상급 귀족의 아가씨가 들을 이야기가 아닙니다만…….”

집사의 지당한 태클에, 소녀는 붉은 왼쪽 눈과 파란 오른쪽 눈을 가늘게 뜨며 얼마 전까지는 보이는 일이 없었던 부드럽고 즐거운 것 같은 표정으로 웃었다.

“딱히 괜찮잖아요. 전 보통의 영애가 아니고, 또 그 사람…… 어, 그러니까…… 공작님도 아무 말도 안하니까요.”

“……아가씨. 혹시 주인어른의 이름을 기억 못하시는 겁니까?”

“…….”

“아가씨. 아가씨를 위해 말씀드리는 것입니다만, 가족의 이름 정도는 기억해 주십시오.”

“전 흥미가 없는 것에는 시간과 노력을 들이지 않는 주의

인데요…….”

“저기 말입니다…… 백 보 양보해서 흥미가 없다는 건 좋다고 치더라도…… 아니, 좋지 않습니다만, 적어도 주인어른의 퍼스트 네임 정도는 기억해두지 않으면 난처한 일이 일어날 수 있습니다.”

“그럴까요? 이 나라의 귀족가 당주의 이름은 전부 파악하고 있고, 지금은 잊어버린 것뿐이니까 들으면 바로 기억이 날 거예요.”

“그런 문제가 아니라고 생각합니다만……?!”

뭔가 문제가 있나요? 그렇게 말하는 것 같은 표정을 짓는 은발의 소녀에게 집사는 한 손으로 벽을 짚고 다른 손으로 위를 눌렀다.

“루빅. 일단 살아남아라. 나중에 위장약을 보내줄 테니까.”

“미안하다…….”

“……그런데 아가씨?”

“어머. 왜 그러죠? 클라우드.”

“주인어른과 가족 분들이 이쪽을 뚫어져라 쳐다보고 계시는데요…….”

그 말에 소녀가 뒤를 돌아보았다. 그녀의 눈에 멀리서 이쪽을 보고 있는 그녀의 가족들이 비쳤다.

그들의 눈에는 다양한 감정이 섞여 있었다. 분노, 증오, 질투, 당혹스러움. 그들과 그녀의 시선이 한 순간, 허공에서 마주쳤다.

“아무래도 좋아요. 그냥 내버려두죠.”

그러나 소녀는 금방 흥미를 잃고, 저택을 향해 걸으면서 태연하게 말했다. 그런 소녀의 태도에 정원사장은 이마를 손으로 짚으며 체념한 듯이 하늘을 올려다보았다.

5장 움직이기 시작한 톱니바퀴

"……얍…… 핫……!"

내리친 목검이 휭 하고 바람을 갈랐다.

학생들이 3교시 수업을 받고 있을 이 시간에 레티시엘은 움직이기 편한 바지 차림으로 휘두르기를 반복하고 있었다.

이곳은 검술연습장. 레티시엘은 이곳에서 전생에 부친에게 철저히 단련된 무술 연습에 힘쓰고 있었다. 1교시가 시작되었을 때부터 줄곧 이곳에 있었다.

레티시엘은 마술의 천재였지만, 육탄전에도 대응할 수 있어야 싸움에 이길 수 있었다. 때문에 그녀는 연습장에서 단련을 하거나 달리기를 하며 자율 연습을 하고 있었다.

역시나 온실 속의 화초로 자란 아가씨의 몸인 만큼, 처음에는 휘두르기를 몇 번 하는 것만으로도 숨이 찼지만 조금씩 근력이 붙기 시작한 지금은 그럭저럭 오랫동안 훈련을 계속할 수 있게 되었다.

도로셀로 살게 된 지 한 달 정도가 지났다. 그 사이, 레티시엘은 충실한 하루하루를 보냈다.

저택에서는 타인과 얽히는 일을 최대한 피했고 그녀의 방에 드나들 수 있는 것은 전속집사인 루빅뿐이었다. 그밖에는 자신의 방과 주방, 도서실 그리고 정원에만 다녔다.

시간을 의도적으로 조정했기 때문에 가족과도 만나지 않았다. 따라서 다른 이들이 어떻게 지내는지 알지 못했지만, 어차피 새삼스러운 일도 아닐 것이다.

학원에서는 오전에는 대도서실에서 책에 파묻혀 있거나 검술연습장에서 무술연습을 하고, 오후에는 자신의 연구실에 틀어박혀 연구에 몰두했다.

그리고 방과 후에는 마법훈련장에서 지크와 미란다레트에게 마술을 전수했다.

한 달간 계속된 말술 연습 덕에 지금은 레티시엘이 기대했던 것처럼 미란다레트도 지크도 마술사로서의 재능을 꽃피우고 있었다.

미란다레트는 특별하게 뛰어난 속성은 없었지만, 어느 속성의 마술이든 빈틈없이 구사했기 때문에 안정적이었다. 거꾸로 지크는 마법과 마술을 가려 쓰는 것에 능숙했으며, 무속성의 마술에 특히 뛰어났다.

술식연구 쪽도 순조롭게 진행되어, 현재는 하급마법의 개변이 종반에 접어들고 있었다.

아무래도 마법이라는 것은 하급마법과 중급마법의 수가 제일 많은 듯했고, 그것이 시간이 걸린 이유 중 하나였다. 그 밖에 술식 개변과 병행해 새로운 마술의 개발도 진행했다.

연구 성과는 하나하나 학원장인 루카스에게 보고했다. 그렇지만 아직 극비로 취급되고 있어서, 루카스와 지크, 미란다레트, 레이븐 그리고 빈틈없이 엮여버린 발트라나(빛나리 선생님)밖에 알지 못했다.

그리고 이 한 달이 지나며 레티시엘은 수업에 전혀 들어가지 않게 되었다.

대도서실의 책을 닥치는 대로 읽고, 휴일에는 자택의 도서실에 눌러 붙어있는 레티시엘에게 학원의 수업은 이미 어린애 장난과도 같은 너무나도 간단한 것이었다.

그랬다. 그녀는 지크와 같은 결론에 다다른 것이다.

덕분에 이 무렵에는 급우들과 만나는 일도 매우 적어져서, 예전처럼 대대적인 비방과 중상을 당하는 일은 없어졌다. 좋은 일이었다.

교사들에게 혼나지 않을까 걱정하기도 했지만 그런 일은 없었다. 오히려 지금은 많은 교사들이 빈번하게 연구실에 놀러오거나 간식 같은 것들을 갖다 주고 있었다.

어쩌면 그녀가 교사들의 마음에 들었다고 생각해도 좋은 것일까?

"……이제 곧 3교시가 끝나려나."

레티시엘은 목검을 양손으로 쥐고, 있는 힘껏 기지개를 켰다. 연습장에는 시계가 없었지만, 벽 너머에서 소리가 나지 않게 되었기 때문에 그렇지 않을까 생각했다.

마법훈련장은 실외인 것에 비해 검술연습장은 실내였다.

검술연습장은 마법훈련장과 마찬가지로 몇 개의 부스로 나누어져 있었는데, 3교시에는 옆 부스에서 수업이 진행되고 있었다.

레티시엘은 사용하던 목검을 원래 있던 자리에 돌려놓고 부스 가장자리에 있는 탈의실에서 옷을 갈아입은 뒤, 서둘러 식당으로 향했다.

그녀는 수업에 출석하지는 않게 되었지만, 점심은 친구들과 먹고 있었다. 딱히 외톨이도 아닌데 일부러 혼자서 밥을 먹는 것도 슬프지 않은가.

3교시가 끝나기 전에 레티시엘은 식당에 도착했다. 아직 수업 중이었기 때문에 식당에 다른 학생들의 모습은 보이지 않았다.

주위를 둘러볼 것도 없이, 볕이 잘 드는 창가의 6인용 테이블에서 부드러운 햇살을 쬐며 검은 머리의 미소년이 멍하니 창밖을 바라보고 있었다. 레티시엘과 같이 땡땡이 동지인 지크는 이렇게 늘 사전에 좋은 자리를 확보해주곤 했다.

"안녕하세요, 지크."

"……? 도로셀 양? 오늘은 평소보다 빠르시네요."

레티시엘의 모습을 확인한 지크가 뜻밖이라는 것처럼 눈을 깜빡였다. 그가 놀라는 것에 레티시엘도 짐작 가는 바가 없는 것은 아니었다.

이 한 달 간, 시간도 잊고 자신의 세계에 빠져있는 레티시엘을 지크가 찾으러 와서 식당까지 데리고 오는 것이 일상이었기 때문이다.

“별일이네요. 도로셀 양이 종이 울리기 전에 스스로 식당에 오시다니.”

“오늘은 마침 빨리 집중력이 흐트러진 것뿐이에요. 가끔은 이런 날도 있답니다.”

레티시엘은 지크의 맞은편 자리에 앉으며, 아무도 없는 식당에서 지크와 잡담을 시작했다.

오늘 오전, 지크는 연구실에서 수식의 연구에 몰두하고 있었다고 했다. 사실은 기계실에 갈 생각이었지만, 오늘은 급작스럽게 점검 공사를 하기로 되는 바람에 예정을 취소하는 수밖에 없었다고 했다.

이윽고 레티시엘이 따뜻한 햇살에 꾸벅꾸벅 졸기 시작했을 무렵, 종소리가 울리 퍼지는 것과 함께 단짝 그룹의 마지막 한 명이 식당으로 뛰어 들어왔다.

“안녕하세요! 도로셀 님!”

“안녕하세요, 미라 님. 오늘도 여전히 기운 100%라는 느낌이네요.”

“예?”

미란다레트가 눈을 동그랗게 떴다. 그 모습에 레티시엘은 저도 모르게 쿡 하고 웃음을 흘렸다.

***

레티시엘의 하루는 오늘도 무사히 지났다. 태양이 서쪽으로 기울기 시작한 지금, 그녀는 친구들과 함께 늘 찾는 마법 훈련장의 부스에 있었다.

"이 정도의 마술은 이제 마도술식 없이도 쓸 수 있게 됐네요. 자, 이번에는 이쪽의 물의 술식을 시험해 보세요."

"네! 어, 그러니까…… 이게 이렇게 돼서……."

"……머리가 아파……."

"지크! 그거, 미라 님의 마술에 이미지가 끌려간 거 아닌가요? 눈을 감고 사고를 진정시켜요. 지금 당장 물의 이미지를 머릿속에서 내보내세요!"

마법훈련장에서 레티시엘은 오늘도 친구 두 명을 보살피고 있었다. 특히 지크를.

레티시엘과 미란다레트는 매일 마술 훈련을 했지만, 지크는 변덕스럽게 그때그때 마음이 내킬 때 얼굴을 내밀러 오곤 했다.

하지만 미란다레트가 모든 속성의 마력이 낮아 마음대로 자유롭게 마술훈련에 힘을 쏟을 수 있는 것에 비해, 지크는 5대원소의 마력이 너무 높은 탓에 다양한 제약이 따라붙었다.

특히 함께 훈련을 하고 있으면 미란다레트의 마술에 쉽게 이미지가 끌려갔다. 그래서 이번처럼 무속성의 마술을 사용하려고 했는데, 머릿속에서는 물속성의 이미지가 떠오르는 바람에 마소의 반동으로 몸 상태가 나빠지는 일이 종종 일어나곤 했다.

"힘들다면 따로 훈련하는 편이 좋다고 말했잖아요."

"아뇨. 마법이 주류인 이 시대에 이 정도도 극복하지 못하는 건 말도 안 되는 일입니다."

벤치에 앉아서 괴로운 듯이 숨을 쉬면서도 지크는 입가에 미소를 띠었다. 하지만 보기 딱하니 무리는 하지 말아줬으면 싶었다.

레티시엘은 지크 옆에 앉아 그에게 치유마술을 걸었다. 분명히 그의 말은 정론이었다. 하지만 그런 이유로 자신의 몸을 상하게 해서는 본말전도라는 것을 그는 알고 있을까.

덧붙여 지크의 마력측정 결과는 이러했다.

『불 550
물 550
바람 550
흙 550
번개 550
빛 0
암흑 0
무 0』

처음에 봤을 때에는 너무 놀라서 다시 들여다봤을 정도였다. 일반적인 마력의 평균치는 5, 60정도다. 100을 넘으면 고마력이라고 불렀다.

그런데 그 통상치의 10배의 마력을 갖고 있으며, 거기에, 속성 간에 이렇게나 편차가 큰 인물은 레티시엘은 본 적이 없었다. 이 정도로 속성 마력치에 차이가 있으면 마술과 마법의 균형 유지가 어려운 것은 당연하리라.

"그건 맞는 말이지만, 그렇다고 해서 지크가 무모한 짓을 해도 되는 이유는 되지 않아요. 자신의 5대원소의 마력이 얼마나 마술과 상충되는지, 이렇게 몇 번이나 몸이 안 좋아졌으니 알잖아요?"

"……."

"몇 번이나 말하지만, 지크는 능력차가 매우 심해요. 5대원소의 마술을 사용하려 하지 않아도 마소를 다룰 때에는 세심한 주의를 기울여야만 합니다. 마술과 마법을 양립시키고 싶은 마음은 이해해요. 하지만 그 때문에 지크에게 무슨 일이 생기면 의미가 없답니다."

"……."

"다행히 마법과 마술은 원리가 조금 다르니, 연산과정만 확립시키면 마소의 반동으로 컨디션이 나빠져서 고민하는 일도 없어질 거예요. 다시 말해 초조해할 필요는 어디에도 없답니다. 알았나요?"

"……죄송합니다."

지크는 어딘가 모르게 전생의 레티시엘과 비슷했다. 타인에게 약점을 보이려고 하지 않고 모든 것을 스스로 해결하고자 끌어안고 자신만 계속 소모시킨다.

레티시엘의 경우에는 나오가 그 점을 충고하며 도와주었다. 지크를 돌봐주는 지금, 레티시엘도 나오의 그 마음을 조금은 알 것 같은 느낌이 들었다.

레티시엘의 말에 지크는 찍소리도 안 나오는 모양이었다. 거북하다는 듯이 이곳저곳을 쳐다보더니, 곧 면목이 없다는 것처럼 풀이 죽었다.

혼나는 것에 익숙지 않다는 것을 단번에 알 수 있는 반응이었다. 왠지 풀이 죽은 강아지를 보는 것 같아서 조금 귀여웠다.

"누구도 안달 내며 능력을 갈고닦으라고는 하지 않았어요. 시간은 잔뜩 있으니, 조바심 내지 말고 자신의 페이스대로 노력해 주세요. 전 얼마든지 같이 어울려 주겠어요."

"……고맙습니다."

레티시엘이 마지막에 그렇게 말을 마무리 지으면서 미소를 짓자, 지크는 감고 있던 눈을 뜨고 항복했다는 듯이 미소를 지었다.

레티시엘은 계속해서 지크의 곁에서 치유마술을 사용했

다. 또다시 눈을 감은 지크의 표정은 방금 전과 비교해 다소 편안해져 있었다.

"도로셀 님. 지크 님의 용태는 어떤가요?"

"괜찮은 것 같아요. 지금은 안정됐고, 또 요전처럼 열이 나지도 않아요."

"정말인가요? 그렇다면 우선 안심이네요."

레티시엘의 말에 미란다레트는 안도했다는 것처럼 가슴을 쓸어내렸다. 그때, 벤치의 등받이에 몸을 맡기고 있던 지크가 이쪽으로 시선을 주며 말했다.

"……잠깐 훈련장 주위를 한 바퀴 걷고 와도 될까요? 머리를 식히고 싶네요."

"예. 물론 상관없답니다. 그렇다면 산책을 하는 김에 잠시 쉴까요."

지크의 제안에 레티시엘은 이의 없이 바로 고개를 끄덕였다. 지크의 체질을 아는 레티시엘로서도 이 뒤 곧바로 연습을 재개해서 지크에게 무리를 시킬 생각은 없었다.

레티시엘 일행은 함께 마법훈련장 밖으로 나왔다. 마법훈련장은 본관의 왼쪽 대각선 안쪽에 있었는데, 그 뒤로는 학원 소유의 숲이 펼쳐져 있었다. 이 숲에는 생물계 연구를 하는 교사나 연구원 소유의 온실과 사육 공간이 있었는데, 그곳은 일반 학생들의 출입이 금지되었다.

"흐음…… 학원 안에 이런 곳이 있었군요."

"예. 특히 날씨가 좋을 때는 저녁놀이 정말 아름다워요."

"그거 근사하네요! 언젠가 두 분과 같이 보고 싶어요!"

숲과 마법훈련장을 둘러싼 담장의 경계를 걸으면서 레티시엘 일행은 소소한 잡담을 나누었다.

천 년 전에는 백성을 지키는 왕녀였던 탓에 레티시엘은 이렇게 동년대의 사람들과 지극히 평범한 대화를 즐기는 일은 많지 않았다. 때문에, 레티시엘은 친구들과 있는 이 시간이 매우 신선했다.

"어이, 너! 거기서 뭘 하고 있는 거냐!"

미란다레트와 지크와 함께 마법훈련장의 바깥을 한 바퀴 돌고 온 레티시엘은 갑자기 울려 퍼진 목소리에 그 얼굴에서 일체의 표정을 지워버렸다.

무표정한 그녀가 뒤돌아 본 뒤에는 종자들을 거느린 제1왕자 로시포드가 눈꼬리를 치켜 올리고 있었다.

한 달간, 도로셀과 로시포드 사이에는 아무 일도 없었다. 학원에서도 저택에서도 만나지 않았고, 편지도 주고받지 않았다.

1개월 만에 만난 약혼자에게 레티시엘은 차가운 시선을 보냈다. 현재, 레티시엘에게 로시포드는『성가시며 아무래도 좋은 인간』이었다.

"뭔가 볼일이 있으신가요? 전하."

"흥! 볼일이 있냐니 말은 잘하는군! 약혼자가 있는 몸으로 다른 남자를 유혹하다니, 역시나 공작가의 오점이군 그래!"

"……."

로시포드는 아무래도 레티시엘과 지크가 한창 밀회를 즐기는 중이라고 생각하는 모양이었다.

레티시엘은 저도 모르게 가여운 사람을 보는 것 같은 눈초리로 제1왕자를 쳐다보고 말았다. 이런 연애 요소라고는 하나도 없는 상황에, 심지어 미란다레트도 있건만, 어떻게 잘못 보면 밀회중이라고 생각할 수 있는 것일까.

새삼스럽지만, 이 왕자는 바보인 것일까. 아니, 그보다 이 한 달 동안 약혼자의 여동생과 장소를 가리지 않고 노닥거렸던 무능한 남자에게만큼은 그런 말을 듣고 싶지 않았다.

"저, 전하…… 도로셀 님들 외에도 누군가 다른 분이 있습니다……."

"닥쳐! 네놈 따위가 이 내게 지적질을 하는 거냐!"

종자 중 한 사람인 안경을 쓴 소년이 미란다레트의 존재를 지적했으나, 로시포드는 자신에게 취해있는 것인지 들을 생각을 하지 않았다.

성격이 유약해 보이는 그 종자는 겁먹은 시선을 레티시엘에게 향하고는 왕자와 다른 사람들에게 눈치 채이지 않을 정도로 작게 고개를 숙여보였다.

그의 움직임에 레티시엘은 표정을 바꾸지는 않았지만 약간 감탄했다. 아무래도 바보 왕자의 측근들 전원이 바보인 것은 아닌 것 같았다.

"흥! 그것도 하필이면 열등생으로 이름 높은 하급 귀족과 교류를 하고 있다니! 이 제1왕자의 약혼자로서 창피한 줄 알아라!"

"……."

로시포드가 누구를 말하는지는 막연하게나마 알아차린 것일까. 곁에 서 있던 미란다레트가 고개를 숙이면서 교복 옷깃을 움켜쥐었다. 레티시엘의 교복 하단에 둘러진 금색 라인과는 다른, 미란다레트의 신분을 나타내는 검은 라인이 일그러졌다.

뚝 하고 레티시엘 안에서 뭔가가 끊어졌다.

로시포드가 자신에 대해 어떻게 말하는지는 아무래도 상관없었다. 그러나 그는 레티시엘의 친구들을 모욕했다.

'흠, 저 남자. 때려눕혀도 될까? 때려눕혀도 되겠지? 오히려 때려눕히는 편이 세상을 위하고 인류를 위한 길이 아닐까?'

레티시엘의 차가운 분노도 알아차리지 못하고 로시포드는 오만하게 웃었다. 그 눈에는 지금까지 봤던 것과 똑같은 모멸의 빛이 어려 있었다.

"외람되오나."

레티시엘은 어이가 없다는 시선으로 로시포드를 쳐다보며 간결하게 말을 늘어놓았다.

"당신께서 무슨 자격으로 저를 「제1왕자의 약혼자」라고 말하실 수 있던 건가요? 스스로의 가슴에 손을 얹어보시면 어떨까요?"

"뭐라!"

무표정한 얼굴로 받아치는 레티시엘에게 로시포드가 놀란 모습을 보였다. 아무래도 레티시엘이 자신에게 맞선 것이 뜻밖인 모양이었다.

"너! 자신이 공작가에 속해 있다는 사실을 잊은 거냐! 너 같은 반푼이라도 공작가의 사람이라는 것에는 변함이 없다. 하급 귀족 따위와 어울리는 일은 너의 있지도 않은 평가를 더욱 떨어뜨릴 뿐이다!"

"그런가요. 하지만 전하. 국가라는 것은 백성과 그 수가 많은 하급 귀족들이 있기에 지탱되는 것입니다. 그런데도 신분의 차이와 열등생이라는 이유만으로도 교류를 해서는 안 된다고 단정하는 것은 왕족으로서는 너무나도 어리석은 생각이네요."

그것은 실제로 레티시엘이 전생에서도 내걸었던 이념 중 하나였다. 나라를 이끄는 것은 왕족, 그러나 그 왕족은 그 밑에 있는 많은 백성이나 귀족들 덕분에 존재할 수 있었다.

그것은 분명히 이 세계에서도 다를 리 없을 터였다. 소수밖에 없는 상급 귀족이 유유자적하게 살 수 있는 것도 그 밖의 사람들 덕분이었다.

"너, 너 이 자식! 기어오르지 마라!"

레티시엘의 대답이 마음에 들지 않은 것일까. 로시포드는 눈꼬리를 끌어올리더니 레티시엘에게 달려들었다.

그러나 단조롭게 달려들었을 뿐인 주먹을 피하는 것은 쉬운 일이었다. 레티시엘은 로시포드를 쳐다보지도 않고 그 공격을 피하고는, 스쳐지나가자마자 대지에 마술로 간섭해 풀로 덩굴을 만들어 로시포드의 발을 걸었다.

"으갹!"

발밑에서의 기습에 로시포드가 대응할 수 있을 리 없었다. 그는 덩굴에 발이 걸려 멋지게 얼굴부터 지면에 처박았다.

얼굴과 옷이 흙투성이가 된 로시포드를 차가운 눈으로 바라보며 레티시엘은 한 걸음 한 걸음, 지면을 힘껏 밟으면서 로시포드에게 다가갔다.

"……뭐, 뭐뭐뭐냐! 내게 이런 짓을 해도! 될 거라고 생가……."

이 마당에 이르러서도 여전히 「도로셀은 무능하다」라는 고정 관념에 사로잡혀 있는 것일까. 로시포드는 그녀의 모습을 보면서 얼마간 강경한 태도를 되찾았다.

그러나 그 쓰레기와 같은 급으로 보잘 것 없는 강경한 태도도, 레티시엘이 자신의 주위에 다섯 개의 얼음 창을 만들어내자 산산조각 났다.

"우오아아아아?!"

로시포드는 기묘한 비명을 지르면서 반쯤 정신을 놓고 기어서 도망치려고 했다.

그러나 레티시엘이 그를 놓칠 리 없었다. 레티시엘의 손에서 벗어난 얼음의 창은 한 치의 어긋남도 없이 로시포드를 포착, 옷자락을 꿰뚫고 들어가 그 몸을 지면에 단단히 고정시켰다.

"움직이면 안 돼요. 모처럼 얼굴은 피해주려고 하는데, 움직이면 잘못해서 상처를 입히게 된 답니다."

"……히이이이익!"

도망치려고 해도 도망칠 수 없는 로시포드의 앞에 도착한 레티시엘은 허리를 숙여 시선을 마주쳤다.

냉기가 감도는 표정으로 천천히 서로 다른 색의 눈을 가늘게 뜨는 레티시엘의 모습에 로시포드는 긴장이 한계를 돌파해 있었다. 이미 왕자의 긍지 운운하는 것도 모조리 내팽개친 것 같았다.

"자, 전하. 저로서도 당신과 대화를 나눈다는, 그따위 생산성 없는 일을 하고 싶지 않지만요, 한 가지 말씀드리겠습니다."

"……새, 생산성이 없다고……!"

"일일이 그렇게 으르렁대지 말아 주세요. 사실을 말한 것 뿐입니다. 그래서, 전하. 제가 약혼자가 있는 몸으로 남성을 유혹했다고 말씀하셨습니다만, 그렇다면 약혼자가 있는 당신이 곁에 거느리고 있는 여자는 뭔가요?"

감정의 기복이 없는 질문에, 로시포드는 어깨를 굳혔다.

도로셀과 지크를 규탄하기 전에, 우선은 자신이 누구에게 열을 올리고 있는지 생각했으면 싶었다.

너무나도 정론인 레티시엘의 말에 로시포드는 아무 말도 하지 못하고, 그저 당장에라도 죽을 것 같은 눈초리로 이쪽을 올려다보고 있었다. 반론할 수 없으리라는 사실은 알고 있었지만, 지금은 입도 제대로 뗄 수 없는 모양이었다.

"……그, 그녀는……."

"아아, 끝까지 말하지 않으셔도 됩니다. 「친한 친구」인 것이죠?"

"……."

"전하에게는 「친한 이성 친구」가 있는데, 왜 제게는 있으면 안 될까요? 전하는 제 교우관계에까지 참견하실 생각이신가요?"

"……그, 러……."

"종자 중 한 명이 진언을 했지요? 저와 그 이외에도 사람이 있다고. 왜 좀 더 주위를 관찰하지 않으시는 거죠? 잘 보면 모습 같은 건 금방 찾을 수 있었죠? 눈이 썩기라도 하셨나요?"

"……그, ……그, 진……."

"게다가 전하는 약혼자의 여동생과 친구라고는 생각할 수 없을 정도로…… 사이가 좋으시죠? 자신의 일은 문제 삼지 않고, 잘도 제게 그런 말을 하실 수 있으시네요."

"……히익!"

처음으로 약혼자에게 내보인 미소는 얼음과도 같이 차가웠다. 주위의 온도가 급격하게 내려가 로스포드가 이를 딱딱 맞부딪치는 소리까지 들릴 것 같았다.

아, 이번에는 폭주시킨 것이 아니라, 일부러 폭풍을 일으킨 것이랍니다. 두 달이나 지나면 사상간섭력도 제어할 수 있게 되는 법이다.

"……자자, 잘, 기기기억해 둬라!"

혀가 꼬부라져서 말은 불분명했지만 그래도 허세를 부릴 자존심은 남아 있는 모양이었다. 레티시엘이 마술을 해제하자, 몸의 자유를 되찾은 로시포드는 그 즉시 엉덩이에 불이 붙은 것처럼 구르듯이 달려가 버렸다.

"두 사람 모두 괜찮나요?"

레티시엘은 왠지 거북하다는 듯이 서 있는 미란다레트와 지크에게 말을 걸었다.

"예, 예. ……저, 저기…… 도로셀 님……."

"혹시, 방금 전 전하의 말을 신경 쓰는 건가요?"

"……예."

이 학원에서는 공작과 후작, 일부 백작…… 이른바 상급 귀족의 교복과 그 이하의 학생들의 교복이 디자인에서 약간 차이가 났다. 셔츠자락과 소매 끝, 치마의 끝단, 바지의 옆선에 들어가는 색은 학생들의 신분을 나타내는 것으로, 상급 귀족은 금색, 그 이외의 신분은 검은색으로 통일돼 있었다.

"전하의 말 같은 건 신경 쓰지 않아도 돼요. 나는 당신들이라서 친하게 지내고 싶었던 것이니까. 신분이 높든 낮든 관계없답니다."

마치 그것이 상식이라는 것처럼 레티시엘은 딱 잘라서 말했다. 그녀의 모습에 지크도 미란다레트도 놀란 것처럼 눈을 동그랗게 떴다.

"오늘 활동은 이 정도로 해 두죠. 두 분도 이대로 연습을 계속할 수 있는 기분은 아니잖아요?"

"예……."

미란다레트와 지크의 심경을 배려해, 레티시엘은 그 자리에서 해산했다.

전이마술로 귀가한 레티시엘은 우선 몸을 깨끗하게 씻고자 방에 딸려 있는 욕실로 향했다.

그런데 레티시엘이 목욕을 마치고 방으로 돌아오자 방 밖에서 무슨 소리인가가 들려왔다.

"……?"

탁, 콰당

귀를 유심히 기울이니, 아무래도 뭔가가 벽에 부딪쳐 넘어지는 소리 같았다.

소리의 질량으로 추측하건대, 아마도 이것은 누군가가 레티시엘의 방 근처 벽에 부딪쳐서 넘어진 소리가 아닐까 싶었다.

대체 누구일까? 그렇게 생각하면서 레티시엘은 살그머니 문으로 다가가, 바깥의 상황을 확인하기 위해 문에 살짝 귀를 댔다.

"당신. 이걸로 몇 번째라고 생각하나요?"

"죄, 죄송합니다! 마님! 용서해 주세요!"

여성 두 명의 대화 소리가 들렸다. 레티시엘은 소리가 나지 않게 살그머니 문을 열고 문틈 사이로 힐끗 방 밖의 상황을 살폈다.

문에서 조금 더 앞쪽의 복도에서 한 시녀가 공작 부인에게 고개를 숙이고 있는 광경이 보였다. 공작 부인은 언제나 그랬듯이, 두꺼운 화장을 하고 호화로운 드레스를 입은 채 부채로 입가를 가리고 있었다.

그에 비해 시녀 쪽은 불쌍할 정도로 덜덜 떨고 있었다. 아마도 뭔가의 실수를 저지른 것이겠지만, 저 무서워하는 모습은 보통이 아니었다.

"아무래도 당신은 해고되고 싶은 모양이군요? 뭐, 당신 같은 무능한 인간을 고용하는 것보다 좀 더 유능한 사람을 고용하는 편이 좋긴 하죠."

"그, 그럴 수가! 제발 부탁드립니다, 마님! 그것만큼은 제발 참아주세요!"

부인이 코웃음을 치면서 그렇게 내뱉자, 시녀는 옆에서 보기에도 알 수 있을 정도로 얼굴빛이 새파랗게 질렸다. 어지간히 해고당하기 싫은 이유가 있는 것일까.

흥미가 없었기 때문에 레티시엘은 그대로 방치해둘까 생각했다. 그러나 방 가까이에서 언제까지고 소란을 피워서야 쉬어도 쉬는 것이 아니라고 생각을 바꾸어 얼른 개입하기로 했다.

"안녕하세요, 디안느 님. 공작 부인이나 되시는 분이 이런 곳에서 쓸데없는 수다로 시간을 보내실 시간이 있는 줄은 몰랐네요."

문을 조용히 열면서 레티시엘은 평소의 무감동무표정한 태도와 음색으로 어머니인 여성에게 말을 걸었다.

디안느는 갑자기 모습을 드러낸 도로셀에게 놀라움을 금치 못하는 것 같았다. 크게 벌어진 그녀의 눈동자에는 마치 「당신이 여긴 왜?」라고 쓰여 있는 듯했다.

이 모습…… 혹시 이곳이 도로셀의 방 근처라는 사실을 잊고 있던 걸까? 응. 이 가족이라면 충분히 그럴 수 있을 것 같았다.

"……당신, 지금 나를 뭐라고……."

"시녀 씨. 당신의 이름을 가르쳐 주겠어요?"

뭔가 말을 하는 디안느를 무시하고 레티시엘은 시녀에게

로 돌아섰다.

공작 영애가 갑자기 말을 걸어와서 놀란 것일까, 시녀는 놀라면서도 질문에는 꼬박꼬박 답을 했다.

"니, 니콜이라 합니다……."

"그래요. 니콜이란 말이죠. 당신은 어째서 디안느 님에 혼나고 있던 건가요?"

"아……."

"아아. 디안느 님은 신경 쓰지 않아도 괜찮아요. 지금은 내가 당신과 이야기하고 있는 걸요."

아무렇지도 않은 듯 태연하게 저택의 여주인을 무시해도 좋다는 도로셀의 거침없는 발언에 니콜은 성대하게 얼굴을 실룩였다.

디안느가 그녀…… 정확히는 도로셀을 노려보는 시선이 더욱 매서워졌지만, 둔감한 것인지 어떤 것인지 도로셀은 그것을 전혀 알아차리는 기색이 없었다.

'아뇨. 신경이 쓰이는데요…….'

마음속으로 그렇게 본심을 중얼거리면서도 니콜은 현명하게도 그 말을 입 밖으로 내지는 않았다.

"아, 아뇨…… 아무것도, 아닙니다……."

"그래요. 뭐…… 대충, 「깨끗하게 청소도 못하다니 쓸모가 없군요」라는 말이라도 들었죠?"

"……?!"

어떻게 그걸, 이라는 말을 니콜은 가까스로 목 깊숙이 눌러 삼켰다.

실제로 레티시엘은 니콜의 옆에 놓인 청소 도구를 보고 그렇지 않을까 추측한 것뿐이었는데, 아무래도 딱 들어맞은 모양이었다.

"이 저택의 여주인이나 되시는 분이 화가 나셨는걸요. 대체 어떤 사고가 있었나 했더니…… 정말이지 시시한 이유로군요."

"……!"

"게다가 제게는 이 일대에 더러움이 남아 있는 것처럼은 보이지 않습니다만. 실례지만, 디안느 님. 어느 부분이 어떻게 더러운지 구체적으로 설명해 주시겠어요?"

"……."

"혹시…… 고용인에게 트집을 잡으셨던 건가요? 「사교계의 꽃」이라 불리시는 디안느 님이, 설마 그런 품위를 의심받을 만한 일을 하지는 않으셨겠죠?"

레티시엘이 무표정한 얼굴로 정론을 늘어놓자, 반론할 수 없던 것일까, 디안느는 부채로 얼굴을 가렸다. 그러면서도 노엽다는 눈으로 레티시엘을 노려보았다.

공작 부인이 노려보아도 레티시엘은 태연했다. 자신에게 향하는 악의를 마치 그대로 통과시키는 것처럼 자신과는 아무 관계 없다는 얼굴을 하는 도로셀의 모습에 옆에서 지켜보던 니콜 쪽이 더 안절부절 못했다.

"……당신……."

"왜 그러시죠?"

"……당신…… 나를 뭐라고 불렀지요?"

뭔가 했더니, 디안느는 그런 말을 했다. 화제 전환치고는 꽤 억지스러운 말이었다.

디아느는 아무래도 도로셀이 자신을 이름으로 부른 것이 믿어지지 않는 듯 했다.

'으―음…… 지금 신경 쓸 게 그 점일까요?'

그러나 레티시엘은 그녀의 경악을 이해하지 못하고 고개를 갸웃거릴 뿐이었다. 자신이 죽을 정도로 싫어하고 꺼려하는 딸에게 「어머니」라고 불리다니, 우습잖아요?

게다가 레티시엘에게는 디안느가 어머니라는 실감이 없었기 때문에, 이 정도가 딱 좋았다.

"예? 「디안느 님」입니다만, 뭔가 문제라도 있나요?"

"……윽……."

마치 그것이 상식이라는 것처럼 딱 잘라 말하는 도로셀의 태도에 디안느는 부채를 든 손을 바들바들 떨면서 찌릿 하고 도로셀을 노려보았다. 그러더니 빠른 걸음으로 그 자리를 떴다.

귀부인다운 정숙한 발소리가 아닌 쿵쿵 하는 발소리를 내며. 상당히 성이 난 모양이었다.

'뭐지……?'

흐음……? 뭔가 마음에 들지 않았던 것 같은데, 뭐가 마음에 들지 않았던 걸까요? 뭐, 평소 서로 만날 일이 없으니, 레티시엘에게는 아무래도 좋은 이야기였지만.

"아, 저기…… 감사합니다."

디안느의 모습이 보이지 않게 되자, 니콜은 그렇게 말하면서 꾸벅꾸벅 고개를 숙였다. 레티시엘이 그것을 제지하며 조용히 고개를 저었다.

그녀는 딱히 니콜을 도와주려고 온 것이 아니었다. 그저 결과적으로 도와주게 된 것뿐이었다. 감사받을 일은 아니었다.

"나는 내가 생각한 대로 행동했을 뿐이에요. 머리 숙여 인사를 받을 만한 일은 하지 않았어요."

그러나 니콜은 붕붕 고개를 옆으로 흔들었다.

"아뇨…… 그래도 도로셀 아가씨는 저를 도와주셨습니다. 정말로 감사합니다."

그녀가 말하길, 그녀는 지금까지 있는 일 없는 일로 디안느에게 꾸지람을 들었으나 공작가의 사람들도 다른 고용인들도 재미있다는 듯이 웃거나, 멀리서 지켜보기만 할 뿐이었다고 했다. 이렇게 도움의 손길을 내밀어준 것은 레티시엘이 처음이라는 것 같았다.

"나는 대단한 일 같은 건 하지 않았지만…… 천만에요, 라고 말은 해둘게요. 일, 열심히 해요."

"네……!"

도로셀의 말에 니콜은 기쁘다는 듯이 웃었다.

니콜은 공작가에서 일한지 얼마 되지 않았다. 때문에 작업도 아직 서툴렀고, 인간 관계도 원만하지 못했다. 고용주들은 쓸모없다고 욕을 하고, 선배 고용인들은 무능하다며 비웃었다.

그런 니콜에게 도로셀의 행동과 말이 얼마나 고마웠는지, 본인이 알아차리는 날은 분명히 오지 않을 것이다.

"……그런데, 도로셀 아가씨. 방금 전, 마님을 디안느 님이라고……."

"그래요. 그렇게 불렀어요. 이름은 틀리지 않았을 거예요."

"그건 그렇습니다만…… 어머니, 이시죠?"

"어머, 괜찮아요. 다른 사람들의 눈이 있는 곳에서는 제대로 「어머님」이라고 부른답니다."

"아니…… 그런 문제가 아니라고 생각하는데요……."

니콜은 지극히 제대로 된 사고 회로를 갖고 있었기에 저도 모르게 그렇게 태클을 걸었다.

***

레티시엘은 희미한 아침햇살이 쏟아져 들어오는 방의 침대에서 눈을 떴다.

'……아—아…… 옷도 갈아입지 않고 자 버렸네.'

레티시엘은 자신의 몸에 시선을 떨어뜨렸다. 그녀는 저택에서 입는 사복을 걸치고 있었다.

어젯밤, 레티시엘은 목욕을 마치고 여느 때처럼 독서 타임에 들어가려고 했다. 그런데 도중부터 기억이 없었다. 아무래도 저도 모르는 사이에 잠이 들어 버린 듯 했다.

자리에서 일어나자, 아니나 다를까 옷은 온통 주름투성이가 되어 있었다. 레티시엘은 한숨을 내쉬며 마술로 옷의 주름을 펴나갔다.

그러고 보면, 마술과 달리 마법은 일상 생활에서는 잘 쓰이지 않네. 레티시엘은 퍼뜩 그런 생각이 들었다.

'전부 사람 손으로 하는 것일까……?'

옷의 주름이 대충 펴졌을 무렵, 똑똑 하고 레티시엘의 방문을 두드리는 소리가 울렸다.

시간적으로 루빅이 온 것이리라. 그렇게 여긴 레티시엘은 깊이 생각하지 않고「들어와요」하고 대답을 했다.

"시, 실례합니다."

그러나 들어온 것은 루빅이 아니었다. 예상 밖의 인물에 레티시엘은 침대에서 일어나려던 동작 그대로 어중간한 자세로 굳어버리고 말았다.

"……니콜?"

방 안에 들어온 것은 레티시아가 어젯밤 디안느에게서 구해주었던 시녀 니콜이었다.

니콜과 도로셀는 주종 관계가 아니었다. 레티시엘이 니콜을 알게 된 것도 어제가 처음이었다. 때문에 레티시엘은 왜 그녀가 이곳에 왔는지 알 수가 없었다.

상황이 잘 파악이 안 되는 레티시엘에게 니콜은 자신이 이곳에 온 이유를 설명했다.

아무래도 어제 일을 디안느가 공작에게 보고를 한 듯, 냄새나는 것에는 뚜껑을 덮으라는 것[#1]처럼 무능한 시녀와 무능한 공작 영애를 한 세트로 묶여버린 것 같았다.

어차피 다른 일을 시켜도 소용이 없다면 무능한 영애의 시중이나 들라고 가볍게 비아냥거린 것일지도 몰랐다.

"그러니까, 저는 오늘부터 도로셀 아가씨의 전속 시녀로 일하게 되었습니다."

"과연……."

니콜의 이야기에 레티시엘은 적당히 맞장구를 쳤다.

솔직히 레티시엘에게 시녀는 필요 없었다. 그렇지만 절대로 두지 않겠다는 신념이 있는 것도 아니었기 때문에, 시녀를 붙여준다면 거절할 생각은 없었다.

게다가 니콜은 다른 시녀와 다르게 도로셀을 싫어하거나 멀리하지는 않는다. 그래서 그녀에게 시중을 받는 것도 나쁘지 않다고 생각한 것이다.

#1 냄새나는 것에는 뚜껑을 덮어라 나쁜 일이나 실패처럼 다른 이에게 알려지면 곤란한 일을 일시 모면하기 위해 숨기는 것

"그런가요. 그럼 오늘부터 잘 부탁해요, 니콜."

"예!"

서로 간단한 인사를 나누고 바로 아침의 준비를 시작했다.

전속 시녀가 생겼어도 레티시엘이 하는 일은 딱히 달라지지 않았다. 평소처럼 드레스룸에서 옷을 갈아입고 옷차림을 가다듬는 것뿐이었다.

다른 것이라고 한다면, 옷을 니콜이 골라주었다는 것과 머리카락을 니콜이 묶어주었다는 것 정도였다.

"아가씨. 교복의 스타킹은 안 신으시는 건가요?"

니콜이 손에 검은 바지와도 같은 옷을 들고 물어왔다. 전생한 첫날 레티시엘이 본 그 묘하게 작은 바지였다.

"……?"

"이것 말입니다. 일단은 학원에서 지정한 복장인데요……."

그러고 보니, 미란다레트의 다리는 언제나 검은 바지 같은 것으로 덮여 있었다. 그건 이 스타킹이라 불리는 물건이었던 것인가.

"……신지 않아요. 손이 많이 가는걸요."

스타킹이라는 것을 만져보면서 레티시엘은 고개를 가로저었다. 만져본 느낌으로는 명백히 레티시엘의 다리보다 가느다란 것이, 신축성은 있는 것 같으나 분명히 신는데 꽤나 성가실 것이라는 느낌이 들었다. 다시 생각해 보니, 학원의 학생들 중에도 스타킹을 신은 사람과 신지 않은 사람이 있던 것 같았다. 그렇다면 스타킹 착용은 필수인 것은 아닐 터였다.

"알겠습니다!"

레티시엘의 대답에 니콜은 딱히 이견을 내세우지 않았다. 역시 필수는 아닌 것 같았다.

"그러고 보니, 니콜. 당신에게는 해고되면 안 되는 사정이라도 있나요?"

레티시엘은 드레스룸에 있는 화장대 앞에 앉아서 자신의 은백색 머리카락에 빗질을 하는 니콜에게 물었다.

"아, 음. 어제 일 말씀인가요?"

빗을 화장대에 내려놓으면서 니콜이 되물었다. 거울에 비친 그녀의 얼굴에 조금 슬퍼 보이는 미소가 떠올랐다.

"실은 제게는 아프신 어머니가 계세요. 아버지를 빨리 여의어서 전 스무 살이 되었을 때에 왕도에서 일하기 시작했지요. 그곳에서 이런 저런 직장을 전전하다가 이 저택에 고용이 되었죠. 지금은 제 임금만이 유일한 생활비라서, 제가 해고되면 어머니의 생활비도, 치료비도 댈 수 없게 된답니다……."

"……미안해요. 무신경한 질문을 했네요."

"아뇨아뇨! 아가씨 탓이 아니에요! 지금까지 제 사정 같은 건 아무도 신경 쓰지 않았기 때문에, 물어봐 주셔서 오히려 기뻤습니다."

"그런……가요?"

"예. 게다가 저는 아가씨의 전속 시녀가 된 덕분에 해고를 면할 수 있던 것이나 마찬가지니까요. 정말로 감사합니다. ……자! 다 됐습니다!"

이야기를 하는 사이, 머리카락 단장이 끝났다. 정말이지 날랜 솜씨였다……가 아니라.

레티시엘은 거울에 비친 자신의 모습을 말똥말똥 바라보았다.

그곳에는 어른스러움과 그 나이또래다운 귀여움을 함께 갖춘 절세의 미소녀가 비치고 있었다.

원래 도로셀은, 레티시엘이 전생하기 전부터 빼어난 미모를 자랑했다. 그런 그녀의 얼굴에 옅게 화장을 하니, 원래부터 뛰어난 원판이 한층 더 돋보였다.

곱슬기 하나 없이 곧게 뻗어 내린 윤기 넘치는 은발이 하프 업 스타일로 정리된 후, 심플한 리본으로 꾸며져 있었다.

"아가씨는 원판이 좋으셔서, 저, 저도 모르게 힘을 주고 말았어요!"

"그, 그 런 가 요…… 고 마 워 요……."

무의식적으로 어색한 어조가 돼 버렸지만 레티시엘은 나쁘지 않다고 생각했다.

전란의 시대를 살던 레티시엘은 치장에는 관심이 없었다. 그런 것을 할 틈도 없었을 뿐 아니라, 그럴 마음의 여유도 없었다.

그리고 도로셀이 된 뒤에도, 레티시엘은 귀찮아서 옷은

대충 걸쳤고, 화장도 하지 않았으며, 머리카락도 묶거나 하지 않고 늘 풀어서 늘어뜨리고 있었다.

"머리 모양과 화장이라……. 여자는 정말 심오하네요……."

"아, 저기, 도로셀 님도 여성이신데요……."

진심으로 감탄한 것처럼 중얼거리는 레티시엘에게 니콜은 쓴웃음을 지었다.

"니콜…… 당신, 패션 센스가 뛰어나지 않나요?"

"아뇨. 그럴리가요…… 다만, 옛날에 미용실에서 일한 적이 있을 뿐이에요."

"그걸로 이 정도 실력이라니…… 역시 재능이 있어요."

"고, 고맙습니다……."

공작가에 와서 처음으로 인정받았다는 기쁨에 니콜은 쑥스럽게 웃었다.

그 뒤, 니콜과 소소한 잡담을 나누고 있는 참에 루빅이 노크와 함께 아침 식사를 실은 웨건을 밀고 들어왔다.

"잘 어울리십니다. 아가씨."

루빅은 평소와 분위기가 다른 레티시엘을 보고 눈을 살짝 크게 떴으나, 곧 미소를 지으며 그렇게 말했다.

그 뒤로는 평소와 다르지 않았다. 아침 식사를 하면서 책을 보고, 시간이 되면 가방을 들고 학원을 갔다. 루빅에게 귀가 예정 시간을 전하고, 레티시엘은 전이의 마술을 발동시켰다.

그 날, 루크레치아 학원은 아침부터 떠들썩했다.

등교한 학생들로 혼잡을 이루는 본관 현관에는 감탄과 경악의 술렁거림이 번져나가고 있었다.

그들의 시선 끝에 있는 것은 한 사람의 여학생. 어제까지와는 180도 달라져서 허리까지 내려오는 길고 곧게 뻗은 은발을 귀엽게 묶어 올린 「얼음악마」의 너무나도 아름다운 모습에 현관홀에 있던 학생들은 남녀를 불문하고 그녀에게 넋을 빼앗겼다.

옅은 화장도, 서민 분위기의 소박한 장신구과 머리 모양도 그녀의 기품이나 미모를 조금도 훼손하지 않았다. 그러기는커녕, 오히려 그조차도 그녀의 외모를 더욱 성스럽게 보이게 만들었다.

"자…… 오늘은 어디로 갈까?"

그런 가운데 딱 한 사람…… 주목받고 있는 장본인만큼은 주위의 시선 같은 것에는 신경도 쓰지 않고 느긋하게 그런 혼잣말을 중얼거리고 있었다.

왠지 시선을 느끼기는 했으나, 해가 되는 것도 아니고 닳는 것도 아니니 방치. 그것이 레티시엘의 현재의 감각이었다.

"으-음……. 어제 오전에는 검술연습장에 갔으니, 오늘은 대도서실로 할까……."

긴 속눈썹을 살짝 내리깔고 사고에 젖는 그 모습은 한숨이 나올 정도로 아름다워서, 학생들은 남녀를 가리지 않고 그 자리에 못이 박히고 말았다.

그런 학생들의 모습을 레티시엘은 곁눈으로 지켜보고 있었다. 그러나 얽히고 싶지도 않았고 흥미도 없었기 때문에 계속 다른 사람 일인 것 같은 태도를 관철했다.

절찬 무시 스킬을 발동 중인 레티시엘은 약간 얼어붙은 학생들 사이를 누비며 이동하기 시작했다.

***

"젠장! 그 녀석, 이 내게 망신을 주다니……!"

로시포드는 부아가 치밀어 큰소리를 내뱉고는 큰 발소리를 내면서 본관 뒤의 호수 주변을 맴돌았다.

이 시간은 수업 시간이었으나, 전날 학원에서 굴욕을 당한 뒤로 공연히 짜증이 쌓인 로시포드는 수업을 받을 수 있을 만큼 침착하질 못했다.

"도로셀만 없었다면 나는 크리스타와 약혼할 수 있었을 텐데……. 왜 그런 녀석이 내 약혼자인 거냐……!"

로시포드는 발밑에 굴러다니는 돌을 걷어차고는 그렇게 말을 이었다. 로시포드가 걷어찬 돌은 기세 좋게 날아가 호수에 떨어져 수면에 파문을 만들었다.

로시포드와 도로셀의 약혼은 국왕이 직접 내린 명령이었

다. 3년 전 그 날, 국왕은 로시포드를 불러내더니, 아무런 설명도 없이 그렇게 고했다.

도로셀의 평가는 그 무렵부터 그다지 신통치 않았다. 가족들에게 냉대를 받는다는 사실이 물밑에서 알려져 있었으며, 그녀의 높은 교양을 고평가하는 귀족들도 있었지만, 마력이 없는 것을 비웃는 귀족들도 그와 비슷한 정도로 많았다.

『네게 피리아레기스 공작 영애 도로셀과의 약혼을 명한다』

분명히 도로셀의 능력은 다른 누구보다도 뛰어났다. 그러나 마력이 없다는 시점에서 왕가의 일원이 되기에는 어울리지 않는다고 로시포드는 늘 생각했다.

그것만이 아니었다. 그것보다 이전에 공작가에서 맞선을 보았을 때부터 로시포드의 도로셀에 대한 인상은 최악이었다. 맞선 자리에서 거의 말을 하지 않았을 뿐더러, 표정을 바꾸는 일도 없었다. 그것은 너무 아름다워서 거꾸로 인형과도 같아 보여 기분이 나빴다.

플라티나 왕국에는 공작가가 다섯이나 있었다. 왕자의 약혼자는 다른 공작가에서도 얼마든지 고를 수 있었다. 그래도 국왕은 그러지 않고, 마력이 없는 자를 로시포드에게 붙여 줬다.

그랬기에 국왕의 말에 로시포드는 모든 것을 깨달았다. 부왕은 자신에게 아무 기대도 하지 않는다는 사실을.

"하나같이 다 나를 바보 취급하고……!"

도로셀이 선택된 이유 중 하나는 그녀가 붉은 눈을 갖고 있기 때문이라고 들었다.

이 나라에서 붉은 눈은 매우 희귀했다. 그리고 붉은 눈을 가진 사람은 열세 살이 될 때 인생의 앞날이 크게 바뀐다고도 전해졌다. 그것은 대략 크게 두 가지 길로 나뉘는데, 하나는 세계를 불행에 빠뜨리는 길이고 다른 하나는 세계에 구원을 가져오는 길이라 했다.

국왕은 자신의 아이를 바꿔 줄지 모른다는 가능성을 고려해서 보통의 영애가 아닌 도로셀을 선택했다고 했다. 그러나 로시포드는 그런 근거도 없는 전설은 믿지 않았다. 국왕의 말은 로시포드에게는 단순한 변명에 불과했다.

아버지가 자신에게 기대를 하지 않는다면, 자신 역시 부왕의 기대에 부응할 필요 따위 없었다. 그 뒤로 로시포드는 그때까지 이상으로 제멋대로 행동하게 되었다.

도로셀과도 의무적으로 교제를 계속했다. 약혼자가 되었어도 도로셀의 태도는 달라지지 않아서, 두 사람의 관계는 차갑게 식어 있었다.

때문에 로시포드의 마음은 간단히 크리스타에게 기울었다. 의무적으로 공작가를 방문할 때마다, 로시포드는 크리스타를 만나게 되었다. 로시포드는 맞선을 본 그 때부터 크리스타에게 호의를 품고 있었기에, 두 사람이 친밀해지는 것은 당연한 일일 터였다.

도로셀의 성격이 변모한 것은 마침 그 무렵이었다. 사소한 일로 마구 고함을 치거나 날뛰다가도 그것이 진정되면 기분 나쁠 정도로 바짝 다가와서는 아양을 떨었다.

원래부터 도로셀을 싫어했던 로시포드는 점점 더 그녀를 멀리하게 되었고, 크리스타와의 외도에 빠져들었다.

"나는 제1왕자라고."

성격이 변모하기 전에도, 변모한 뒤에도 도로셀이 로시포드에게 반항한 적은 한 번도 없었다. 그랬건만 도로셀은 마법을 구사해 로시포드에게 대들었을 뿐 아니라…….

하지만 거기까지 생각한 로시포드는 문득 위화감을 느꼈다.

"……잠깐만. 그 녀석은 마력 따위 갖고 있지 않았을 터……."

그때, 도로셀은 분명히 마법을 사용했다. 그러나 냉정하게 생각하니 마력이 없는 그녀가 그런 곡예는 부릴 수 없을 터였다.

"게다가…… 그 녀석은 이 한 달 간, 사람이 바뀐 것처럼 이상해졌다……."

하나의 위화감을 알아차리자, 그것에 이끌리듯이 수많은 의구심이 떠올랐다.

최근 도로셀은 짜증을 부리지 않게 되었다. 그리고 그것과 동시에 일단 출석은 하던 수업에도 들어오지 않게 되었고, 그렇게 자신과 크리스타 주변을 맴돌았음에도 지금은 두 사람을 거들떠보지도 않았다.

원래의 성격으로 돌아온 것인가 싶지만, 그렇지 않았다. 이전의 그녀는 늘 주위의 반응을 신경 썼다. 그러나 지금의 도로셀은 주위를 신경 쓰는 기색 따윈 조금도 없었다. 오히려 공작 영애라는 자각조차 없는 것 같았다.

"……그런가. 그 녀석은 마녀였던 건가……!"

여러모로 생각한 결과, 로시포드가 다다른 결론은 그것이었다.

성격의 변화, 귀족영애로서의 자각 상실, 사용할 수 없을 터인 마법의 행사. 이것들은 무엇을 의미하는가. 그가 가진 상식으로는 설명할 수 없었다.

게다가 나라의 제1왕자이기도 한 자신이 이런 비참한 기분을 맛보고 있는 것은 다름 아닌 도로셀 탓이었다. 그 녀석은 관련된 사람을 불행하게 만드는 재앙이다. 로시포드는 그렇게 믿었다.

"분명히…… 박물관에 마녀살해에 사용되었던 검이 보관돼 있었지……."

무기를 좋아하는 로시포드는 박물관에 있는 무기방어구에는 정통했다.

로시포드도 전날의 일로 도로셀이 강하다는 것을 느꼈기 때문에, 성인의 가호를 입었다고 하는 마녀살해의 검의 힘으로 대항하려고 생각한 것이었다.

결의하기 무섭게 로시포드는 박물관으로 향했다. 한시라

도 빨리, 그 마녀를 쓰러뜨려야 해.

"이봐, 거기 너! 이 박물관에 보관돼 있는 마녀살해의 성검을 내놔라!"

"예? 예에? 그, 그건 우선 관장님께 보고를……."

"그딴 건 필요 없어. 지금 당장 내놓으라고 말했다!"

로시포드는 현관홀에 있던 학예사를 붙잡고 호통을 쳤다. 이 나라 제1왕자의 명령쯤 되면 학예사도 거스를 수 없어서, 그는 로시포드의 명령대로 그를 보관고로 안내했다.

"이것이, 마녀살해의 성검입니다만……."

로시포드는 학예사가 머뭇머뭇 내민 레이피어와 비슷한 장검을 낚아채듯이 그 손에서 빼앗았다.

"이봐, 이 검을 손에 들면 성인의 가호를 입을 수 있는 거겠지!"

"예, 예에…… 가호를 입기 위해서는 주문이 필요합니다만……."

"그런 건 빨리 말해!"

로시포드는 학예사가 갖고 있던 작은 두루마리를 들고 바로 안의 내용을 훑어보았다. 그런 뒤, 불온하게 입꼬리를 끌어올렸다.

"흥! 이 검과 주문만 있으면……!"

자신을 모욕한 도로셀에게 복수할 수 있다. 로시포드는 그렇게 믿어 의심치 않았다.

6장 마녀와 이형의 괴물

로시포드의 생트집을 가볍게 받아쳐 준 이틀 뒤 아침, 평소처럼 전이마술로 등교한 레티시엘은 그대로 대도서실로 직행했다.

그 날, 대도서실에 지크의 모습은 없었다. 지크도 연구실을 갖고 있었으므로 아마도 자신의 연구실에서 연구를 하고 있을 것이다.

"훗훗. 오늘도 오셨는가?"

"예. 어제 읽다 만 책을 마저 다 읽으려고요."

"그것이라면 이 책도 함께 읽는 게 어떠하신가? 참고가 될 거라 생각이 됩니다."

"정말인가요? 그럼 읽어보도록 할게요."

데이비드와 잠시 책에 대해 잡담을 나누고, 레티시엘은 책장에서 책을 준비해 독서의 세계로 빠져들었다.

그녀가 읽고 있는 것은 현재 아스트레아 대륙에 생식하는 생물의 도감이었다. 의외로 재미있어서 열람용 책상 위에는 다양한 종류의 도감을 산처럼 쌓아두었다.

지크가 같이 있을 때는 점심시간이 되면 레티시엘을 책의 세계에서 현실로 데리고 돌아와 주었지만, 오늘은 지크가 없었다.

레티시엘이 책에서 얼굴을 들었을 때에는 이미 한참 전에 점심시간이 시작돼 있었다.

"……어머, 큰일이네. 벌써 시간이 이렇게 됐네."

이전의 레티시엘이었다면 시간이 지나든 말든 신경 쓰지 않았겠지만, 지금은 그녀를 기다리는 친구들이 있었다. 레티시엘은 책상으로 가져왔던 서적들을 전부 책장에 꽂고 대도서실을 나섰다. 서둘러 식당으로 가지 않으면 미라와 지크를 기다리게 만들 것이다.

식당은 대도서실이 있는 별관과는 앞뜰을 사이에 두고 마주보고 있었다. 식당으로 이어지는 복도를 걷던 레티시엘은, 문득 안쪽의 계단에서 내려오는 크리스타의 모습을 발견했다.

"……어머, 도로셀 언니 아니신가요."

크리스타 쪽도 레티시엘을 알아차리고 꽃이 만개하는 것 같은 가련한 미소를 띠며 그렇게 말을 걸어왔다.

레티시엘은 학원 안팎을 불문하고 친구들과 루빅 이외에는 아무와도 교류를 하지 않았다. 그래서 그녀의 얼굴을 보자, 이렇게 크리스타와 정면에서 얼굴을 마주하는 것이 얼마만인가 싶었다.

"그런 데서 뭘 하고 있나요?"

"선생님이 수업 준비를 부탁하셔서 그것을 끝내고 막 온 참이랍니다. 언니야말로 수업에는 안 들어오시고, 어디에 가셨던 건가요?"
"나는 대도서실에 줄곧 독서를 하고 있었어요."
레티시엘의 말에 크리스타는 그다지 관심이 없는 듯 적당히 맞장구를 쳤다.
"어머…… 그래서 식당에 오는 게 늦어지신 건가요?"
"예. 그래요. 그게 뭐 이상한가요?"
"아뇨. 아무것도 아니에요. 다만, 언니가 독서를 하는 것은 실로 2년 만이라고 생각했을 뿐이에요. 어지간히 간단하고 알기 쉬운 책들뿐이었나 보네요."
학생들의 목소리로 북적대는 식당의 떠들썩한 소리를 벽 너머로 들으며, 아무도 없는 한산한 복도에서 레티시엘과 크리스타는 서로 시선을 주고받았다.
"그러고 보니 언니. 얼마 전에 열렸던 연회에서의 일을 기억하시나요?"
크리스타의 얼굴에는 미소가 떠올라 있었고, 음색도 무척이나 온화했지만 왜 그런 얘기를 하는지 그 목적을 전혀 읽을 수가 없었다.
"그래요. 기억하고 있어요. 그게 뭐 어쨌다는 거죠?"
"그 날, 언니는 왜 연회에 출석하신 거죠?"
"어머, 출석하고 싶은 기분이었을 뿐이에요. 뭔가 문제라도 있나요?"
"……윽. 그렇지 않아요! 그게 언니는……!"

당신은 사교의 장에 나오는 것을 금지 당했잖아요. 크리스타는 그렇게 말하려고 했다. 그러나 눈앞에 선 쌍둥이 언니가 어리둥절한 표정으로 이쪽을 쳐다보고 있는 것을 알아차리고 일단 그 말을 삼켰다.

이 사람 자신의 일일 터인데 그것을 모르다니 이상했다. 최근 집에서도 학원에서도 다른 사람이 된 것처럼 행동하는 쌍둥이 언니의 모습에 크리스타는 나날이 짜증과 초조함이 더해가고 있었다.

그런 짜증을 드러내는 크리스타의 모습에 의문을 품으면서도 레티시엘은 그녀의 의도를 읽지 못하고 혼자 경계를 강화하고 있었다. 그런 레티시엘의 속내는 알지 못한 채 크리스타는 다른 이야기를 꺼냈다.

"언니. 분명히 연회 회장에서 로시포드 님에게 반론을 하셨잖아요. 그런 많은 사람들 앞에서 왕자 전하에게 이견을 달다니, 너무 버릇이 없다고 생각하지는 않으시나요?"

"……뭐라고요?"

레티시엘은 연회에서 로시포드에게 한 마디 해 준 일을 전혀 후회하지 않았다. 오히려 상대가 왕자였기에 스스로는 최대한 양보했다고까지 생각하고 있었다. 무엇이 버릇없다는 것인가.

"나는 잘못된 행동을 했다고 생각하지 않아요. 공공장소에서 자신의 약혼자에 대해 그런 식으로 말해서야 왕족으로서의 품위를 의심받는답니다. 일국의 왕자라면 그 신분에

걸맞은 모범이 되어야 하잖아요?"

"하지만 그 분도 좋은 면이 있는 멋진 분이시랍니다. 언니가 알지 못하는 것뿐이에요."

로시포드가 멋지다고? 레티시엘은 크리스타의 발언을 도저히 납득할 수 없었다. 지금까지 보고 들은 로시포드의 언동은, 폭언을 내뱉고, 약혼자의 여동생과 바람을 피우고, 신분이 낮은 자를 무시하고, 박물관에서 관계자의 말에도 아랑곳 하지 않고 방패를 휘두르는 등 좋은 인상은 받을 만한 일은 전혀 없었다.

"……그렇군요. 당신은 그 사람이 멋지다고 생각해서 같이 있는 거로군요."

레티시엘은 툭 그렇게 중얼거렸다. 그녀의 말에 크리스타는 갑자기 무슨 말을 하는 거냐고 의아한 표정을 지었다.

"……예. 그런데요?"

솔직히 레티시엘은 아무리 애를 써도 로시포드가 멋진 사람이라고는 생각되지 않았지만, 크리스타는 실제로 로시포드를 멋지다고 생각하는 모양이다. 전생에서도 부모님이 사람을 한 면만으로 판단해서는 안 된다고 몇 번이나 말씀하셨으니, 분명히 로시포드에게도 크리스타에게만 보이는 일면이 있는 것이리라.

"흐음…… 뭐, 당신이 전하와 있는 시간이 기니까, 당신에게만 보이는 모습이 있는 것이겠죠."

그 한 마디는 그저 레티시엘의 감상이었다. 그저 전생에서의 가르침을 바탕으로 생각하고 객관적으로 분석한 것뿐이었다.

"……네?"

그러나 그 말을 들은 크리스타의 어조가 바뀌었다. 그것이 무엇을 의미하는지는 알 수 없었으나, 크리스타는 그 이상 아무 말도 하지 않았다. 이마 위로 드문드문 쏟아진 앞 머리카락은 그녀의 표정을 감춘 가운데, 그녀의 두 손은 피가 배어나올 듯이 주먹을 꽉 쥐고 있었다.

"그럼 나는 그만 가볼게요."

그런 크리스타의 모습에는 개의치 않은 채, 레티시엘은 크리스타에게 그렇게 한 마디 남기고는 식당으로 들어갔다. 안에서는 그녀의 친구들이 아마도 그녀를 기다리고 있을 것이다.

소란스러운 식당에서 친구를 찾던 레티시엘은 알아차리지 못했다. 그녀의 뒷모습을 크리스타가 어두운 감정이 깃든 시선으로 지켜보는 것을.

***

루크레치아 학원 대지 안에는 광대한 숲이 펼쳐져 있었다 학원에 가까운 위치는 밝고 평온했지만, 안쪽으로 갈수록 나무들이 울창해져 낮에도 어두컴컴했다.

그런 어두컴컴한 나무 사이를 누비듯이 로시포드는 가슴을 부여잡은 채 비틀비틀 걷고 있었다.

그 손에는 박물관에서 빼낸 마녀살해의 성검이 칼날을 드러낸 상태로 쥐어져 있었다. 백은의 검신은 햇빛을 받으면 분명히 성스러운 아름다움을 내보였겠지만, 지금은 주위의 어둠을 빨아들여 어딘가 둔탁한 광채를 내뿜고 있었다.

"……왜…… 왜…… 일이 이렇게 된 거지……!"

로시포드는 헛소리처럼 그렇게 중얼거리며 입술을 강하게 깨물었다.

이렇게 돼 버린 것도 모두 도로셀…… 그 마녀 탓이었다. 자신은 이 나라의 제1왕자고, 그 녀석은 단순한 약혼녀…… 그것도 왕이 정했을 뿐인 장식에 불과했다. 그 녀석이 자신에게 맞서지만 않았다면, 그 녀석이 자신에게 창피만 주지 않았더라면 이런 상황은 되지 않았을 것이다.

마치 무언가로부터 도망치는 것처럼 다리를 끌며 달아나던 로시포드는 마음속으로 도로셀에 대한 원망을 키워나갔다.

"젠장……! 빨리…… 빨리……."

점점 무거워지는 다리를 채찍질하면서 로시포드는 무작정 계속 걸었다.

어디를 걷고 있는지, 어디를 향해 걷고 있는지 로시포드는 알지 못했다. 그저 뒤에서 다가오는 무시무시한 뭔가로부터 달아나듯이 로시포드는 다리를 움직였다.

"……윽?!"

일정한 간격으로 느껴지던 가슴의 통증이 한순간 검으로 찔린 것처럼 날카로워졌다.

너무나도 격심한 고통에 로시포드는 걸음을 멈추고 소리 없는 비명을 지르며 지면에 쓰러졌다.

아직은 안 돼. 이런 곳에서 멈추면 안 된다. 그렇게 생각하면서도 로시포드는 그대로 의식을 잃었다.

정신을 잃은 로시포드 위로 나무들의 그림자보다 한층 짙고 검은 그림자가 떨어져 내렸다.

그 손에 쥐어진 마녀살해의 성검이 한 순간, 요사스러운 빛을 발한 것을 누구도 알지 못했다.

***

그 이변은 일상을 깨뜨리며 갑자기 찾아왔다.

평소처럼 오후에 자신의 연구실에서 술식 연구에 몰두하던 레티시엘의 귀에 학원 안에서는 들릴 일이 없는 굉음이 들려왔다.

"……무슨 일이지?"

레티시엘을 서둘러 펜을 놓고, 연구방의 창문을 열어 밖을 살펴보았다. 그러자 연구동에서 아주 가까운 숲…… 박물관이 있는 숲 방향에서 흙먼지가 피어오르는 것이 보였다.

"……!"

무슨 일이 생긴 것이 틀림없었다. 순간적으로 그렇게 판단한 레티시엘은 열려있던 창틀에 손을 대고 망설임 없이 훌쩍 뛰어내렸다.

일일이 방을 나와 계단을 내려오는 것보다 이쪽이 훨씬 손쉽고 빠른 길이었다. 낙하의 추격을 바람마술로 완화해 천천히 착지한 레티시엘은 그대로 흙먼지가 보이는 방향으로 달려갔다.

숲에 들어가자, 희미하게 뭔가 폭발하는 소리와 바람 가르는 소리가 들려오기 시작하는 느낌이 들었다.

레티시엘은 신중하게 소리가 나는 방향을 더듬어 찾으며 앞길을 서둘렀다. 목적한 장소에 가까워지면 가까워질수록 폭발음과 바람 가르는 소리는 남자들의 고함소리를 싣고 한층 또렷하게 들려왔다.

"이봐! 어떻게 해서든 마법으로 저 녀석의 발을 묶어! 인원은 몇 명이라도 상관없다!"

"조심해라! 불필요한 곳에 피해를 내지 마! 이봐, 부상자의 응급 처치는 어떻게 돼가고 있나!"

레티시엘이 도착한 곳은, 숲 안쪽에 있는 약간 탁 트인 공간이었다.

나무들 틈새에서 상황을 살피니, 그곳에는 루카스를 비롯

한 교사들이 모여 있었다. 그들은 하나같이 얼굴에 초조함을 띠고, 자신들의 맞은편에서 날뛰고 있는 존재에게 마법을 사용하고 있었다.

그것은 꺼림칙할 정도로 거무칙칙한 오라를 두른 사벨타이거와 닮은 거대한 괴물이었다.

크기는 거구인 루카스의 약 두 배라고 해도 과언이 아니었다. 길고 날카로운 이빨을 드러내고 있는 그 괴물의 눈에는 흰 부분이 없이 붉은 홍채만이 있을 뿐이었다.

루카스와 교사들은 마법을 써서 괴물을 견제하고 있었지만, 그 위력이 약하기 때문일까. 괴물은 집중공격에도 아랑곳하지 않고 날뛰고 있었다.

좀 더 유심히 살펴보자 레티시엘은 괴물의 발치에 쓰러져 있는 인물의 모습을 발견할 수 있었다.

로시포드였다. 손에 뭔가 검 같은 것을 쥔 채 엎드린 자세로 땅바닥에 쓰러져 있었고 괴물은 그 위에서 날뛰고 있었다. 그 자리에서 이동하려고 하는 움직임은 보이지 않았다.

한쪽 구석에는 아무래도 부상당한 사람들을 모아놓은 간이식 치료소가 설치돼 있는 것 같았다. 그곳에서는 몇 명의 교사들이 치료를 받고 있었으며, 학원의 교복을 걸친 남학생도 누워 있었다.

그 소년의 얼굴은 어딘가 본 기억이 있었다. 엊그제, 로시포드의 종자로서 로시포드를 수행하던 소년이었다.

"죄송합니다. 여기서 무슨 일이 있었는지 알 수 있을까요?"

"에……? 도, 도로셀 님?!"

레티시엘이 갑자기 전장으로 뛰어들면 오히려 교사들을 곤혹스럽게 만들지도 몰랐다. 그렇게 생각한 레티시엘은 치료소에 얼굴을 내밀어 사정을 묻기로 했다.

"왜 여기에…… 이곳은 위험합니다. 빨리 떠나세……."

"아뇨. 그래서는 제가 여기에 온 의미가 없습니다. 무엇이 원인이 되어 이런 일이 벌어졌는지, 저 괴물이 무엇인지 가르쳐주지 않으겠어요?"

다친 사람을 치료하던 교사는 레티시엘의 모습을 보고 눈을 동그랗게 뜨며 어떻게든 이곳을 떠나도록 설득하려고 했지만 레티시엘은 고개를 저었다.

애초에 뭔가 도움이 되고 싶어서 온 것인데, 아무것도 하지 않고 교사들을 내버려둔 채 도망칠 수는 없었다.

교사는 처음에는 주저했으나 레티시엘이 강한 어조로 거듭 부탁하자, 최종적으로는 사정을 가르쳐 주었다.

"자세한 것은 우리도 잘 모릅니다. 다만, 박물관 관계자에게서 숲에서 이상한 소리가 들린다는 연락이 와서 말입니다. 그래서 학원장님이 숲을 수색하시던 차에 쓰러져 계신 선하를 발견했습니다만……."

교사의 이야기를 정리하자면, 우연히 수상한 소리를 듣고 상황을 살피러 왔더니 로시포드가 쓰러져 있었다. 그러나 교사들이 그를 보호하려는 차에 갑자기 괴물이 나타나 영문도 모르는 채 전투에 돌입했다고 했다.

"전하께 무슨 일이 있으면 안 되니, 우리는 어떻게든 전하를 구하려 하고 있습니다만, 괴물이 전하에게서 떨어지려 하지 않아서……."

"과연, 그랬나요……."

사정을 다 들은 레티시엘은 다시 전장으로 시선을 향했다. 괴물의 발밑에 왕자가 있기 때문인가, 그렇지 않으면 단순히 힘의 차이인 것인가. 교사들의 마법은 괴물에게는 그다지 효과를 발휘하지 못하는 것 같았다.

머릿수에서는 교사들 쪽이 압도적으로 유리했다. 그러나 효율이 낮은 마법으로 마력만 소비해 한 사람, 한 사람, 힘이 바닥나고 있었다.

"저도 싸우겠습니다. 다친 사람들의 간호를 부탁합니다, 선생님."

"……예? 잠깐만요! 도로셀 님?!"

교사의 목소리를 등 뒤로 들으며 레티시엘은 전장으로 뛰쳐나갔다.

그 자리에 있던 교사들은 갑자기 나타나 은발의 영애를 보고 눈을 크게 떴다. 그런 교사들을 말려들지 않게 주의하면서 레티시엘은 손에 작은 회오리바람을 만들어냈다.

회오리바람은 레티시엘의 의지에 따라 쑥쑥 세로로 길어

지더니 이윽고 거대한 창과도 같은 형태로 바뀌었다. 레티시엘은 손을 머리 위로 들어 올리고 괴물을 향해 일직선으로 팔을 휘둘렀다.

마치 레티시엘의 팔과 연동하기라도 한 것처럼 바람의 창이 으르렁거리며 괴물에게로 날아갔다. 공기를 가르는 그 날카로운 소리에 반응해 괴물이 돌아보는 것과, 창이 괴물에게 닿은 것은 거의 동시였다.

"끼이이이익!"

돌아본 괴물의 왼쪽 눈에 바람의 창이 한 치의 어긋남도 없이 박혔다.

금속이 마찰하는 것 같은 불쾌한 소리를 내며 괴물이 몸부림을 쳤다. 바람의 창이 흩어져 사라진 뒤에도 괴물은 계속 으르렁거리며 자신의 시력을 빼앗은 자를 찾았다.

괴물의 남은 한쪽의 눈에 다음 술식을 구축하는 레티시엘을 비췄다. 괴물은 그것만으로도 모든 것을 알아차린 듯, 그때까지 상대하고 있던 교사들을 무시하고 이쪽으로 향했다. 붉게 물든 그 눈은 레티시엘을 표적으로 삼고 있었다.

공간을 갈라놓을 것처럼 날카로운 갈고랑이 형태의 발톱이 내리쳤다. 하지만 레티시엘은 전이마술을 사용해 회피했다.

전이마술은 이동 거리나 시간을 줄이는 것만이 아니라, 전투에서의 긴급 회피용으로도 이용할 수 있었다. 본래라면 상당한 집중력을 요하는 마술이었지만, 레티시엘은 그것을 한 순간에 해낼 수 있을 정도의 기량을 갖고 있었다.

공격을 회피당한 괴물은 분한 것 같은 울음소리를 내고는 곧바로 레티시엘을 추격해 왔다. 방금 전까지는 로시포드의 가까이에서 거의 움직이지 않았건만, 지금은 로시포드도 신경 쓰지 않는 것 같았다.

교사들은 그 틈에 어떻게든 로시포드를 끌어내려고 했다. 그러나 괴물이 아까보다 한층 더 격렬하게 날뛰었기 때문에 가까이 다가가고 싶어도 그럴 수 없는 것 같았다.

레티시엘도 괴물과는 이 자리에서 싸우는 수밖에 없었다.

괴물을 이곳에서 떼어놓으려고 해도 이 숲 안에는 중요한 자료를 보관하고 있는 박물관이 있었고, 그렇다고 숲을 나가면 학생들이 있었다.

일단 로시포드를 구출하기 위해서는 괴물의 움직임을 막아야 한다. 그렇게 생각한 레티시엘은 대지에 마술을 걸어 나무들의 힘을 빌렸다.

레티시엘의 술식에 호응해서 주위의 나무들이 바람도 없는데 일제히 흔들렸다. 나뭇잎이 스치는 상쾌한 소리는 점점 커지고, 그 움직임은 이윽고 숲 전체를 끌어들여 공기를 뒤흔들었다.

사방팔방에서 덮쳐오는 나뭇가지들과 회오리치는 나뭇잎에는 괴물도 미처 다 대처할 수 없는 것 같았다. 처음에는 어떻게든 나뭇가지들을 후려쳐 꺾으려던 괴물도 불과 1분도 안 되는 사이에 몸의 자유를 빼앗겼다.

"선생님, 이틈에 전하를."

나무들이 만들어낸 우리에 괴물이 갇힌 것을 확인하고 레티시엘은 가까이에 있던 교사에게 그렇게 말했다.

교사는 대자연의 우리를 멍하니 올려다보다가, 레티시엘이 말을 걸자 화들짝 정신을 차리고 로시포드에게로 달려갔다. 몇 명의 교사가 그 뒤를 따랐다.

제1왕자의 구출은 무사히 진행될 것처럼 보였다.

"캬아아아아!"

교사들이 로시포드의 곁에 다다르기 직전, 수목의 우리 안에서 괴물의 울부짖는 소리가 울려 퍼졌다.

그 소리는 지금까지 들었던 울음소리보다 훨씬 더 귀에 거슬리고 불길했다. 불쾌한 울부짖음은 숲속에 메아리치며 대지를 흔들었다.

"뭐, 뭐냐?!"

"이, 이이이일단 전하를 안전한 장소로 옮기죠……."

귀를 막고 있던 교사들은 태세를 바로잡고 로시포드를 어깨에 둘러메려고 했다.

그러나 다음 순간, 그들은 자신의 몸에 붉은 꽃이 피는 것을 보았다. 자신의 몸에서 뿜어져 나온 붉은 방울을 바라보며, 어떻게 된 상황인지도 이해하지 못하고 교사들은 그 자리에 쓰러졌다.

"……?!"

로시포드가 자리에서 일어나 있었다. 그 손에는 선명한 붉은 빛이 엉겨 붙은 은색의 검이 쥐어져 있었다.

그것만으로 레시티엘은 상황을 이해하고 주먹을 쥐었다. 조금만 생각해 봤더라면, 위화감을 눈치 챌 수 있었을 터였다. 괴물은 로시포드를 지키기라도 하는 것처럼 움직이고 있었다. 로시포드가 아무렇지도 않다는 보증은 어디에도 없었다.

"…………네……."

작게 중얼거리는 소리가 들려왔다. 목소리의 주인은 피에 젖은 검을 쥔 채로 비틀비틀 천천히 다가왔다. 레티시엘이 있는 쪽으로.

"……네…… 네 탓에……나는……!"

그리고 로시포드의 눈이 레티시엘의 모습을 포착한 순간, 방금 전까지의 유령과도 같은 상태가 거짓말이기라도 했던 것처럼 로시포드가 적의를 드러내며 레티시엘을 칼로 내리치려고 했다.

"나는 제1왕자다! 고작 공작가의 재수 없는 아이 주제에 내게 맞서지 마라!"

로시포드가 내리친 검을 빛의 벽이 받아내며 날카로운 소리를 냈다. 반투명한 결계를 사이에 두고 레티시엘은 로시포드의 눈에서 타오르는 어두운 증오의 불꽃을 볼 수 있었다.

"너만 없으면! 나는 크리스타와 함께 있을 수 있었다!"

명백히 눈의 초점이 맞지 않고 있었지만, 그럼에도 로시포드는 레티시엘에 대한 원망을 계속 내뱉었다.

레티시엘의 결계가 빛을 내뿜자, 카운터를 얻어맞은 로시포드는 요란하게 뒤로 날아갔다. 그러나 로시포드는 마치 통각이 존재하지 않기라도 한 것처럼 넘어지자마자 바로 일어나 다시 덤벼들었다.

"죽어! 죽어! 너만 사라지면 내 방해를 하는 눈엣가시 같은 녀석은 없어진다!"

전생에 레티시엘에게 덤벼들던 전사들과 비교하면, 모기가 내려앉지나 않을까 싶을 정도로 느린 공격이었다. 그렇지만 그 하나하나는 로시포드의 검이라고는 생각되지 않을 정도로 무거웠다.

그래도 로시포드의 움직임 자체는 단조로웠고, 이렇다 할 변화도 없이 정면에서 똑바로 돌격해 왔다. 그런 로시포드의 행동에 레티시엘은 상대의 힘의 흐름을 이용해 거꾸로 로시포드를 내던졌다.

"무슨 일이 일어난 겁니까?!"

레티시엘이 로시포드를 내던진 것과 동시에, 전장에 다급한 소년의 목소리가 울렸다. 목소리가 들린 쪽을 돌아보자, 그곳에는 지크가 서 있었다. 어지간히 서둘러 달려온 것인가, 숨은 거칠었고 머리카락도 땀에 젖어 이마에 달라붙어 있었다.

"지크! 선생님들의 치료를 부탁해요!"

지크의 모습을 확인하자 레티시엘은 순간적으로 그렇게 말했다.

방금 전 로시포드에게 베인 교사들은 그 자리에 있던 다른 교사들이 치료하고 있었다. 그러나 상처가 깊은 것인가, 아니면 치유마법의 위력이 약한 것인가. 치료는 지지부진해서 진전이 없는 것 같았다.

지크는 빛속성의 마력이 제로였기에 치유마술의 적성이 발군이었다. 치료계의 술식도 가르쳤으므로 지금 이 자리에서 치료를 부탁할 수 있는 것은 지크 뿐이라고 레티시엘은 판단했던 것이다.

"……! 알겠습니다!"

지크는 한순간, 놀란 것처럼 레티시엘을 쳐다보았다. 그러나 그 맞은편에서 열심히 치료 작업을 하는 교사들을 보고는 자신이 해야 할 일을 이해했다.

지크가 치료에 합류한 한편에서 레티시엘은 또다시 로시포드와 대치하고 있었다.

괴물은 아직 우리 안에 갇혀 있었지만, 우리 안쪽에서는 으드득으드득 하고 나무들이 벗겨지고 부서지는 소리가 들려오기 시작했다. 괴물이 해방되는 것은 시간문제인 것 같았다.

"죽어죽어죽어! 죽어버려! 도로셀!"

"시끄럽네. 얌전히 있어요."

대체 누구를 구하기 위해 싸우고 있다고 생각하는 거냐.

그 한 마디를 꿀꺽 삼키고 레티시엘은 공격마술을 해제하고 대신에 자신에게 신체강화마술을 걸었다.

레티시엘을 향해 똑바로 검을 내지른 로시포드는 자신도 상황을 이해하지 못한 채, 레티시엘에게 팔을 붙잡혀 허공에서 반 바퀴 회전했다.

레티시엘은 로시포드를 바닥에 내동댕이친 뒤 재빨리 그 목덜미를 손으로 내리쳐 그를 기절시켰다. 이것으로 로시포드는 무력화됐으리라.

"크아아아아!"

그러나 한숨 돌릴 틈도 없이, 마치 때를 노리기라도 했던 것인가 싶을 정도의 타이밍으로 괴물을 구속했던 우리가 큰 소리를 내며 부서져 흩어졌다. 나무들의 잔해가 굉음을 내며 날아가 땅바닥에 깊숙이 박혔다.

우리라는 속박에서 해방된 괴물은 방금 전까지 이상으로 눈에 분노를 띤 채 레티시엘에게 달려들었다.

괴물이 분노로 사납게 울부짖었다. 그 자리에 있는 모든 것이 이미 괴물의 안중에는 없는 것 같았다.

괴물의 눈에는 자신의 눈을 빼앗고 자유를 빼앗은 증오스러운 은색의 인간만이 비치고 있었다. 오로지 그 인간에게 앙갚음을 하기 위해 괴물은 포효하면서 미쳐 날뛰었다.

'이건…… 곤란하네.'

괴물의 공격을 교묘히 피하면서 레티시엘은 미간을 찡그렸다.

괴물의 주의가 레티시엘에게만 향하고 있는 것은 오히려 고마운 일이었다. 그렇기는 하나, 괴물이 주위를 전혀 고려치 않는 이 상황은 한편으로는 위험했다.

이 자리에는 레티시엘이 오기 전까지 괴물과 싸우던 교사와 부상을 입은 교사, 학생이 있었고, 그들은 다들 아직 대피하지 못한 상태였다.

'빨리 다른 사람들을 이곳에서 이탈시켜야 해…….'

레티시엘이 그렇게 생각한 그 순간, 우려했던 사태가 발생했다.

로시포드에게 깊은 상처를 입은 교사들은 지크에게 치료를 받고 있었다. 그들은 원래 있던 자리가 아니라, 전장에서 조금 떨어진 위치로 자리를 이동한 상태였다.

그러나 그곳은 안전지대라고 말할 수 있는 곳이 아니었다. 레티시엘과 거리를 벌린 뒤 다시금 돌진하기 위해 뒤쪽으로 펄쩍 뛰어 물러난 괴물이 마침 지크와 다른 사람들의 바로 옆으로 이동했다.

"지크!"

괴물이 분노에 맡겨 휘두른 갈고리 발톱이 지크와 다른 사람들에게 육박했나. 지신이 괴물의 표적이 된 이상 구하러 가지도 못하고, 레티시엘은 그저 그 자리에서 가장 신뢰할 수 있는 사람의 이름을 불렀다.

"……!"

굉음에 지워져 레티시엘의 목소리가 지크에게 닿았는지는 분명치 않았다.

다만, 본능적으로 위기를 느낀 지크는 반사적으로 육박해오는 발톱을 향해 마술을 전개했다.

빛속성의 그것과는 다른, 옅은 회색의 빛이 작렬했다. 그 빛에 엄청난 기세로 격돌한 괴물의 갈고리 발톱이 마치 모래성처럼 사락사락 부스러지기 시작했다.

"끼에에에에에에!"

괴물의 울부짖음에 처음으로 공포가 배어나왔다. 지금까지 어떤 마술로 공격을 당해도 견뎠던 괴물이, 지크의 마술에는 비명을 질렀다.

'……무속성의 반사마술……?'

지크가 사용한 그것은 예전에 방과 후의 연습에서 레티시엘이 가르친 적이 있던 것이었다.

혹시, 이 괴물은 무속성의 마술에 약한 것일까. 새로운 가능성을 발견한 레티시엘은 시험 삼아 손바닥 위에 무속성의 포탄을 만들어내 괴물에게 던져보았다.

"끼이이이익!"

괴물이 비명을 지르며 그 자리에서 몸부림쳤다. 단순한

마술탄에 불과했기 때문에 지크가 사용했던 반사마법과 같은 커다란 변화는 찾아오지 않았다. 그러나 괴물은 명백히 그 마술에 괴로워하고 있었다.

'……일단, 무속성의 마술을 사용해 싸워보자.'

방침을 정했으면 단숨에 승부를 내는 편이 바람직했다. 레티시엘은 회피에 중점을 뒀던 지금까지의 전투 방식에서 적극적으로 마술을 사용하는 공격 중심의 전투 방식으로 전환했다.

지크와 다른 사람들은 로시포드와 함께 한층 더 숲 안쪽으로 대피했다. 이제 레티시엘이 깊은 숲 안으로 따라 들어가지만 않으면 안전할 것이다.

"자…… 결판을 내볼까요."

그 한 마디가 시발점이 되기라도 한 것처럼, 괴물이 고통과 분노와 공포가 뒤섞인 포효와 함께 대지를 걷어찼다.

레티시엘은 그런 괴물의 움직임을 눈으로 정확히 읽고 오른쪽 대각선 뒤쪽으로 회피, 서로 스쳐 지나는 순간 미리 구축해 놓았던 마술들을 마구 쏘아댔다.

왼쪽, 오른쪽, 위, 아래. 다양한 속성의 마술이 무속성으로 강화된 상태로 괴물의 몸에 가서 부딪쳤다. 그때마다 숲에는 괴로운 것 같은 비명이 울려 퍼지며 공기를 뒤흔들었다.

강물이 흐르듯이 레티시엘의 손에서는 끊이지 않고 잇따라 마술이 구축되었다.

그녀가 달리면 바람의 칼날이 으르렁거렸고, 그녀가 팔을 휘두르면 번개가 용트림을 했으며, 대지를 박차면 지면 그 자체가 그녀의 뜻에 따라 그 형태를 일그러뜨렸다.

대자연 그 자체를 아군으로 삼아 전장을 내달리는 레티시엘의 모습은 마치 춤을 추는 것처럼 아름다웠으며, 보는 이가 매료될 정도로 장렬했다.

“이걸로 끝입니다……!”

마침내 레티시엘의 맹공을 견디지 못한 괴물이 지면에 무릎을 꿇었다. 괴물이 보인 빈틈을 놓칠 레티시엘이 아니었다.

움직임을 멈춘 괴물에게 레티시엘은 새로운 마법을 사용했다. 그것은 빛속성과 무속성을 융합한 복합마술이었다.

주위의 마소가 레티시엘의 술식에 호응해 소용돌이쳤다. 눈에 보이지 않는 속성인 무속성은 다른 속성의 마소를 활성화시키고 위력을 강화시키는 효과를 갖고 있었다.

그 무속성의 마소로 강화된 빛속성의 마소가 레티시엘의 손끝에 모여들어 지금까지 본 적이 없을 정도로 눈부신 빛의 검을 만들어냈다.

그것은 마치 태양과도 같이 뜨거운 열기를 띠고 있었으며, 사막의 모래와도 같이 사락사락 빛의 입자를 흘렸다. 주위의 경치에 넘실넘실 아지랑이가 흩뿌려졌다.

괴물이 으르렁거렸다. 그 포효가 위협하기 위한 것인지, 그렇지 않으면 애원하기 위한 것인지는 알 수 없었다. 숨을 질주하는 순백의 검을 바라보는 괴물의 붉은 눈이 흔들리고 있었다.

레티시엘은 자신의 손을 괴물을 향해 내리쳤다.

하늘을 찌를 것 같은 빛의 검은 레티시엘의 팔과 함께 그 백은의 칼날을 괴물의 몸에 박아 넣었다. 살을 도려내고 뼈를 부수며 빛의 검은 문자 그대로 괴물을 두 동강 냈다.

이 세상의 것이라고는 생각할 수 없는 날카로운 소리가 흐린 하늘에 메아리 쳤다.

구름의 틈새로 얼굴을 내밀기 시작하는 태양빛이 쏟아지는 가운데, 단말마의 비명을 흘리며 괴물은 녹아내렸다.

괴물의 모습이 형태도 없이 사라져가는 모습은 마치 아무 일도 없던 것처럼 덧없었다. 그러나 눈앞에 펼쳐진 참극의 흔적이 이곳에서 일어났던 일을 웅변하고 있었다.

괴물이 없어진 숲에서 그곳에 있던 모든 인간들은 한동안 움직이지도, 말도 하지 못했다. 그저 눈앞에서 펼쳐진 싸움의 충격을 받아들이기 위해 바람에 머리를 휘날리는 「무능」한 공작 영애의 뒷모습을 바라보는 수밖에 없었다.

***

"자…… 나는 어디서부터 물어보면 되는 거지?"

루카스는 책상에 한쪽 팔꿈치를 괸 채 미간을 꾹꾹 누르면서 지친 것처럼 중얼거렸다.

이곳은 별관에 있는 학원장실로, 방안에는 루카스 외에 레티시엘과 지크의 모습이 있었다.

"묻고 싶은 것부터 물으시면 되지 않을까요?"

"그러니까 묻고 싶은 게 너무 많다는 거다!"

틀림없이 이 상황을 만들어낸 원흉일 터이건만, 레티시엘은 아무 일 없었다는 듯이 천연덕스러운 얼굴을 하고 있었다. 그 쓸데없이 당당한 태도가 루카스의 머리를 한층 더 아프게 했다.

숲에서 괴물소동이 있은 뒤. 다른 교직원들이 뒤처리로 바쁘게 뛰어다니는 가운데, 루카스는 필요한 지시를 내린 후에 레티시엘과 지크를 학원장실로 호출했다.

"……일단, 네가 사용한 힘에 대해 설명해 주지 않겠나?"

"예. 아무래도 지금의 시대에는 사용되지 않는 듯한 마술이라는 힘입니다."

"그런가…… 나는 올해 운수가 사나운 모양이군."

루카스는 머리를 싸쥐었다.

그것도 그럴 터였다. 플라티나 왕국에는 레티시엘이 말하는 대로 마술이라는 기술은 존재하지 않았다.

없는 기술을 그녀는 대체 어떻게 터득했다는 것인가. 겨우 한 달 만에 루카스가 지금껏 쌓아올린 상식은 이미 너덜너덜해지고 말았다.

"……그래서, 너는 제1왕자 전하께서 왜 그렇게 되셨는지 짐작이 가느냐?"

자신의 상식을 뛰어넘는 것 같은 비상식적인 일을 연달아 해 낸 도로셀이라면 어쩌면 이번 괴물소동에 대해서도 뭔가 알아차린 것이 있을지도 모른다. 루카스는 그렇게 생각했다.

"아뇨. 그 괴물이 무엇이었는지는 저도 알지 못합니다. 때마침 지크에게서 힌트를 얻어 쓰러뜨릴 수 있었습니다만, 그것의 실태나 정보에 대해서는 저도 아무것도 모릅니다."

그러나 은발의 소녀는 붉은 색과 푸른색의 눈을 내리깔며 조용히 고개를 저었다.

늘 무표정한 그녀의 얼굴에 분한 것 같기도 하고 안타까운 것 같기도 한 복잡한 감정이 배어나온 것을 보건대, 정말로 모르는 것이리라.

"그런가…… 하지만, 그 정도의 괴물을 용케 마법으로 퇴치했군."

일단 기록에만이라도 남겨두자. 그렇게 생각하고 루카스는 눈앞의 소녀에게 대수롭지 않은 잡담의 느낌으로 말을 걸었다.

"아뇨. 그러니까 그건 마법이 아닌 마술입니다. 뭐, 마법 같은 것이긴 하지만요. 다만 마법과 다른 것은 마력이 낮으면 낮을수록 좋다는 것입니다. 구체적으로는 술식이……."

"잠깐, 기다려라 기다려. 중요한 얘기는 다 들었다. 그러니까 그 이상 설명하려고 하지 마!"

그러나 그것은 아무래도 도로셀의 묘한 스위치를 눌러버린 모양이었다. 연설 태세에 들어가려는 도로셀을 루카스가 허둥지둥 제지했다.

도로셀은 이야기를 중단당해 불만스러운 것 같았으나, 여기서 또 그녀가 몇 시간이고 떠들게 놔둘 수는 없었다. 이전의 대회의실에서 일어났던 비극이 지금 여기서 다시 반복되어서야 안 될 일이다.

"……왜 지금까지 마술에 대해 말하지 않은 거냐."

"묻지 않으셨으니까요."

"그래. 물은 내게 바보였군. 아니, 묻지 않았던 내가 바보였던 건가?"

도로셀의 대답에 루카스는 체념한 듯이 책상에 엎어졌다. 이건 완전히 글렀다. 완전히 그녀의 페이스에 말려들고 있었다. 마법계를 뒤흔들 마술이라는 기술, 상식에 싸움을 거는 술식의 개조.

루카스가 루크레치아 학원의 학원장이 된 지 십 수 년, 그는 일찍이 이렇게까지 대충대충이면서 장래가 걱정되는 학생은 본 적이 없었다.

거기에 무시무시하게도, 이래놓고도 아직 1년 중 절반도 지나지 않은 것이었다. 루카스는 제법 나이를 먹은 아저씨였으나 솔직히 울고 싶었다. 요즘 수면은 충분히 취하고 있을 터인데도, 매일 머리가 아픈 것은 대체 어떻게 된 일일까.

"……일단, 마술에 대해서는 함부로 다른 이들에게 떠들지 말아다오."

"예. 저도 아무 데나 떠벌릴 생각은 없으니 안심하세요."

"그래…… 기대는 하지 않으마."

루카스는 관자놀이를 꾹꾹 눌렀다. 그런 그를 보면서 도로셀은 그 인형처럼 아름다운 얼굴을 작게 갸우뚱했다.

'……뭐냐, 그 의아하다는 얼굴은. 누구 탓이라고 생각하는 거냐…….'

그렇게 속으로 푸념을 늘어놓으면서도 학원장으로서의 책임감과 본래 사람이 좋은 인성 때문에 루카스는 도로셀에게 화풀이를 하지는 않았다.

괴물같은 재능의 돌봄역, 루카스의 고난은 아직 끝나지 않았다.

***

루카스의 사정 청취는 몇 시간에 걸쳐 진행되었다.

드디어 사정 청취가 끝나고, 레티시엘과 지크는 얼굴에 약간 피로감을 드러내며 학원장실을 나섰다.

"도로셀 양…… 괜찮으신가요?"

"예. 문제없어요. 지크야말로 피곤하지 않은가요?"

"저는 그저 그 자리에 있었을 뿐인 것이나 마찬가지입니다. 괜찮습니다."

이번 괴물소동은 전교의 학생들에게도 전해진 것 같았다.

물론 실제로 숲에서 무슨 일이 벌어졌는지까지는 학생들에게 전달되지 않았으나, 어쨌든 이 정도의 소동이 벌어진 것이다. 학원은 당연히 휴교가 되었다. 레티시엘과 지크가 학원장실로 향하는 도중에도 이미 많은 귀족가의 마차가 자기 가문의 공자와 영애를 데리러 와 있었다.

"……아, 도로셀 님! 지크 님!"

그럼, 일단 자신도 집으로 돌아갈까. 레티시엘이 그렇게 생각하고 있으려니, 전방에서 갈색머리의 낯이 익은 소녀가 달려왔다.

"어머? 미라 님?"

거칠게 숨을 몰아쉬고 땀에 젖은 머리카락이 이마에 달라붙은 미란다레트의 모습은 어디선가 본 것 같은 느낌이 들었지만, 어쨌든 레티시엘은 이곳에 그녀가 있다는 사실에 놀랐다.

"왜 여기 있는 거죠? 벌써 돌아갔을 거라고 생각했는데요."

"무슨 말을 하는 건가요! 두 분이 걱정돼서 기다리고 있었죠!"

아무 망설임도 없이 미란다레트는 그렇게 딱 잘라 말했다.

그 대답에 역시나 레티시엘도 살짝 당황했다. 그것은 다시 말해, 자신의 피난보다도 레티시엘의 안위를 더 걱정했다는 것이었다.

“그건…… 죄송합니다, 미란다레트 양. 걱정을 끼치고 말았군요.”

“미안해요, 미라 님. 하지만 고마워요.”

레티시엘과 지크는 서로 얼굴을 마주보고는 어느 쪽이 먼저랄 것도 없이 곤란하다는 듯이 작게 웃었다.

이 세계에서 생긴 친구들. 전생하고부터는 타인에게 별 관심이 생기지 않았지만 그들과 함께 지내는 시간은 이렇게나 평온하고 따뜻하다. 레티시엘은 이때 다시금 실감했다.

종장 한밤중의 모임

백자로 된 찻잔이 바닥에 떨어져 쨍그랑 하고 가벼운 소리를 내며 부서졌다.

매끄러운 아마색의 머리카락이 마치 슬로모션처럼 눈앞을 스치고 지나가는 것을 청년은 망연자실한 채 지켜보았다.

어째서 이렇게 돼 버린 것일까. 청년은 찾을 수 없는 답을 찾아 생각의 바다를 헤매었다.

앞으로 뻗은 손이 허공을 할퀴었지만 눈앞을 가로막은 자물쇠가 채워진 진한 회색의 기둥들이 그것을 가로막았다.

『……이것으로, 된 겁니다…….』

쇠창살 너머에서, 의자에 기대앉은 그녀가 평온하게 미소를 지었다. 최후의 순간에조차도 그녀의 고상함은 손상되지 않았다.

『이렇게 하는 수밖에…… 없습니다…….』

그녀의 입가에서 한 줄기 붉은 액체가 흘러내렸다. 꺼져버릴 것처럼 새하얀 그녀의 피부에 붉은 액체는 오히려 사악하게 느껴질 정도로 진하고 선명했다.

『부디, 약속해, 주십시오……. 평화로운 세상을, 좋은 나라를, 만들겠노라고……』

『……그래. 맹세하마. 나는, 반드시 이 나라를 평화롭게 만들어 보이겠다.』

청년의 피를 토하는 것 같은 고백에 소녀는 남색의 눈동자에 기쁨이 어렸다. 그리고 옅게 미소를 머금은 채 조용히 눈의 빛을 잃어갔다.

『……조세피나. 나는…… 정말로, 너를…….』

청년의 뺨을 타고 두 줄기의 눈물이 흘러내린 것을 아는 것은 지하 감옥의 램프에 몰려드는 작은 벌레들뿐이었다.

***

촛불의 불꽃만이 비추고 있는 실내에 울려 퍼진 노크소리에 플라티나 왕국 47대 국왕 오스왈드 드래코 아레스타 플라티나는 감고 있던 눈을 떴다. 그 두 눈을 물들인 붉은 빛은 흔들리는 촛불에 비치어 한층 더 깊이를 더하고 있었다.

"……조세피나……."

이마에 손을 얹자 차가운 땀으로 흠뻑 젖어 있었다. 아무래도 옛날 꿈을 꾼 모양이었다. 오스왈드는 테이블 위에 놓인 와인잔을 들어 목을 축였다.

똑똑.

문득 방안에 울려 퍼진 노크 소리에 오스왈드의 시선이 문을 향했다.

"들라."

대답을 하자, 문이 소리도 없이 열리고 푸른빛을 띤 잿빛 머리카락의 소년이 들어왔다. 눈에 띄지 않도록 의식하고 있는 것인가, 복장은 어두운 색으로 통일돼 있었다. 안경 너머의 검은 눈동자에는 당황한 기색이 배어나오고 있었다.

"밤늦은 시간에 실례합니다, 국왕폐하."

"츠바루냐…… 상관없느니라."

오스왈드는 자신이 제1왕자의 종자로 붙인 소년의 방문에 살짝 안도하며 그를 방안으로 불러들였다.

츠바루라 불린 소년은 소리도 없이 천천히 오스왈드의 앞까지 오더니, 손에 들고 있던 종이 다발을 내밀었다.

그것이 오늘 루크레치아 학원에서 일어난 소동에 관련된 보고서라는 것을 오스왈드는 바로 알아차렸다.

오스왈드는 소동이 있었다는 이야기 자체는 전해 들었지만, 상세한 내용은 아직 알지 못했다.

다만 학원에서 돌아온 자들이 잔뜩 겁을 먹은 표정으로 제1왕자를 침실로 둘러메고 간 것에서 바보 아들이 뭔가 당치도 않은 짓을 저지른 것이리라 하는 점은 짐작할 수 있었다.

그는 보고서를 받아들고 훑어보았다.

"……뭐냐, 이것은."

보고서를 끝까지 다 읽은 뒤에 보고서를 테이블 위에 내던지고는 손끝으로 미간을 주물렀다.

루카스에게서 술식의 보고를 받은 나서 아직 시간이 그다지 많이 흐르지 않았다. 그럼에도 사태는 한층 더 오스왈드의 예상을 크게 뒤집고 전혀 예기치 못한 방향으로 흐르고 있었다. 이 단기간에 이렇게까지 사태가 움직이다니, 그도 예상하지 못했다.

"지면에 적힌 대로, 학원에서 제1왕자 전하와 그 약혼자가 일으킨 소동에 대한 보고서입니다."

"그런 것쯤은 보면 안다. 짐은 그 내용이 문제라고 말하는 것이니라."

오스왈드는 테이블 위에 던져진 종이 다발을 노려보았다. 보고서에 죄는 없었지만, 저도 모르게 화풀이를 하지 않을 수 없었다.

한 달 전에 루카스를 통해 마도술식이라는 것을 보게 된 뒤로 오스왈드는 줄곧 그것을 이뤄낸 자에게 흥미를 갖고 있었다. 그랬는데 루카스는 좀처럼 그 인물에 대해 보고하려 하지 않았다. 그래서 오스왈드는 스스로 그 인물을 알아내기 위해 움직였고, 드디어 찾아낸 것이었다.

"무엇이 원인인지는 알 수 없으나, 현장에는 성유물인 마녀살해의 성검이 떨어져 있었다고 하옵니다.

"마녀살해의 성검이라고……? 그 녀석, 설마 또 빼돌린 게냐?"

"아, 예…… 박물관의 학예사에게 사정을 들어본 바, 왕자 전하의 평소 버릇이 발동된 것 같습니다……."

"……녀석."

쉽게 말을 꺼내지 못하겠다는 듯한 츠바루의 태도에 오스왈드는 기가 찬다는 것처럼 한숨을 내쉬며 미간에 손을 가져갔다. 그리고 또다시 보고서를 손에 들더니, 그 마지막 단락에 적힌 문장에서 눈을 멈추었다.

"……하여, 이 문장에 쓰인 말은 사실이더냐?"

"예. 수수께끼의 괴물을 퇴치한 것은 분명히 도로셀 양이었습니다. 마력을 갖지 않았을 터인 그녀가 괴물을 압도적인 힘으로 손쉽게 제압하는 것을 분명히 제 눈으로 확인했습니다."

괴물이라는 것도 물론 무시할 수 없었지만, 그 이상으로 도로셀이라는 존재에 오스왈드는 보통이 아닌 흥미가 동했다.

도로셀 노아 피리아레기스. 제1왕자의 약혼자이며 마도술식을 개발한 장본인. 그리고 오스왈드들이 오랜 시간 추구해 왔던 힘을 가졌을 가능성이 높은 자.

오스왈드에게 그녀는 한 달 전까지는 단순한 『아들의 약혼녀』에 지나지 않았다. 제1왕자는 이미 포기해서 내놓은 자식 취급하고 있었기 때문에, 그녀에 대해서도 딱히 마음에 두지 않았었다.

"말해 보거라, 츠바루. 그 아이는 짐을 원망하고 있을 것 같으냐?"

“……글쎄요. 제가 이 한 달 간 그녀를 관찰한 견해로는, 그녀는 흥미가 없는 것에는 철저하게 무관심합니다. 제1왕자에 대해서도 관심을 표시하는 기색이 전혀 없었으니, 아마도 폐하에 대해서도 각별한 마음은 품지 않은 것으로 사료됩니다.”

“그런가.”

그러나 지금은 그렇지 않았다. 도로셀이 가진 힘과 가능성은 짐작조차 할 수 없었다. 만약 그녀의 힘이 진짜라면, 왕으로서 함부로 그녀와 적대 관계를 형성해선 안 된다.

“일단 그녀를 만나보지 않으면 소용이 없겠군.”

“하오면, 제가 즉시 내일이라도 전령으로 공작가에 걸음하겠습니다.”

“음. 부탁한다.”

츠바루는 오스왈드에게 인사를 하고 조용히 방을 나갔다.

츠바루가 퇴실한 뒤에도 오스왈드는 말없이 창문으로 밤하늘을 바라보고 있었다. 그러다가, 바깥의 경치에서 시선을 떼지 않은 채 툭 중얼거렸다.

“……나오지 그러나.”

그의 말은 달밤의 방안에 조용히 흘러내렸다. 이윽고 빛이 비치지 않는 어두컴컴한 방의 한 구석에서 한 노인이 모습을 드러냈다. 오스왈드의 허리까지도 오지 않는 아담한 체구의 소유자로, 하얀 수염이 어둠 속에서 매우 두드러졌다.

"죄송합니다…… 츠바루가 있으면, 좀처럼 나올 타이밍을 잡을 수 없어서 말입니다……."

이 방으로 통하는 비밀통로를 아는 사람은 오스왈드와 이 노인뿐이었다.

"이번 일, 너는 어떻게 보느냐, 데이비드."

"어떻게……라 하심은?"

"이 사태. 우리나라에게는 어느 방향으로 굴러갈 것인가 말이다."

"글쎄요. 어떨까요…… 폐하께서는 이미 답을 갖고 계시지 않으십니까……? 그러니 그 아이를 제1왕자 전하의 약혼자로 지명하신게지요……."

"……."

데이비드가 말한 대로였다. 오스왈드는 자신의 붉은 눈을 천천히 감았다.

"그 아이는…… 우리나라에 그 힘을 보태줄 것이라 생각하느냐?"

"그것은, 폐하께서 어떻게 대응하시느냐에 따르겠지요……. 그 아이는 성미가 까다로워 보이지만, 단순한 아이입니다. 적이라 간주한 자에게는 가차 없으나 한 번 받아들인 상대에게 대해서는 어디까지고 자애롭지요……."

"그런가……."

오스왈드는 다시 눈을 뜨고, 데이비드에게 힐끗 시선을

주었다.

"너는 처음부터 이리 될 줄 알았던 것이냐?"

"폐하께서는 소인을 너무 과대평가하십니다. 소인 역시 인간…… 모든 미래를 아는 것은 도저히 불가능합니다."

"다시 말해, 일부라면 알 수 있는 게냐?"

"……."

오스왈드와 데이비드의 시선이 조용히 맞부딪쳤다. 하얀 수염에 얼굴이 가려져 데이비드에게서는 아무런 정보도, 감정도 읽어낼 수 없었다.

"3년 전, 도로셀 양을 차기 왕위 계승자의 약혼자 후보로 세워야 한다고 진언했던 것도 너였지. 너는…… 처음부터 그 아이의 가치를 알고 있던 것이 아니냐?"

"훗훗. 과연 어떨까요……."

데이비드는 그렇게 말하며 익살을 떨어보였다. 오스왈드는 한숨을 내쉬었다.

그는 절대로 자신에 대해 이야기하려 하지 않았다. 그와의 교류 자체는 벌써 30년가량 계속되고 있었지만, 오스왈드가 아는 것이라고는 그가 몇 대나 전부터 이 나라의 왕을 모시고 있다는 것.

그리고, 그가 평범한 인간이 아니라는 것뿐이었다.

"……너는, 여전히 알 수가 없는 녀석이로군."

"훗훗. 칭찬으로 받아들이겠습니다."

표표하게 웃으면서 가 수염을 흔들었다.

"그럼 소인은 이만 물러갑지요……."

"그래."

데이비드가 발길을 돌렸다. 오스왈드도 또다시 창문으로 시선을 되돌렸다. 문득 그 등에 데이비드의 목소리가 와 닿았다.

"폐하. 지금이라면 믿어주시겠습니까……? 마도술식과 마술을 가져온 『피리아레기스 공작가의 차녀가 세계의 운명을 쥘 열쇠』라는 말을……."

그리운 예언을 남기고, 데이비드는 왔을 때와 마찬가지로 어둠 속으로 녹아들듯이 방에서 나갔다.

"……아아. 믿고말고."

오스왈드는 돌아보지 않고 중얼거렸다. 지금 이 방에는 오스왈드의 말을 들을 사람은 아무도 없었다.

처음에 그 예언을 들었을 때, 오스왈드는 믿지 않았다. 그러나 지금 와서는 데이비드의 말이 사실이었다고 통감하고 있었다.

"……이걸로 짐의 바람도 겨우 이루어지는 겐가."

아무도 없는 방 안에서 잔에 남아있던 와인의 마지막 한 모금을 들이키며 오스왈드는 작게 미소를 지었다.

보름달만이 내려다보는 그 얼굴은 어딘가 즐거운 것 같으면서도 쓸쓸해 보이는 자조의 기색을 띠고 있었다.

■작가 후기

이번에 『왕녀 전하는 화가 나셨나 봅니다』를 읽어주셔서 감사합니다.

서적판으로 처음 뵙는 분들은 안녕하세요. 그리고 웹 연재 때부터 읽어주신 분들은 늘 감사합니다. 책을 구입하신 분도, 서점에 서서 읽으신 분도, 어느 쪽도 이 책을 읽어주신 것만으로도 기쁜 야츠하시 코우입니다.

본 작품은 최강 주인공의 전생마법학원물 + 연애라는 왕도적인 설정으로 쓰기 시작해, 세계관도 설정도 충분히 생각하지도 대충 짜서 웹에 투고한 이야기입니다. 그것이 설마 서적화라는 꿈과 같은 기회를 얻을 줄은 생각도 못했습니다. 서적판 원고를 쓰면서, 대충대충 쓰지 말고 처음부터 충분히 생각하고 써! 라며 과거의 자신에게 몇 번이나 호통을 쳤던지……. 이렇게 자신이 쓴 작품이 책이 되어 많은 분들의 앞에 나올 수 있는 기회를 얻은 것도 웹판에서부터 응원해 주신 독자여러분의 질타와 격려가 있던 덕분입니다. 정말로 고맙습니다.

이 작품은 본래 「소설가가 되자」에서 「야츠하시」라는 매우 맛있어 보이는 펜네임으로 투고한 스토리가 바탕이 되었습니다. 그렇지만 서적화를 맞이하여 독자 여러분들이 더 즐기실 수 있도록 웹판의 요소를 남기면서도 스토리 라인이나 에피소드, 캐릭터 설정 등 많은 부분을 과감하게 대폭 가필 수정 했습니다. 웹판부터 본 작품을 읽어주신 분들이 이 서적판의 스토리나 세계관을 어떻게 느끼실지 약간 긴장이 됩니다만, 연애 요소만이 아니라, 모험담적인 요소나 마술·마법의 세계관 등 하이판타지 요소를 많이 집어넣었습니다.

본 작품은 저로서는 처음 서적화하는 작품이기에 아직 미숙한 점도 많습니다. 그래도 부디 본 작품의 세계관을 즐겨주신다면 작가로서 감개가 무량하겠습니다.

이제까지 독자로서 소설을 접하면서 소설에는 익숙하다고 생각했습니다. 그러나 막상 스스로 써 보니, 스토리 구성력은 물론, 캐릭터 묘사하는 능력이나 문장표현력 등, 그 모든 것이 소설가로서 필요불가결한 기량이더군요. 자신의 손으로 하나의 이야기를 형상화하는 것이 얼마나 어려운지를 통감했습니다. 그렇지만 이렇게 본 작품을 통해 차분히 이야기 만들기를 대할 수 있어서, 소설의 세계의 심오함과 재미를 또다시 실감할 수 있었습니다. 역시 글쓰기는 즐겁습니다.

이 책을 출판하는데 온 힘을 써주신 담당편집자 Y씨, 신들린 것 같은 미려한 일러스트를 그려주신 나기시로 미토씨, 그리고 본 작품의 출판에 관여해주신 모든 분들, 정말로 감사합니다.

마지막으로 이 책을 읽어주신 독자 여러분께도 다시금 인사를 드립니다.

그럼 다음 권에서 또 여러분을 뵐 수 있기를 빕니다.

야츠하시 코우

■역자 후기

안녕하세요, 역자입니다. 이번에는 신비한 힘이 난무하는 세계와 함께하게 되었네요.

판타지 작품에는 여러 종류가 있지만, 역시나 중세유럽풍의 검과 마법이 난무하는 세계는 로망이 있어서 참 좋습니다. 게다가 「무능」하던 주인공이 활약하던 모습은 최고의 카타르시스를 제공해주지요. 역시 왕도가 왕도라 불리는 데에는 이유가 있는 것 같습니다. 크으~.

거기에, 이 작품은 내용도 상당히 흥미롭습니다. 상당한 떡밥들이 사방에 굴러다닙니다. 특히 등장인물들에 그런 떡밥들이 많은 것 같네요.

일단, 주인공인 레티시엘부터.

레티시엘은 상당히 독특한 전생의 과정을 거칩니다. 잠들어 있던 기억과 인격이 어느 날 갑자기 깨어나는 설정을 전생물에서 그리 드물지 않습니다. 하지만 그 「기념비적인 날」이 찾아오기 전까지의 기억은 갖고 있는 것이 보통입니다. 다만, 깨어난 전생에서의 기질의 영향으로 성격이나 사고방식이 달라지는 것이죠.

그렇지만 레티시엘은 완전히 선수교대를 하고 말았습니다. 각성의 그날까지 그 몸을 움직이고 있던 도로셀이라는 정신과 인격은 완전히 자취를 감추고, 전생의 기억만을 가진 레티시엘만이 남게 된 것이죠.

기억이 없다는 점, 단순한 기억상실을 넘어 완전히 다른 사람의 인격이 그 자리를 차지하고 있다는 사실은 현재의 도로셀이라는 인물을 매우 불안정하게 만드는 요인을 작용할 수가 있습니다.

그녀 자신도 그 사실을 잘 알고 있습니다. 때문에 공작가에서 유일하게 아군이라고 여기는 전속집사 세바스…… 아니, 알프레…… 그것도 아니고! 루빅에게도 자세한 사정은 털어놓지 못하지요.

그런 점에서 레티시엘 한 명에게 깔린 떡밥은 꽤나 많습니다.

향후 레티시엘이 처할 상황은 말할 것도 없이(특히나 그녀의 특이성은 결국 국왕에게까지 알려졌죠), 도로셀의 정신과 기억이 어떻게 되었는지 회수하려고 든다면 이야기 하나는 뚝딱 나올 수 있을 테니까요.

레티시엘을 말한다면, 도로셀의 쌍둥이 여동생 크리스타의 속내도 은근히 신경 쓰입니다. 왠지, 로시포드와 노닥거리는 것도 순수하게 연심 때문만은 아닌 것 같으니까요.

여기에 학원의 친구이자 땡땡이 동료인 지크는 존재 자체가 그야말로 거대한 떡밥이지 않을까 싶을 정도입니다. 설마, 과거의 추억을 자극한다는 그 하나만을 전생의 반쪽과 똑같이 생겼다는 설정을 집어넣은 것일까요? 에이, 그럴 리……. 굳이 파고든다면 문제의 나오 역시 어느 날 갑자기 하늘에서 뚝 떨어진 정체불명이라는 점에서 비밀이 있을 것 같은데 말이죠.

그 외에 뭔가 여러 가지를 끌어안고 있는 국왕과, 대놓고 수상쩍은 분위기를 풍기는 산타클로스 사서 할아버지 등등. 복잡한 배경이 없는 인물은 주연급에서만 미란다레트와 로시포드 정도인 것 같습니다. 뭐야, 인물들이 하나같이 비밀을 갖고 있어…….

파고 들어가면 들어갈수록 이야기꺼리가 될 만한 소재들이 계속 나오는 것이 흡사 양파를 연상케 합니다. 저는 참으로 소소한 떡밥에 잘 낚이는, 어떤 의미로는 작가들이 참 좋아할 독자입니다. 위에서 열거한 내용들만으로도 궁금증이 몰려오는군요. 다음 권에서는 어떤 내용이 펼쳐질지 궁금증에 몸부림치면서 그만 펜을 놓습니다. 총총총.

덧. 대체 옷의 주름을 펴는 마술은 어떤 마술일까요. 다리미질의 기본은 열과 압력일 터인데, 마술로 그런 현상을 구현해내는 것인가? 그렇다면 열과 압력을 발생시키는 원리를 알고 있고, 그 원리에 따라 재료가 되는 마소를 결합, 술식을 구축한다는 뜻인데. 이미 정해진 술식이 아니라, 스스로 응용을 해서 사상을 구현할 수 있을 정도라면 수학과 화학에는 도가 터야하지 않을까 싶습니다. 모 연금술사 만화에서도 연금술사 자격을 가진 자들은 그쪽으로는 방대한 지식을 갖고 있다는 설정을 깔고 있죠. 그리고 뭣보다 쥔공은 천재…….

저는 수학에는 젬병인 전형적인 문과여자입니다. 제가 저 마술의 세계에 살더라도 저 마술을 자유자재로 다룰 수 있을지는……. 예. 그런 겁니다.

왕녀 전하는 화가 나셨나 봅니다 1

초판 1쇄 발행 2021년 2월 10일

지은이_ Kou Yatsuhashi
일러스트_ Mito Nagishiro
옮긴이_ 이진주

발행인_ 신현호
편집부장_ 윤영천
편집진행_ 김기준 · 김승신 · 원현선 · 권세라 · 유재슬
편집디자인_ 양우연
관리 · 영업_ 김민원 · 조인희

펴낸곳_ (주)디앤씨미디어
등록_ 2002년 4월 25일 제20-260호
주소_ 서울시 구로구 디지털로 26길 111 JnK디지털타워 503호
전화_ 02-333-2513(대표)
팩시밀리_ 02-333-2514
이메일_ lnovelpiya@naver.com
L노벨 공식 카페_ http://cafe.naver.com/lnovel11

ISBN 979-11-278-5851-3 04830
ISBN 979-11-278-5850-6 (세트)

값 7,800원